ELISABETH SCHMIDAUER

FANZI

Gefördert von der Stadt Wien Kultur.

MIX
Papier aus verantwortungsvollen Quellen
FSC® C004378

Grafische Gestaltung: Dorothea Löcker, Wien
Umschlagabbildung: © Magdalena Russocka/Arcangel Images
Druck und Verarbeitung:
EuroPB, s.r.o., Tschechische Republik
ISBN 978-3-7117-2114-3

Informationen über das aktuelle Programm
des Picus Verlags und Veranstaltungen unter
www.picus.at

ELISABETH SCHMIDAUER

FANZI

ROMAN

PICUS VERLAG WIEN

Meinen Eltern

ASTRID

Sie beugte sich über die farbigen Tafeln. Immer noch half das, wenn etwas sie in eine Unruhe brachte, buntes buntes Leben, fantastische Gebilde, als kehrte sie zurück an einen Ursprung. Trompeten, die aus Röhren wuchsen, Flimmerhärchenkelche, Zungenmäuler und kreiselnde Räder, wie Sonnen, und als ob an Ästen weiße Knospen blühten; seltsam Geschlechtliches auch, als spräche alles von Vermehrung, vom Wachsen, von unendlicher Entwicklung, grenzenlos in großer Fülle.

Behutsam strich sie über die aufgeschlagene Seite. Sie hatte das Buch vor Jahren, noch während des Studiums, in einem Antiquariat gefunden und zu einem exorbitanten Preis erstanden – so erzählte sie das jedem, dem sie den Band zeigte, das waren nicht viele: zu einem exorbitanten Preis erstanden –, den nannte sie aber nie, weil er keine Rolle spielte.

Immer noch wusste sie, wann sie das erste Mal diese Tafeln gesehen hatte: Biologie, fünfte Klasse, die Biologielehrerin hatte eine Karte entrollt, »damit ihr eine Ahnung habt von der Vielfalt des Lebens«.

Hätte sie sich damals ausdrücken können: Das Unfassbare hatte sie getroffen. Dass es diese fürs Auge oft unsichtbare Welt gab: vielgestaltige Bryozoen, Moostierchen, Radiolarien, einzellige Lebewesen mit kunstvollen Endoskeletten, wie Weihnachtsschmuck; indianisch anmutende buntfedrige Ruderkrebse und Quallen mit Tentakeln, die sie wie Frauenhaar umflossen, und Kieselalgen, Moose und Flechten, Spinnentiere und Borstenwürmer. Dass hier eine Schönheit war – das bestätigte doch auch ihr eigenes Leben, oder nicht?

Sie sah auf die Uhr, sie war spät dran, für neun Uhr war eine Gruppe angemeldet. Was hatte die Unruhe erzeugt, Traumreste. Sie schloss das Buch, sie schlüpfte in ihre Turnschuhe, ihre Jacke, hinter ihr fiel die Tür ins Schloss.

Das Klebrig-Schaumige der Fortpflanzung. Astrid führte die Gruppe, Studentinnen und Studenten, die am Beginn ihres Studiums standen, durch den Naturpark vor dem Biologiezentrum zum Teich, der, von hell austreibenden Weiden umstanden, in der Sonne glänzte, frühe Märzsonne. Weidenblätter des Vorjahres lagen auf dem Grund des Teiches, am Ufer war das Wasser über Kieseln klar. Im Wasser schwebten zwischen Tausendblatt und Wasserlinsen, zwischen Schilfrohr und Schlangenwurz Laichballen; Springfrösche, sagte sie, seien Frühlaicher und hefteten ihre Laichklumpen bevorzugt an Äste oder Pflanzenstängel; Unken hingegen legten Einzeleier oder kleine Laichgruppen an Pflanzen oder auf dem Gewässergrund ab. Bei Geburtshelferkröten seien es die Männchen, die die Laichschnüre an ihren Hinterbeinen befestigten und diese bis zum Schlüpfen der Kaulquappen mit sich herumtrügen.

»Brutpflege«, sagte sie, »eine K-Strategie«, warf ein Student ein, und interessant, dass die Natur da und dort die Männchen als Pfleger berufe.

Wie die Natur das Geschäft des Brütens unternahm, sagte sie, Licht, Wärme, die von oben kam, verrottende Blätter und Schlamm, Schutzzonen im Teich, und wie der Laich trieb, aufstieg, sank, wie wimmelndes Leben entstand, sich um sich selbst kümmernd, scheinbar niemandem verpflichtet als sich selbst und doch eingebunden in ein großes Ganzes. Dass das Leben, wenn man so wolle, sich aus sich selbst ernähre, aus einer Überfülle heraus, die das Überleben der Arten gewährleiste. Bis zu siebzig Prozent des Laichs würden sich nicht zu

Kaulquappen entwickeln – das Austrocknen von Teichen und Tümpeln, die Bedrohung ihres Lebensraums vor allem durch den Menschen und natürlich die Fressfeinde – Vögel, Fische, Libellenlarven, Molche etwa – würden dazu führen, dass durchschnittlich von tausend Eiern nur ein Frosch überlebe.

»Nur ein Frosch?«, fragte eine. In ökonomischen Zusammenhängen würde man von unerträglicher Verschwendung reden.

Als Überlebensstrategie einer Art sei dies aber offensichtlich – bis jetzt jedenfalls – eine Erfolgsgeschichte, meinte ihre Nachbarin. Und eben, der Nutzen, den andere Tierarten von diesen Energielieferanten hätten, sei mitzudenken. Die Natur verschwende, so meine sie es verstanden zu haben, doch nie sinnlos. Die einzelne Kaulquappe dürfe man natürlich nicht nach ihrer Meinung fragen, ob sie nicht doch lieber ein Frosch geworden wäre!

Dass die Welt an Fröschen ersticken würde, grinste ein anderer, wenn sich auch nur die Hälfte des Laichs zu sich weiter fortpflanzenden Fröschen entwickeln würde. Hochgerechnet ergäbe das … wenn man annähme, dass von dieser Hälfte jeweils eine Hälfte Weibchen wären, die Erreichung der Geschlechtsreife drei Jahre dauerte und jedes Weibchen nur einmal im Leben laichte – dafür verzichte er auf die Einberechnung des natürlichen Abgangs … er tippte Zahlen in sein Smartphone.

Die unglaubliche Großzügigkeit der Natur in jeder ihrer Erscheinungen, sagte eine andere Studentin, die bis dahin etwas abseits gestanden war, das sei es, das sie immer schon fasziniert habe. Ginge es nicht auch mit weniger Formen, weniger Arten, weniger Reichtum bis ins kleinste Detail? Natürlich, sagte sie, sie wisse schon, die Anpassung jeglicher Lebensform an ihre Umgebung, an veränderte Umgebungen, Darwins Finken,

Losos Echsen, und dennoch staune sie immer wieder über die, ja, verschwenderische Fülle, die sich in all dem zeige. Sie frage sich, ob nun Grausamkeit oder Weisheit in dieser Bilanz des Todes liege, oder eine gleichgültige, erbarmungslose Kälte?

Die begleitende Professorin runzelte die Stirn. Es gehe nicht an, sagte sie, evolutionäre Entwicklungen mit Emotionen zu beladen. »Die Natur« denke nicht, sie urteile nicht, also könne man ihr weder Weisheit noch Grausamkeit und auch nicht Gleichgültigkeit unterstellen, auch Gleichgültigkeit fordere eine Bewusstheit, die Natur sei aber keine sich ihrer selbst bewusst seiende Wesenheit, oder sehe sie das anders?

Die Studentin errötete. Sie fingerte an ihren Haaren, die Professorin wandte sich ab.

»Nicht wie Menschen denken, nein«, sagte die Studentin. Aber müsse man die Natur, oder eben das Verständnis der Natur, die schöne Ausgewogenheit funktionierender Ökosysteme, die unglaubliche Vielfalt der Formen auf rein technisches Funktionieren beschränken? Sei nicht auch eine Weisheit in jeglicher Entwicklung? Vielleicht sogar etwas, das man Liebe nennen könne, so aufeinander bezogen sei alles eingerichtet? Und könne nicht auch das Staunen der untersuchenden Subjekte, also: unser Staunen, ein möglicher erkenntnistheoretischer Zugang sein?

Die Professorin schnaubte. Ob der Studentin klar sei, dass sie sich hier nahe am Kreationismus bewege, »wabernd«, sagte sie, »ganz und gar unwissenschaftlich«, und das, religiöse Aufladung biologischer Prozesse, könne sie ganz und gar nicht akzeptieren.

»Aber …«

»Das Ökosystem Teich«, sagte die Professorin zu Astrid. Und der ganze Rest – deswegen seien sie doch eigentlich hier.

Soundsoviele Milliarden Nachkommen von nur einer Fröschin, schaltete sich der Student ein, innerhalb von zwölf Jahren. Im Moment laichten hier wie viele Frösche? Dann wären das also …

Später sah sie die Studentin noch einmal im Kräutergarten, wie sie sich über die Beete beugte, die noch recht zerrupft vom langen Winter waren, wie sie die Luft einsog, noch nicht ganz Frühling.

Das geht vorbei, hätte sie sagen wollen, besser, man gewöhnt sich gleich daran, dass man für sich steht in der Welt. Und wenn etwas trösten konnte, dann das, was da war, diese Buche, diese Weide, dass Bienen vom Stock ausflogen; es war aber, und es war besser, das von Anfang an zu wissen, nichts dahinter, keine Wesenheit, die alles geplant hatte und einen selbst hielt, in einer großen Hand, schützend, das nicht.

Von ihrem Büro, das sie mit einer Kollegin teilte, sah sie auf den Spitzahorn, der seine Blütendolden, gelbgrün, noch nicht angesetzt hatte. Spitzahorn, der im Sommer ihr Büro beschatten würde, weitverzweigt, und natürlich war es weise eingerichtet, dass Bäume Schatten gaben, und das genau vor ihrem Büro!

Warum warum warum, Kinderfragen. Seit sie vor drei Jahren am Biologiezentrum angefangen hatte, hatte sie auch Kinderführungen übernommen, eigene Themenbereiche für Kinder erarbeitet. Manche Kollegen belächelten diese Arbeit als unter ihrer Würde, Kinderkram, es war aber eine Herausforderung, alle die Erscheinungen des Lebens wissenschaftlich korrekt zu erklären, und so, dass Vierjährige es verstanden, Zehnjährige, Zwölfjährige, und dass noch ein Staunen blieb. Warum gab es die Sonne, den Mond, den Tag und die Nacht, warum fiel Wasser von oben auf die Erde hinunter, aber nicht Sonne,

Mond und Sterne, und war denn der Himmel ein Zelt? Warum verfaulten Äpfel, warum wurde Brot hart oder schimmelte, woher wussten Bienen, wohin sie fliegen mussten und wie sie wieder zurückkamen, warum gab es das alles überhaupt, die Bienen, die Ameisen, die Kühe und die Schweine, die Elefanten, aber keine Dinosaurier mehr, warum konnten Vögel fliegen, aber Menschen nicht, und ein Flugzeug doch, obwohl es viel größer war und viel schwerer als jeder Vogel und jeder Mensch?

»Warum«, das hatte Lorli bei ihrem letzten Besuch gefragt, »warum muss ich schlafen gehen, ich bin noch gar nicht müde, und warum, Astrid, warum müssen wir sterben?«

Sie setzte sich an ihren Computer, öffnete Dateien, scrollte sich durch Fotomaterial, die bunte Welt der Insekten, die Ausstellung war für nächstes Jahr geplant.

»Titelvorschlag für unseren Raum«, sagte sie zu Karin. »Was summt denn in der Wiese? Was hältst du davon?«

Abends flimmerten Bilder über den Fernsehschirm, bröselnde Betonbauten, verbogene Stahlstreben, Rauch aus Trümmerhaufen, ein eingestürzter Reaktor. Block vier, Block drei, ein Riesenrad mit gelben Waggons, Ästhetik der siebziger, der achtziger Jahre des vorigen Jahrhunderts. Männer in Stiefeln und schwarzen Gummimänteln, oder Ledermänteln, mit Masken vor dem Gesicht, als fiele eine fremde Macht über die Stadt herein, Evakuation einer Stadt, für immer. Bergleute in weißer Kleidung, und ohne jeglichen Schutz, gruben Gänge, in den Kern der Katastrophe hinein, andere Männer, Liquidatoren, mit Eisenstücken vor die Brust geschnallt, apokalyptische Ritter, jagten, im Laufschritt, über Schutthaufen. Bis heute wusste niemand, wie viele von ihnen sich eine tödliche Strahlendosis geholt hatten.

Wie schwarz verbrannte Haut, aufgeschwollene Körperteile, blutig aufgebrannte Geschwüre, und Birken im Frühling, gelb überhaucht, und Sumpf und Wasser und Inseln im Wasser, die Prypjatsümpfe, weißrindige Birken, in einem Frühling, der in den Startlöchern stand.

Die Natur, sagte die Kommentatorstimme, die Natur hole sich die Siedlungen der Menschen zurück. Umgeworfene Kühlschränke in Gärten, zerbrochene Fensterscheiben, von Büschen und Bäumen überwucherte Häuser und Hütten; zerrissene Vorhänge flatterten im Wind.

Und Herden von Wildpferden, von Rehen, von Elchen, Wildschweinrotten zogen durch das kontaminierte Gebiet, den BIOSPHÄRENNATURPARK, aber welche Lüge!, und Rudel von Wölfen, große, schöne Tiere, ihr graues Fell, Wolfsblick.

Bei den Tieren beobachtbar seien, sagte einer, deutliche Auswirkungen der Strahlung: Krebsgeschwüre, Asymmetrie der Körper, merkwürdige Körperformen, grauer Star.

Und dann die Kinder. Armlose, beinlose Körper, gesichtslose Gesichter, Wasserköpfe; nachts träumte sie von Wölfen, die Kinder rissen.

FRANZ

Ihm schien, der Briefträger sei aus einer weiten Ferne auf ihn zugekommen. Er selbst stand auf einer Anhöhe, am Feldrain, vor ihm lag die staubige Straße, die sich weiß den Hügel hinunter und wieder hinauf schlängelte, am Himmel stockten Wolken auf. Über den Feldern flirrte Gewitterluft und der Briefträger bewegte sich aus weiter Ferne auf ihn zu. Zuerst war er nur ein Punkt, der am Horizont über die Hügelkuppe kam, dann kam er rasch näher, zu Fuß oder auf dem Rad, das mochte er im Traum nicht entscheiden, die Schuhe des Briefträgers würden, wenn er bei ihm angekommen war, mit dem weißen Staub der Straße bedeckt sein.

Er selbst stand auf der Anhöhe, hinter der die Felder des Vaters lagen. Auf den Feldern waren doch sicher die Brüder gewesen, wer sonst hätte die Feldarbeit gemacht, der Vater, der Knecht, auch die Mutter und die Dirn, und doch jedenfalls die Brüder; dann stand der Briefträger vor ihm, ein wenig schwankend, weil der Weg steil war und die Ledertasche, die an seine rechte Seite schlug, war schwer; der Briefträger nahm die Kappe vom Kopf und wischte sich den Schweiß von der Stirn.

Oder kam der Briefträger aus der Ferne auf ihn zu, aber so, als käme er nicht vorwärts? In einer seltsamen Verdichtung der Luft, so schien ihm, habe sich der Briefträger bewegt, er sei aber keinen Schritt weitergekommen und vielleicht bewegte er sich immer noch auf ihn zu, um die Nachricht, die zu überbringen er unterwegs war, um den Brief zu übergeben; und ein Wind, der nicht wehte, wirbelte immer noch Staubwolken hoch, Staubfahnen, die standen unbeweglich in bewegter Luft, und vielleicht stand auch der Roggen noch, golden, und Wiesen wogten, blumenbunt, im Wind, der nicht wehte, und der Briefträger war ein schwarzer Punkt am Horizont und kam keinen Schritt vorwärts und bewegte sich immer noch auf ihn zu.

Das Helle, Schimmernde, das in seinem Leben gewesen war, vor langer Zeit. Da war eine Wiese gewesen. Da war ein Mädchen gewesen. Tanzte das Mädchen in der Wiese, setzte es sich ins Gras, pflückte es Klee, Margeriten, Glockenblumen, und hob es jetzt den Kopf und das helle Licht strahlte um sein Haar, etwas fuhr in seine Brust, eine Freude, so groß, dass sie wehtat.

Als er großjährig wurde, hatte er den Hof übernommen, am nächsten Tag hatte er den Wald verkauft. Der Brunner, das wusste er, würde ihn ausgelacht haben; dass er den Kaltnerbub übers Ohr gehaut hatte, würde er im Wirtshaus gesagt haben, der Kaltnerbub habe ihm den Wald geradezu aufgedrängt, zu einem Spottpreis, würde der Brunner gesagt haben, und dass er sich, wenn er so weitermache, ruinieren werde.

Er wollte aber keinen Profit aus diesem Wald ziehen und er wollte ihn auch nie wieder betreten müssen. Die Mutter hatte schon lange aufgehört, Fragen zu stellen, du bist der Bauer, hatte sie gesagt, du tust, was du willst.

Am Tag vor dem Verkauf war er ein letztes Mal in den Wald gegangen. Die Sonne schien, ein harziger Geruch stieg vom Waldboden auf, er stand zwischen Stämmen, die ragten in eine Unendlichkeit, er lauschte in die Stille zwischen den Bäumen, da war nichts.

Waldzeiten, Wiesenzeiten, Feldzeiten. Und Hügelzeiten, blaue

Schattenzeiten, leuchtende Nebeldunstzeiten. Barfuß war er über Stoppelfelder gelaufen, über spitzsteinige Wege, über den mit Nadeln bedeckten, von Wurzeln durchzogenen Waldboden – wie die Fußsohlen brannten!; durch Laubhaufen und über Frühlingswiesen war er gelaufen, barfuß im Regen, im Schlamm, zwischen den Zehen quatschte die nasse Erde, nie war er glücklicher gewesen, als wenn er barfuß lief.

Die Schuhe, die er zum Kirchgang trug und, wenn es richtig kalt wurde, auch in die Schule, übernahm er von den Brüdern und sie waren entweder zu groß oder zu klein, nie passten sie wirklich, sie waren klobig und schwer – wir wären froh gewesen, sagte die Mutter, also klagte er nicht, aber sobald er konnte, zog er sie aus und lief barfuß in den Hof, durch das Dorf, über Wiesen und in den Wald. Barfuß stand er im Forellenwasser, die Kälte biss sich zu seinen Knochen durch, und Sonnenflecken flirrten auf Fischleibern, die standen fast bewegungslos im Wasser, oder er sprang auf Steine, über die das Wasser rieselte, samtenes Moos. Elfi saß am Ufer, ihre Füße hingen ins Wasser. Fang mir einen Fisch, rief sie, oh bitte, Fanzi, fang mir einen Fisch.

Im Spätsommer, im Herbst suchten sie Brätlinge, Steinpilze, Eierschwammerl, die bereitete die Mutter für den Vater zu, und wenn der Vater einen guten Tag hatte, bekamen die Kinder was davon ab; sie brockten Beeren im Wald, die Dirn wusste, wo sie zu finden waren: Himbeeren, Heidelbeeren, Preiselbeeren, und Brombeeren, wie die Säure den Mund zusammenzog und Süße ihn überschwemmte; wenn er zurückkam, waren seine Beine zerkratzt und seine Hände waren fleckig. Oh, die Abenteuer, die in seinem Kopf waren!

Im Herbst klaubte er Mostbirnen, er brockte Äpfel und Zwetschken, und wieder strich ein kalter Wind über die Felder. Er holte die Schuhe aus dem Kasten, und Nebel stieg aus dem

Boden auf und fiel stockig und schwer über das Dorf herein und hing feucht in den Kleidern und Haaren, und Regen ertränkte die Erde und Schnee fiel und fiel und fiel und begrub, dass man sie wieder ausgraben musste, Straßen und Häuser unter sich und der Vater erzählte vom Schnee, Kriegsschnee, Frontschnee, Bergschnee, endlos fallend, als hätte es für ihn damals keinen Sommer gegeben.

Jahre in Eis und Schnee, sagte der Vater, und eine Kälte, die er noch heute in den Knochen spürte. Die Kälte war das Schlimmste, sagte er, und wie den Kameraden die Ohren abgefroren waren, die Nasenspitzen und Finger und Zehen, vom Gestank der faulenden Glieder erzählte er, Wundbrand, Gasbrand, Gletscherbrand, und in der Wirtsstube, im trüben Licht, im Pfeifendunst, im Zigarettenqualm rückten die Bauern näher zusammen und wackelten mit den Köpfen. Die verfluchten Italiener, sagte einer, der war am Ende des Krieges, am letzten Tag, in Gefangenschaft geraten, und der Vater war wieder im Innern der Berge, Jahre in Eis und Schnee, und immer der Berg über dir; manchmal meine er, er sei nie aus dem Berg herausgekommen.

Die Bauern starrten in ihre Gläser, verfluchte Italiener. Verfluchte Schlächterei, sagte ein anderer, nicht gewankt und nicht gewichen, sagte der Vater. Die Heimat verteidigt, in Eis und Schnee, in der Höllenkälte. Kaiser und Vaterland ihr Leben, ihr Blut gegeben. In Treue fest.

Mit gütigem Auge sah der Kaiser auf Franz herab, der alte Kaiser, sagte der Vater und nahm den Bierkrug vom Regal. Ob denn das keinen Wert mehr habe? Die Bauern klopften ihre Pfeifen aus, murmelten in ihre Gläser hinein, und zuletzt hätte der Italiener ihnen auch noch Südtirol gestohlen.

Nie vorher und nie nachher, sagte der Vater, habe er eine Kameradschaft erlebt wie dort auf dem Berg, nie wieder diese

Kameradschaft. Die Bauern nickten, einer wollte von der Wintersaat anfangen, der Sommersaat, aber der Vater sagte: Und wenn es wieder sein muss, dann muss es wieder sein, und Franz, der unbemerkt im Winkel saß, sah, wie ein Fieber im Vater war; die Bauern starrten in ihre Gläser.

Aug in Auge mit dem Feind, sagte der Vater, im Artilleriefeuer, im mörderischen Krachen der Mörser. Der Feind lag gleich gegenüber, oder er bohrte sich in den Berg hinein, grub sich unter die gegnerischen Stellungen, nachts hörte man ein fernes Grummeln, ein Schaben, der wühlende, unsichtbare Feind, und wie man sich selbst in die Berge bohrte und sprengte, sich die Eingeweide des Berges eroberte; die Härte des Steins, und die Härte der Männer, die den Berg bezwangen.

Die Unerbittlichkeit von Fels und Stein. Der Berg war der Feind, der jeden abwarf, der einen falschen Schritt tat, der Berg bot seine Stürme auf, seine Unwetter, seine Felsstürze, seine Lawinen und seine Gletscher, um abzuschütteln oder zu verschlingen, was nicht hierher gehörte. Der Berg war aber auch, was einen am Leben hielt, wenn man am Felsen klebte, wenn man Deckung suchte unter feindlichem Beschuss, tschinbumm, sagte der Vater, wenn man Schutz fand in den Höhlen, die man ihm abzwang. Der Berg war Mutter und Vater, Herr über Leben und Tod, dass er den Berg in sich trug, sagte der Vater, und Franz suchte in Träumen, die er wieder vergaß, wie hätte er sich erinnern wollen, suchte den im Berg eingeschlossenen Vater, der selbst zum Berg geworden war.

Winter 1915/16, sagte der Vater. Der gewaltige Schneefall, der kein Ende nahm. Die Wut der Stürme. Lawinen und Lawinen und Lawinen, die in die Tiefe rauschten, die alles mitrissen, das sich ihnen in den Weg stellte, wie das brüllte und toste, als wären, sagte er, alle bösen Geister aufgestanden.

Berggeister, dachte Franz. Schneegeister, Luftgeister. Er

dachte sich schwirrende, zischende, brausende, grölend donnernde Wesen, die hämmerten, unerbittlich, mit gewaltigen Schlägeln auf die Männer ein. Ob der Vater unter eine Lawine gekommen sei, fragte er, und der Vater sah ihn an, als kennte er ihn nicht, geh ins Bett, Bub, sagte er, und etwas machte, dass Franz ihn kein zweites Mal fragte.

Dass der Bauer wieder einen Wert haben müsse, hatte der Vater gesagt, wenn er mit den anderen Bauern, wenn er mit dem Lehrer, dem Schuster, dem Mesner in der Wirtsstube gesessen war. Dass es so nicht weitergehen könne, wo man hinschaue, würden Höfe verpfändet, die Verelendung des Mühlviertels, die Verelendung des Bauernstands, das sei doch so nicht hinzunehmen.

Sie seien doch einmal stolze Bauern gewesen, hatte der Vater, hatte einer der anderen gesagt, das wollten sie wieder sein können, stolze Bauern, das Rückgrat des Volkes, ohne einen gesunden Bauernstand sei doch alles nichts. In Deutschland, sagte einer, in Deutschland kümmere sich einer, auch um die Bauern.

Wieder einer, dem sie den Hof verpfändeten, sagte der Vater, wenn er übers Land fuhr, und Franz saß neben ihm und die grünen Hügel rollten an ihnen vorbei, wieder einer, der ins Elend geraten sei, und manchmal hielt der Vater und sie stiegen vom Kutschbock und gingen über die Felder, gute Erde, sagte der Vater, und was aus dem Land würde, wenn es keinen Bauern mehr dazu gäbe. Er rieb die Erde zwischen seinen Fingern, er zerrieb das Korn, das hoch stand, und wenn sie nach Hause kamen, sagte er zur Mutter, es sei wieder Land zu kaufen, da und da, und die Mutter sagte: Können wir das noch bewirtschaften?, und wieder später fuhr Franz mit dem Vater übers Land und der Vater sagte: Das gehört jetzt uns, Ackerboden, Wiesen, über die der Wind ging, ein Waldstück.

Mit dem Vater war er übers Land gefahren, nach Lungitz, nach Engerwitzdorf, nach Grünau und nach Blindendorf, zu den verstreut liegenden Höfen und nach St. Georgen hinunter oder hinauf nach Gallneukirchen; sie fuhren mit dem Pferdefuhrwerk und der Vater transportierte dies und das, Getreidesäcke, Mehlsäcke, schwere metallene Milchkannen, Erdäpfel und Holz und Karden; Bierfässer und eingelegten Fisch in Fässern, der Geruch, den die Fässer verströmten.

Wenn eine wohin heiratete, verzurrte der Vater ärmlichen Hausrat, einen Kasten vielleicht, eine Kiste, sie stiegen auf den Kutschbock, der Vater schnalzte und die Rösser setzten sich in Bewegung, der Maxi und die Freila, ihre guten schweren Leiber, ihre starken Hinterteile, und wie ihre Ohren zuckten.

Ist schon gut, sagte der Vater, wenn einer ohnehin nichts hatte, oder er sagte: Ich meld mich, wenn ich dich brauch, zum Heueinbringen, zum Dachreparieren, schick mir deine Buben, wenn es so weit ist, und er schnalzte mit der Zunge und fuhr, mit einem Ruck, los.

Trittsiegel, hatte der Vater gesagt, wenn er mit ihm im Wald unterwegs war, mach die Augen auf, schau, was da ist, und für Franz enträtselte sich die Welt.

Der Vater sagte ihm, welche Bäume geschlagen werden mussten und Franz malte ein rotes Kreuz auf die Stämme, er sagte ihm, wo aufgeforstet werden würde, sie fütterten das Wild, dass es über den Winter kam, Heu in die Raufen und Kastanien und Eicheln; wie die Rehe den Kopf hoben und lauschten, wenn sie bei den Raufen standen, und wie sie manchmal, weil ein Ast brach und Schnee zu Boden rauschte, oder weil ein Zweig knackte, wie sie davonstoben, in heller Flucht.

Der Vater zeigte ihm die Spuren, hier war ein Marder gelaufen, ein Luchs oder ein Dachs, der hatte seine Grabekrallen in die Erde gedrückt; was erzählten die Fährten dem Vater, wie alt ein Tier war, ob es männlich war oder weiblich, ob es auf der Flucht gewesen war, auf der Jagd, auf Nahrungssuche, oder ob es ruhig gewandert war.

Spuren in feuchter Erde, im Schnee. Das feine Geläuf der Vögel auf weißer Fläche, Schwingenabdrücke im Schnee, eine Krähe, hatte der Vater gesagt, Amseltritte, und Raben; wie eine Maus von rechts nach links gelaufen war, viele Spuren übereinander, und wie der Fuchs schnürte, wie Perlen aufgefädelt seine Fährte. Der Vater las die Schrift in der Erde, im Schnee, nachts träumte Franz von Vögeln, die aufflogen, und von einem Geheimnis, das lockte.

Einmal fand er ein einzelnes Ei auf dem Waldboden, das schimmerte perlmuttweiß auf mürben, brüchigen Blättern; oder der Vater zeigte ihm ein Fasanengehege, er schob das Gras zur Seite, vier, fünf, sieben Eier im Nest, und im Sommer flogen die Hennen auf und die Fasane im bunten Federkleid. Er fand eine Feder, die war blau-weiß gestreift, Eichelhäher, sagte der Vater, oder er sagte Elster, Buchfink, Stieglitz, Kernbeißer, und hieß ihn die Rupfung deuten und auf die Vogelrufe hören. Pelzstreifen wehten von Zweigen, an einem Stamm hatte sich ein Wildschwein gerieben, er fand ein Knochenstück, an dem hing rot glänzendes Fleisch und kleine weiße Zähne leuchteten; fressen und gefressen werden, sagte der Vater und ragte groß über ihm auf.

Nimm mich mit, sagte Franz, wenn der Vater auf die Jagd ging. Später, sagte der Vater, später.

Die kühle Bläue eines frühen Morgens. Das dunkle Grün und wie die Hügel sich hinstreckten unter vielen Himmeln. Grauer Granit und weiß gekalkte Mauern.

Als ob er im Körper ganz voll gewesen wäre, schien ihm, von

der Landschaft, ihren Steinen, dem Licht, das auf die dunklen Hügel fiel, und eine Freude war in ihm gewesen, die herausspringen wollte; er hielt sie aber zurück und trug sie, sachte, in der Brust; oder er lief über eine Wiese und schrie seine Freude hinaus, freudeschreiender Lauf, und die Hügel hallten von seinem Schrei und er ließ sich fallen und rollte über grüne Hänge und sprang wieder auf und lief und schrie mit ausgebreiteten Armen das Nichtbenennbare, das in ihm war, hinaus, und die Hügel und Wiesen und Wälder antworteten ihm, die ihm vertraute, anvertraute Landschaft. Wie sein Körper voll gewesen war von diesem Nichtbenennbaren.

ASTRID

Am Sonntag fuhr sie, weil sie schon lange nicht mehr oben gewesen war, nach K., Mittagessen mit den Eltern; der Vater gab ihr die Hand, die Mutter einen flüchtigen Kuss auf die Wange, der in die Luft ging.

»Ein Kracherl?«, fragte der Vater.

Gerne ein Bier, hätte sie sagen können; kein Alkohol, wenn du Auto fährst, würde die Mutter sagen; ein Bier, Mama, würde sie erwidern, das ist kein Alkohol, und ich fahr ja auch nicht gleich wieder, und die Mutter würde die Lippen dünn machen, dass du auch immer alles besser wissen musst.

»Nur Wasser«, sagte sie.

Die Mutter wischte mit einem Küchentuch über glänzende Oberflächen.

»Dass man dich auch wieder einmal sieht.«

»Lass sie doch«, sagte der Vater. »Sie hat viel zu tun.«

»Man hört ja auch gar nichts mehr von dir«, sagte die Mutter und stellte die Suppe auf den Tisch, Rindssuppe, eine Kampfansage.

Jetzt bin ich ja da, hätte sie sagen können, oder: Aber du weißt, dass ich kein Fleisch esse, es war aber kein Platz für sie zwischen den Worten der Mutter. Erst als sie wieder zu Hause war, fiel ihr ein, dass sie nicht beim Franzopa vorbeigeschaut hatte.

Als Kind hatte sie Listen geführt: tote Katzen, tote Hunde, auf Landstraßen zu Matsch zerquatschte tote Igel. Gedärme, die aus Körpern quollen, gesplitterte Knochen, der Aufprall und das nasse Zerplatzen, und wie dann noch ein Auto über die toten Körper gefahren war und noch eins und noch eins, dass von den Körpern nur noch ein schmieriger roter Fleck geblieben war, mit Pelzstücken vielleicht im Rot; überfahrene Hasen, Igel, seltsam plattgemachte Vögel, Tauben meistens, manchmal eine Krähe.

Aber auch das: Maulwürfe auf Feldwegen, die sahen ganz unbeschädigt aus, ihr seidig schwarzes Fell, und waren doch tot. Schillernde Käfer, die rührten sich nicht mehr, wenn man sie antippte, an heißen Sommertagen schwarz vertrocknete Würmer und Schnecken, Mäuse, von Katzen an der Tür abgelegt, aus dem Nest gefallene Vogeljungen, feuchter Federflaum. Ein Rehkadaver im Wald, von Raubtieren, Füchsen wahrscheinlich, aufgebrochen, und der Prozess der Verwesung. Maden und Larven und Käfer und Würmer besiedelten das mürbe Fleisch, Fliegen surrten auf und Wespen knabberten sich ins Fleisch hinein, sie hatte eine Aufregung verspürt, tief innen, als wäre sie kurz davor, etwas zu begreifen.

Die Liste der toten Tiere hatte sie um die Anzahl der Schnecken erweitert, die die Mutter im Garten sammelte und die der Vater in einem Kübel mit Salz auflöste, um die geschätzte Anzahl der Ameisen, die alljährlich in ihrer Küche zu Tode kamen, durch mechanische Gewaltanwendung, durch Giftfallen, um die Zahl der Fliegen, die erschlagen wurden oder gemeinsam mit Wespen in Schalen mit Zuckerwasser ertranken.

Manchmal wurde ein Fisch lebend geliefert, Forellen, ein Karpfen, die Mutter nahm ihn aus dem Kübel, legte ein Tuch über seinen Kopf und schlug mit dem Schnitzelklopfer zu. Oder sie steckte ihren Finger in das schnappende Maul einer Forelle und bog den Kopf der Forelle zurück, bis es knackte, und später das weiche weiße Fleisch.

Und die Liste der Herbsttoten, Hasen, Rehe, Fasane, auf grünes Tannenreisig gebettet, mit Haken durch Kehlen, durch

Unterkiefer gestoßen, von Hinterläufen baumelnd, gebrochene Augen.

Mit dem alten Fotoapparat ihres Vaters oder in bunten Skizzen hatte sie alle die Tode dokumentiert und die Stadien des Zerfalls, der Verwesung festgehalten. Wie lange dauerte es, bis die Schnecken in der Lauge aufgeschäumt waren, wie lange krümmte sich eine zerquetschte Ameise noch, mit zarten Beinchen, wie lange lag ein zerfetzter Hasenkörper in der Mitte der Straße, bis er bis zur Unkenntlichkeit entstellt war, bis ein Tier sich des Kadavers bemächtigte? Das Federhäufchen, das ein Fink war, das Häufchen, das eine Maus war und auf dem Weg zur Schule, zur Kirche, am Rand der Felder lag und zerfiel, jeden Tag ein bisschen mehr, bis auch die letzten Federn, die letzten Knochen, Knöchelchen vom Regen weggespült, vom Wind verblasen, in den Boden getreten, von einem Aasfresser vielleicht weggetragen waren, bis auch das letzte Fetzelchen zerfallen, verschleppt, verweht, verschwunden war, das letzte Fetzelchen.

»Unsere Präpotenz«, sagte sie, »oder? Schädling zu nennen, was unseren wirtschaftlichen Erfolg stört. Zum Beispiel Blattläuse.« Sie projizierte eine hübsche hellgrüne Blattlaus an die Wand.

»Keine Frage, dass der Schaden, den Blattläuse anrichten können, groß ist. Aber ein Teil des Problems, und das müssen wir klarmachen, oder?, ein Teil des Problems ist der Mensch selbst. Stichwort: Gifteinsatz. Stichwort: Monokulturen. Stichwort: Hochzüchtung und Verlust von Resistenzen.«

Sie klickte sich durch ihre Datei, bunte Bilder erschienen auf der Wand. Die Grüne Pfirsichblattlaus, die Schwarze Bohnenlaus, Erbsenlaus, Große Rosenblattlaus, Spiralgallenlaus.

»Worauf willst du hinaus?«, fragte Karin.

Blattläuse, sagte Astrid, gebe es seit wie vielen Jahren, zweihundert Millionen? Und in all der Zeit sei es ihnen nicht gelungen, die gesamte Flora zu vernichten, wie man es von so schrecklichen Schädlingen erwarten würde – warum nicht? Weil es genügend Fressfeinde gab, die sie in Schach hielten! Weil sie einen Platz im Großen und Ganzen hatten, sonst gäbe es sie schon lange nicht mehr! Zudem seien, aus der Sicht einer Menge Lebewesen, Blattläuse alles andere als Schädlinge!

»Ganz abgesehen davon«, sie holte tief Luft, »dass der Mensch selbst der größte Schädling ist! Für den großen Rest der uns umgebenden Natur, aus wessen Sicht ist denn der Mensch ein Nützling?«

»Schon klar«, sagte Karin. »Aber was heißt das für uns in Bezug auf die Ausstellung? In Bezug auf unseren Raum. Sollen wir Schilder schreiben: ›Vorsicht Mensch!‹?«

»Ja, das sollten wir.«

»Was noch?«

»Beispielhaft aufzeigen, wo überall der Mensch das Problem ist. Das Verschwinden von Lebensräumen, das Artensterben insgesamt, Umweltschäden, der Irrweg, den die Landwirtschaft mit ihren Monokulturen geht, Konzerne, die sich dumm und blöd damit verdienen, unsere Umwelt zu vergiften – alles eben.«

»Alles ist vielleicht ein bisschen viel.«

»Aber wir wollen doch mehr als nur Insekten und ihre Fähigkeiten beschreiben, oder? Wenn wir keinen Zusammenhang herstellen zwischen den Insekten und uns, zwischen der Vielfalt der Welt der Insekten und der Gesamtheit der Welt – wozu dann überhaupt etwas machen?«

Karin malte Kringel auf ihren Notizblock.

»Alles können wir zwei mit unserem Thema sowieso nicht abdecken«, sagte sie. »Das müssen wir jedenfalls in der Steuerungsgruppe besprechen. Aber es bringt auch nichts, wenn wir ignorieren oder schönreden, was von vielen unserer Besucher tatsächlich als Bedrohung gesehen wird. Blattläuse zum Beispiel. Ich weiß schon, dass es eigentlich keine Schädlinge gibt. Aber wenn du dem nächsten Rosenzüchter erklärst, dass ER das Problem ist und nicht die Blattlaus, der wird sich schön bedanken!«

»Wird er tatsächlich, wenn wir ihm vorführen, wie er sich praktisch helfen kann. Kleine Kreisläufe, das können wir doch jedenfalls aufzeigen. Kleine praktische Beispiele. Wie man seinen Garten ohne Gift über die Runden bringt, wenn man natürlichen Feinden der sogenannten Schädlinge Unterschlupf bietet. Florfliegenquartiere. Ohrwurmquartiere. Insektenhotels. Nisthilfen. Welche Pflanzen helfen einander, Fressfeinde abzuwehren. Dass das Unaufgeräumte lebensfreundlicher ist als das tödlich Geordnete. Das können wir im Garten zeigen. Das gehört in die Workshops. Und wenn schon nicht alles in unseren Wiesenraum passt, dann muss es in den anderen Räumen gezeigt werden, beispielhaft, die großen Kreisläufe. Und dass alles zusammengehört.«

»Ja«, sagte Karin. »Natürlich. Dass alles zusammengehört.«

Nach der Arbeit lief sie. Dunkle Wolken jagten über den Himmel, feuchte Erde, der Geruch der Blätter vom Vorjahr, die den Weg rutschig machten. Die silbergrauen Stämme von Rotbuchen. In den noch kahlen Kronen wühlte der Wind.

FRANZ

Geräusche waren gewesen, im Wald, im Haus, im Hof, im Stall, in den Gassen und auf den Feldern und Wiesen. Das Mahlen der Kuhmäuler, und wie die Mistgabel über den Boden schabte, wie Heu in die Raufen fiel, und Schwalben schwirrten im Stall ein und aus und stießen, in blauer Luft, gläserne Schreie aus; Eimer schepperten und Milch schoss aus Eutern, das wischende Geräusch, wenn die Dirn die Euter wusch und über die Flanken der Kühe strich, warmes Muhen. Milchkannen knallten aneinander, schwere Holzschuhe klapperten über das Hofpflaster, wie eine Sau schrie, wenn sie abgestochen wurde. Blut wurde gerührt und schmatzte, und Rösser schnaubten und schlugen auf mit nervösen Hufen und wieherten hell; in Ställen mit knisterndem Stroh hockten Kaninchen, die mümmelten mit zitternden Schnauzen und schlugen mit ihren Hinterläufen auf den Boden; und Sterne zogen silbern klirrend auf, und die Sonne sang, als triumphierte sie, und später flüsterte die Nacht, dass er in einen Schlaf fiel, angstlos.

Im Haus knackte es, es knarrte und krachte, immer prasselte und summte in der Küche das Feuer. Die Dirn lief über die Holzstiegen, die ächzten, schwallendes Schwemmwasser plätscherte über den Steinboden und Fetzen wischten schlappend; aus der Wirtsstube drangen die Stimmen der Bauern, Gelächter fuhr auf und einer schrie, gegen die Ungerechtigkeit der Zeit, oder er schrie eine andere Zukunft herbei. Bierkrüge wurden hart auf Holzplatten gestellt und Besteck klirrte und draußen schmetterten Trompeten, und Tschinellen schlugen und Trommeln dröhnten, wenn die Musikkapelle durch den

Ort zog und vor offenen Gräbern spielte, oder unter knatternd wehenden Fahnen.

Eine Axt fiel, ein Huhn flatterte, kopflos, das Schnurren der Katze, die leckte das Blut auf und ihre Kleinen maunzten.

Ein Falke zog, sein schriller Ruf. Der Schrei eines Hasen, in Todesangst. Und Frühlingsbäche gluckten und brausten und Regen trommelte hart gegen Fenster und Schmelzwasser rieselte; sanfte Schneestille.

Ein Käuzchen schrie und Bienen, Hummeln, Hornissen summten und brummten, und Mäuse raschelten im Heu, Hühner gluckten, ein Hahn krähte. Im Herbst sammelten sich Raben und Nebelkrähen auf den Feldern, krah!, machten sie, krah krah krah!, der Nebel dämpfte alle Geräusche; oder Wolken von Sperlingen schwirrten wieder aus Büschen und Stare fielen zeternd über Kirschbäume her, rote Süße im Junigrün.

Und Lutz! Lutz bellte, kläffte, jaulte, winselte und knurrte, er schlabberte Wasser auf; Elfis Lachen. Das Knirschen von Schritten im Schnee.

Immer schien die Mutter in einem Dunst zu stehen, in der Waschküche, in der Küche, aus den Waschzubern erhoben sich wogende Schwaden und in den Töpfen schwammen vielerlei Knödel. Oder sie kochte Rindfleisch für eine Zehrung, Gulasch für den kleinen und den großen Bürgertag, Würstel für die Männer nach der Messe, ein Beuschel, und Blunzen und Kraut und Erdäpfelschmarrn. Im Krieg musste es schwierig gewesen sein, den Gastbetrieb aufrechtzuerhalten, aber ihm schien, da seien immer Bauern an den Tischen gesessen, die Kaufleute, der Wagner, der Schuster, der Lehrer auch, und die Männer in Uniform.

Am Abend, zum Beten, mussten alle zu Hause sein. Nach dem Nachtmahl beugten sich die Brüder über ihre Heftln, oder Leonhard schnitzte ihm ein Pferd, eine Kuh; der Knecht rauchte seine Pfeife, und die Mutter stopfte und nähte, bügelte mit dem schweren Bügeleisen, das mit glühenden Kohlen gefüllt war. Sie besprenkelte die Wäsche mit Wasser – wieder stand sie im Dunst, wieder lösten sich Haarsträhnen, während der Vater, wenn er nicht mit der Dirn in der Wirtsstube stand, die Zeitung las, der Mutter vielleicht vorlas, was ihm bemerkenswert erschien: Da hatte ein Hof gebrannt, ein anderer Hof würde versteigert werden, Interessantes aus der Gegend, einer war in eine Jauchegrube gefallen, und später stellte sich heraus, die Schwägerin hatte ihn hineingestoßen; ein Kleinhäusler hatte sich erhängt, sie pressen ihnen das Blut aus, hatte der Vater geknurrt, und Franz hatte sich das vorgestellt, das Blut auspressen, und wie sich einer aufhängte; verstreute Mitteilungen, manchmal ein Witz, Übungsschießen der Wehrmacht, das war dann schon später, Lebensmittelrationierungen, Verlautbarungen, die die Bauern betrafen, Gemüsebau-Werbeversammlungen, als ob wir uns versammeln müssten, um Gemüse anzubauen!, knurrte der Vater; und wo die Truppen standen.

Und hin und wieder spielten die Eltern Karten. Meistens gewann die Mutter und strich die paar Groschen ein – Pfennige!, sagte sie später verächtlich – und gab sie zu ihrem Eiergeld, und vielleicht, an Kirtagen, vor dem Krieg, bekam Franz ein paar Groschen, davon kaufte er einen Lebkuchen, ein Glückspackerl, oder hutschte hoch hoch hinauf in wirbelnde Luft.

Wie alles auf dem Hof waren auch die Brüder dem Willen des Vaters unterworfen. Der Wille des Vaters machte, dass das Korn wuchs und der Klee, die Karden und die Erdäpfel und die Rüben, dass die Kühe Milch gaben und die Schweine fett wurden, und weil der Vater es wollte, liefen ihm Rehe und

Hasen vor das Gewehr, und Rebhühner flogen auf, um vom Vater geschossen zu werden. Wenn der Vater übers Feld ging, wusste das Getreide, dass es wachsen musste; die Äpfel färbten sich rot und die Mostbirnen füllten sich mit hantiger Süße und später schäumte der Most im Fass und der Vater war zufrieden, alles fügte sich seinem Willen.

Dass Toni ins Holz fuhr und mit Leonhard in den Stall ging, dass die Brüder mähten und das Heu einbrachten, dass Franz die Kühe auf die Weide trieb und wieder heimholte, dass auf dem einen Feld Roggen und auf dem anderen Hafer angebaut wurde, das war der Wille des Vaters und wenn Toni später, da war er schon fast erwachsen, meinte, von diesem sollte mehr, von jenem weniger angebaut werden, man könne es mit einer anderen Sorte probieren, überhaupt könne man sich die Arbeit erleichtern, einen Traktor kaufen – du mit deinen neumodischen Ideen, sagte der Vater dann, was du dir in deinen Heftln zusammenliest, und wenn Toni darauf beharrte, etwas anders als der Vater machen zu wollen, dann sagte der Vater scharf: »Du tust, was dir angeschafft wird. Ende. Aus.«

»Aber …«

»Noch hast du nicht übernommen.«

»Ich geh in die Stadt arbeiten«, sagte Toni zornig und der Vater lachte, als ob das einer täte, freiwillig auf den Hof verzichten.

»Und wenn«, sagte er. »Ich hab noch zwei Buben. Geh in die Stadt, dann brauchst aber nicht mehr zurückkommen.«

Dös brauch i ned, sagte der Vater, wenn ihm was nicht passte. Wenn einer ein Raufbold war und meinte, er müsse sich in der Wirtsstube prügeln, jagte ihn der Vater aus dem Haus. Brauchst goa ned zruckkumma, rief ihm der Vater nach. Dös brauch i ned, dass mia a so a Trottl wia du die Gäst vertreibt!

Die Dirn hatte sich schwängern lassen; dös brauch i ned, sagte der Vater. A Bankert duachfuadan, jo, wos denn nu! Konnst glei deine Sochn packn.

Wenn Franz mit zerrissenen Hosen heimkam, machte er sich auf eine Ohrfeige gefasst. Pass auf dei Zeig auf, sagte der Vater, glaubst, dös Göd wochst auf die Bam, oder da Stoff, dös brauch i ned, dös Urassn, nur dass das woaßt!

Wos flennst, wos rearst, sagte der Vater, wenn Franz ein Kinderschmerz überkam, jetzt reißt di oba zsamm, hättst hoit aufpasst, hättst hoit geschaut, wos tuast denn so bled.

Du saudeppata Bua, sagte er, wenn Franz etwas ganz Dummes gemacht hatte, eine Kuh nicht ordentlich angepflockt, gestolpert und Milch verschüttet, wos stöllst di so bled an, wüllst a Tetschn, wüllst a Fotzn, ofotzna muaß ma eich, so bled sads ös.

Dös brauch i ned, hatte der Vater zu Toni gesagt, dass oaner gscheider sei wü ois i, konnst glei dei Binkerl pockn, wonns da ned passt do.

Manchmal, an schlechten Tagen, wütete der Vater, auch ohne Grund, und meistens gegen den ältesten Sohn. Du hoitst de Pappn, schrie der Vater, dem Votter gegenredn, wo kumma ma denn hi, wer bist denn du, wer wüllst denn sei, nix bist, und nix host, untasteh di mit deina Gscheidwaschlerei, jetzt setzts oba wos, i drisch da di Sö ausm Leib.

Vielleicht krachte ein Sessel zu Boden und die Mutter schrie auf und Toni schrie, dass der Vater ein Krüppel sei, dass er doch selber nicht schaffe, was er von anderen verlange, dass doch er und Leonhard die Arbeit machen müssten, weil der Vater ausfalle, immer wieder ausfalle, und die Mutter weinte und Toni schlug die Haustür zu und wenn er viel später in die Bubenkammer kam, stolperte er über die eigenen Füße und fluchte und stank nach Bier und fiel schwer ins Bett. Am nächsten oder auch erst am übernächsten Tag taten beide so, als wäre nichts gewesen, aber in Tonis Augen flackerte etwas und die Hände des Vaters krampften sich, die Mutter bewegte sich, vorsichtig, zwischen den beiden.

An Franz ließ Toni seinen dumpfen Zorn aus, seine Unzufriedenheit. Wenn er Franz sah, und wenn ihm danach war, gab er ihm eine Tetschn, einfach so, rempelte ihn, dass er in den Dreck fiel und stapfte davon, als wäre nichts gewesen.

»Mach dir nichts draus«, sagte Leonhard, wenn er Franz im Heu fand, verweint, das sollte der Bruder aber nicht sehen. »Er ist halt so.«

»Ich hab ihm nichts getan!«

Leonhard setzte sich neben ihn. Er nahm eine Handvoll Heu, vergrub sein Gesicht darin, sog den Duft ein.

»Der Toni wird den Hof übernehmen«, sagte er schließlich. »Aber der Vater behandelt ihn wie einen Knecht. Schlechter als den Knecht. Er muss härter arbeiten als der Knecht, und er kriegt noch nicht einmal was dafür. Er muss beim Vater betteln gehen, wenn er ein Geld braucht, als ob er ein Kind wär, ein dummer Bub. Und gegen den Vater ist kein Aufkommen.«

Franz wischte sich die Nase mit dem Hemdsärmel ab.

»Und du?«, fragte er schließlich. »Was ist mit dir, wenn der Toni den Hof kriegt?«

Leonhard lachte. Er ließ sich ins Heu zurückfallen. »Ich heirat auf einen reichen Hof«, sagte er. »Oder ich werd Großknecht beim Toni. Oder bei einem andern. Oder ich lern was.«

»Was willst lernen?«

»Ein Handwerk, Dummkopf. Aber jetzt braucht mich noch der Vater und ich hab nichts gegen die Arbeit.«

»Wenn du weggehst …« Franz schluckte. »Wenn du weggehst, was ist dann mit mir?«

Wieder lachte Leonhard. »So schnell geh ich nicht weg! Und du hast ja auch noch die Elfi.«

»Stimmt«, sagte Franz, wieder fast versöhnt, »ich hab ja noch die Elfi.«

Vor dem Haus lag das Dorf, vor dem Haus lag die Welt, die er kannte. Die Kirche, das Kriegerdenkmal, der Friedhof, die Schule; die Werkstätte des Wagners, die kleine Tischlerei, der Laden des Schusters, der Fleischhauer, der Bäcker, der Hufschmied, die anderen Wirte und ein paar Bauern, die ebenfalls nach hinten hinaus die Ställe hatten, das Lehrerhaus mit seinem kleinen Garten, und der Greißler, zu dem schickte ihn die Mutter, schnell ein paar Kerzen holen, Zündhölzer, eine Schnur, oder Nadeln und Zwirn, ein Stück Seife, einen Zuckerhut, in blaues Papier gehüllt. Oder er kaufte einen Bleistift für die Schule, ein neues Heft, und bevor er zahlte, stand er vor den bauchigen, schweren Gläsern, in denen klebriges buntes Zuckerzeug lag und manchmal, aber nur ganz manchmal, durfte er tief hineingreifen und sich ein Zuckerl herausfischen, an dem lutschte er dann, andächtig, und so lange es nur irgend ging.

Über die Straße rumpelten die Fuhrwerke, der Hufschlag von Pferden und der schwere Tritt der Ochsen, und wie anders klang es, wenn Holzschuhe klapperten oder die nackten Füße der Dorfbuben flogen, pitschpatsch, über die Straße, oder die feinen Lederschuhe des Lehrers, die schweren genagelten Schuhe des Pfarrers, der Marschtritt der Musikkapelle; manchmal saß Franz unter dem Torbogen zum Hof oder auf der Mauer vor dem Haus und zählte die Vorbeikommenden, wie oft der Pfarrer mit wehendem schwarzen Rock zwischen Kirche und Pfarrhof und Schule und Friedhof hin und her ging, er zählte die Fuhrwerke, die Ochsen und die Pferde, er zählte die Kuhfladen, die Pferdeäpfel auf der Straße.

Wohin führte die Straße? Zu anderen Straßen, zu staubigen Wegen, tiefe Fuhrrillen hatten sich in die Erde gegraben und wenn es regnete, verwandelten sich Staub und Erde in Gatsch, und Schlamm spritzte an nackten Beinen hoch und quoll zwischen den Zehen hervor.

Die Straße, an der der Hof lag, mündete in eine andere und diese wieder in eine andere Straße, und so führten also die Straßen immer weiter, bis zum Hof, von dem die Mutter gekommen war, sie führten hinunter nach Linz und weiter und immer noch weiter. Eine Straße führte zu allen Straßen, so hatte er sich das als Kind gedacht, auf dieser Straße, dachte er, wenn er unter dem Torbogen saß oder auf dem Mäuerchen, auf dieser Straße könnte er zu allen Straßen kommen.

Der Wille des Vaters regierte die Welt. An manchen Tagen aber war der Vater wie beschädigt. Er, der sonst stark war, der laut lachte und anderen auf den Rücken schlug und seine Arbeit tat, als wäre da ein Übermaß an Kraft, der Vater, der einen Ochsen führte, dass der nicht links und nicht rechts ausbrechen konnte, der die Sense schwang, in einem schönen Rhythmus, der den Pflug tief in den Acker grub und über die Felder schritt, stolz, und säte, dass wieder neue Frucht wuchs, der Vater, der mit dem Knecht die frisch geschlagenen Stämme auflud und der in einem Schwung das Heu auf den Wagen brachte, oder ein Reh, das er zuvor mit sicherer Hand geschossen hatte, der nach getaner Arbeit den Most aus dem Krug trank und mit fester Hand das Kreuzzeichen schlug, der Stolz des Vaters war seine Kraft.

An manchen Tagen aber erschrak der Vater, ohne Grund, weil der Wind brauste oder ein Tier brüllte, er wurde schreckensbleich, dann zuckte sein Mund, der ganze Vater zuckte und Speichel floss aus seinem Mund, oder er nässte sich ein, es durfte ihn niemand sehen, wenn er so war, niemand als die Mutter, und die musste es büßen, wenn er wieder der war, der er sein wollte: stark und kräftig und unbeschädigt.

An manchen Tagen also zitterte der Vater, dass er kein Häferl halten konnte und keinen Löffel. Dann tappte der Vater über die Stiege, dass man Angst haben musste, er fiele, und das Licht schmerzte ihn, dass er sich zurückzog, wie ein verwundetes Tier; am helllichten Tag lag der Vater im Bett und wimmerte.

Das ist der Krieg, sagte die Mutter, und Franz dachte an den Berg, an Eis und Schnee und dass der Vater vielleicht begraben war, unter einer Lawine, und für sein ganzes Leben.

ASTRID

»Grauslich«, hatte ihre Mutter gesagt, als sie die Fotos und Zeichnungen gefunden hatte, da war Astrid zehn gewesen, oder elf. Die tote Spitzmaus, das Schnäuzchen schief aufgerissen, die kleinen rosa Pfoten an den Leib gezogen, als wäre sie so zur Seite gesunken und hätte noch, aber wem?, und wie?, etwas mitteilen wollen; ein ausgetrockneter Vogel, zerquatschtes Unkenntliches auf Straßen und dicke weißliche Maden, die sich in glänzendem Fleisch tummelten; Mundwerkzeuge von Käfern, und wie ein Hase zerfiel.

»Das ist für ein Projekt in Bio«, hatte sie gesagt und so verhindert, dass die Mutter Fotos und Zeichnungen wegwarf.

»Wasch dir die Hände«, hatte die Mutter gesagt, als trügen die Zeichnungen, die Fotos Unhygienisches mit sich, Krankheit und Verderben.

Dass alle diese Tode das Leben sicherten, hätte sie gerne ihrer Mutter erklärt. Dass das tote Fleisch eine Unzahl an Lebewesen nährte. Bakterien, Pilze, Fadenwürmer, Fliegen und Käfer und Asseln, und Hundertfüßer, und Milben und Motten und Spinnentiere, vielfache Besiedlung, vielfaches Leben, aus dem Toten heraus, das hätte sie ihr gerne erklärt. Dass jede Materie umgewandelt wurde, dass nichts verloren ging, nicht wirklich.

Hochzeit halten mit dem Tod, dachte sie später, als sie über Totengräberkäfer las, die ihre Kinderstube im Kadaver hielten. Und endlich wurde dann auch der Mensch Teil des Nahrungsspektrums und kehrte zurück in den unentrinnbaren Kreislauf des Lebens, des Todes, der Wiederverwertung. Am Ende doch noch Nützling. Wenngleich mittlerweile angereichert mit

Plastik in Blut und Stuhl, mit Schwermetallen und Antibiotika – die innigste Verbindung, die ein Mensch mit anderen Lebewesen haben konnte, ergab sich erst nach seinem Tod.

Der ewige Vernichtungsfeldzug, den die Mutter führte. Gegen die Ameisen, die in die Küche eindrangen oder im Garten aus Erdlöchern schwärmten, gegen Spinnen, die sich ins Haus verirrten; erbarmungslos ging sie gegen Blattläuse vor, gegen Ohrwürmer, Wespen und Fliegen; sie pflückte jede Raupe, die ihr unterkam, vom Stängel, vom Blatt und zerquetschte sie, mitleidlos; sie stellte Fallen auf, in denen Mäuse, hübsche kleine Dinger mit dunkel glänzenden Knopfaugen, zu Tode kamen, wenn Astrid nicht schnell genug war, die Fallen zu entdecken und zu entschärfen; sie hängte Mottenkugeln in alle Kästen und lebte in nicht enden wollender Angst vor Asseln, Schaben, Silberfischen und versprühte also, anlasslos und großzügig, Wolken tödlichen Giftes.

Am glücklichsten aber schien die Mutter zu sein, wenn sie ihre Gummihandschuhe überzog und, mit Poliermitteln, Schwämmchen, Bürsten und Scheuermitteln und Essiglösungen bewehrt, über das Haus und das Geschäft herfiel. Delirium inmitten weißkühler Kacheln. Die Ekstase, auf Knien die alten Steinböden im Wohnhaus zu schrubben. Trunkenes Glück beinahe, wenn auch dem letzten Staubkorn der Garaus gemacht worden war, wenn Licht durch schlierenlose Fensterscheiben fiel, die von makellos blütensauberen Vorhängen flankiert waren. Die chaotische Regung der Dinge in den Griff kriegen. Vielleicht, dachte Astrid manchmal, vielleicht hatte die Mutter den Vater ja deswegen geheiratet: weil er ein Geschäft für sanitäre Anlagen besaß und also ein Garant war für totale Hygiene.

Und warum musste sie jetzt an den Franzopa denken? Dass ihr Tränen in die Augen stiegen.

»Es tut mir leid«, sagte sie und starrte auf das Desaster auf ihrem Teller.

Ihre kleine Cousine kicherte und stocherte in angebrannten Gemüsestücken. »Nicht einmal der Papa kocht so schlecht wie du!«

»Was sollen wir jetzt tun?«, sagte Astrid. »Eine Pizza bestellen?«

Nach dem Essen und nach dem Eis – »Bei der Mama krieg ich erst im Sommer Eis!« – legten sie sich auf die Couch und sahen in den strömenden Regen hinaus, und Astrid las Lorli vor, und dann patzten sie mit Fingerfarben herum, und dann hörte es doch noch auf zu regnen und sie liefen, gummibestiefelt, in die Dämmerung hinaus.

»Darf ich wieder zu dir kommen?«, fragte Lorli, als ihre Mama sie abholte.

»Wenn es dir nichts macht, dass ich nicht kochen kann?«

»Auf Wiedersehen! Auf Wiedersehen!«, winkte Lorli und winkte, bis sie auf dem Gang ums Eck verschwand und lief noch einmal zurück und drückte sich an Astrid, »auf Wiedersehen!«

Der Großvater, wusste sie wieder, als sie in ihrer Wohnung stand, in der das Kind fehlte, aber der Franzopa war doch ihre Zuflucht gewesen.

Aus einer plötzlichen Beunruhigung heraus war sie nach der Arbeit noch nach K. gefahren, am Elternhaus vorbei, vorbei an den hell erleuchteten Schauräumen, den weiß glänzenden Wannen, der Poollandschaft, ein paar Hundert Meter weiter zum Hof des Großvaters. In der Stube war Licht, der Großvater saß am Tisch, las er die Zeitung, schaute er fern, ein bläuliches Licht flackerte, sie klopfte ans Fenster.

»Ja, Dirndl!«, sagte er, als er die Tür öffnete, im dünnen Hemd.

»Ist dir nicht kalt, Opa? Zieh dir eine Jacke an!«

»Du bist wie deine Mutter! Immer schafft ihr mir was an!« Aber der Großvater lächelte und drückte ihr die Hand.

»Bin ich nicht«, sagte sie. »Und du hast ganz kalte Hände! Heizt du nicht ordentlich?«

In der Stube drehte Astrid die Heizung höher. Der Großvater schaltete den Fernseher aus.

»Eh nur Blödsinn«, sagte er. »Aber ich hör wenigstens wen reden. – Machst uns einen Tee?«

»Ich hab eine Linzertorte mitgenommen«, sagte sie, als sie mit Häferln und Tellern und der Torte aus der Küche kam.

»Selbst gemacht?«

»Opa! Du weißt genau, dass ich das nicht kann. Die ist vom Jindrak.«

»Gut«, sagte der Großvater, nachdem er gekostet hatte. »Aber nicht so gut wie die von der Bärbi.«

»Nein, nicht so gut wie die von der Oma. Das geht ja auch gar nicht.«

»Du warst am Sonntag da, hat mir die Margit erzählt.«

»Ich hab gleich wieder nach Linz müssen, Opa, ich hab keine Zeit gehabt …«

»Ist schon recht. Jetzt bist ja da.«

Die Uhr, die neben der Tür hing, tickte, der Stubenboden knarrte, Kuchengabeln scharrten über die Teller.

»Was ich dich fragen wollte, Opa.«

Er sah sie an. Sie griff nach seiner Hand, rieb ein wenig Wärme hinein.

»Die Wiese an der Gusen, du weißt schon.«

»Was ist mit der Wiese?«

»Die wird doch nicht mehr beweidet, oder?«

»Nein, ich hab ja keine Viecher mehr.«

»Aber du hast sie auch nicht verpachtet?«

»Nein, verpachtet nicht. Der Josef holt sich das Gras, dafür bringt er mir einen Schnaps. Magst ein Stamperl?«

»Gern«, sagte Astrid.

»Ein Nusserner. – Also, was ist mit der Wiese?«

»Ich wollte fragen, ob es dir nichts macht, ob ich vielleicht die Wiese haben könnte?«

»Wie, haben? Da musst du schon warten, bis ich unter der Erde bin! Und dann musst du mit deiner Mutter reden, oder mit dem Klaus.«

»Nein, nicht so haben. Als Experimentierwiese haben. Als Beobachtungswiese. Ich möchte schauen, was passiert, wenn man sie einfach in Ruhe lässt. Keine Düngung, nur einmal im Jahr mähen, keine Weidehaltung. Dann möchte ich dokumentieren, wie sich das alles entwickelt, Flora und Fauna, du weißt schon, auch in den ökologischen Nischen am Wasser, und vielleicht«, sie holte atemlos Luft, »vielleicht schreib ich eine Arbeit darüber, die Wiese vom Kaltner Franz, mit Widmung, Opa ...«

»Soso«, machte der Großvater. »Die Wiese vom Kaltner Franz. Mit Widmung.« Er drehte sein Glas, schenkte sich noch einmal nach. »Für heuer hab ich das Gras schon dem Josef versprochen. Fragst ihn halt einmal, ob er das woanders herkriegt.«

»Isst du auch genug?«, sagte sie, als sie sich verabschiedete. »Passt du auch auf dich auf?«

»Deine Mutter bringt mir was vorbei, und die Nachbarin, die war eine Freundin von deiner Großmutter. Und ein wenig kochen kann ich selber auch, das hab ich gelernt, noch bevor ich deine Großmutter geheiratet hab.«

Er nahm ihr den Mantel vom Haken.

»Ein bisserl allein bin ich halt. Ich hab geglaubt, das kann ich gut, allein sein, und jetzt ist es doch anders, als ich es mir gedacht hab.«

»Opa!«

»Nein nein, mach dir keine Sorgen. Ich geh jetzt schlafen und ich freu mich, dass du da warst, pfiati God.«

Nach dem Baderberg fuhr Astrid an den Straßenrand und blieb stehen, weil es ihr das Herz abwürgte, und weil der Franzopa, neben der Lorli, der einzige Mensch war, den sie lieben konnte.

FRANZ

Als griffen Riesenarme nach ihm. Die Luft schrillte und kreischte und brauste, und etwas löste sich, eine Schneewand, und sprengte auf ihn zu und wuchs und wuchs, in unermessliche Höhen sich aufbäumend, und schoss weiter ins Tal, mit gigantischer Kraft, eine menschenfressende, menschenverschlingende, alles Leben vernichtende weiße Wand, tosend und grollend und krachend; ein Dröhnen erfüllte die Luft, und neue Fahrt aufnehmend und weiter sich hochschraubend, schoss ein klaffendes schwarzes Maul brüllend auf ihn zu und hungrige Schneearme streckten sich ihm gierig entgegen, griffen nach ihm und packten ihn und dann stülpte sich das Schwarze, Dunkle über ihn und er fiel, in etwas Offenes, in einen Schlund, und fiel und fiel, immer noch, nach all den Jahren immer noch.

Sein Herz pochte schmerzhaft gegen die Rippen. Er sog die kalte Luft ein, die brannte in seiner Lunge. Dass er zu alt war für solche Träume, dachte er. Dass doch einmal Schluss sein müsste mit diesen Träumen. Dass der Traum seinem Vater gehörte, nicht ihm; wieso träumte er ihn, immer noch.

Er horchte in die Nacht, in die Dämmerung. Ein Knacken im Gebälk, auf der Straße fuhren Autos vorbei, Spätheimkehrer oder frühe Pendler. Keine schnaubenden Rösser, keine brüllenden Kühe, der Stall war leer, lange schon. Keine Sommerschwalben mehr, keine Winterwärme. Ein paar Hühner hatte er behalten, was wäre denn ein Hof ganz ohne Leben.

Nach dem Krieg, nach dem Tod des Vaters hatte die Mutter den Hof weitergeführt, aber nicht die Gastwirtschaft. Sie scheute die Leute und wie hätte sie auch noch diese Arbeit machen sollen.

Einer der Fremdarbeiter, Jersche, war noch ein paar Monate geblieben, die Dirn war schon vorher gegangen; im Jahr darauf war ein Flüchtling, ein Banater, bei ihnen gestrandet für ein Jahr oder zwei, und der alte Hofstetter und sein Sohn hatten geholfen, all die Jahre zuverlässig, manchmal einer der Nachbarn, aber zu Hause waren nur noch er und die Mutter gewesen, die Mutter und er. Ein paar Monate war er noch in die Schule gegangen, aber weil ihn der Hof brauchte, war er schließlich ganz zu Hause geblieben, wen hätte das gekümmert im ersten Jahr nach dem Krieg. Und was hätte ihm auch ein Hauptschulabschluss genützt in dem Leben, das er dann führte.

Das frühe Morgenlicht stahl sich in die Kammer. Manchmal schien ihm, er sah in einen Abgrund an Zeit. Was lauerte auf dem Grund der Zeit? Aber das wusste er: das Kind, das er gewesen war. Der Tod.

»Motten im Hirn«, sagte er laut in die Kammer hinein und sah auf die Seite, wo Bärbi gelegen war, und wiederholte, was sie gesagt hatte, wenn er aus dem Grübeln nicht herauskam, »du hast Motten im Hirn, Franz.«

Da half wohl nur das Aufstehen, dachte er und blieb aber liegen. Er dachte an den Vater und dass sein Traum doch der Traum, der Albtraum des Vaters gewesen war.

Nach den Amerikanern waren die Russen gekommen, die hatten die Tiere mitgenommen, alle, bis auf eine Kuh und ein paar Hühner, und das Schwein, das sie noch rechtzeitig in den Wald getrieben hatten. Der Ort und die umliegenden Höfe waren voll gewesen mit allem, was der Krieg so angeschwemmt hatte, mit Soldaten, mit Fremdarbeitern, mit Flüchtlingen,

Ungarn und Schlesier und Banater, das singende Deutsch der Donauschwaben. Die Wirtsstube war mit ehemaligen Häftlingen aus dem Lager belegt gewesen, die starben wie die Fliegen. Das Entsetzen der Mutter, aber vielleicht hatte ja das die Mutter am Leben gehalten, für sie war keine Zeit zum Sterben.

Der Krieg war aus gewesen und Tote tauchten auf, schnell verscharrte Februartote, Maitote, und wurden ausgegraben und umgebettet, und immer noch starben die ehemaligen Häftlinge im Dorf an den Folgen ihrer Haft in den Lagern und wurden im Ortsfriedhof begraben, in kalter Fremde.

Wir müssen nach vorne schauen, sagten die Leute, sagte der Lehrer, der noch einen Volkssturm hatte anführen wollen, in den letzten Tagen des Krieges. Aber jetzt war der Krieg aus, er hatte sich erschöpft; eine Zeit lang war auch der Lehrer still.

Die Mutter sagte nichts und sie schaute nicht nach vorne. Anfangs schien sie noch auf etwas zu warten, dass einer der Brüder nach Hause kam vielleicht, das kam vor, dass vermisste Söhne, Brüder, Väter, dass Totgesagte nach Hause kamen. Jahre nach dem Krieg und mitten in der Nacht klopften sie an dunkle Fenster und waren zu Hause. Aber nicht die Brüder. Die Brüder kamen nicht nach Hause.

Beinahe wäre die Mutter verschleppt worden, und er wäre erschossen worden, beinahe, weil er sich zwischen die Mutter und die Soldaten geworfen hatte, die plötzlich im Hof gestanden waren, die das Haar der Mutter betastet hatten und ihre Brust. Die Soldaten hatten gebrüllt und mit ihren Gewehren gefuchtelt, er hatte geschrien, wild geschrien, die Soldaten hatten ihre Gewehre auf ihn gerichtet, die Mutter war ganz still gewesen. Und dann war Jersche mit großen Schritten auf sie zugesprungen und hatte sich vor die Mutter und ihn gestellt, mit weit ausgestreckten Händen war er vor ihnen gestanden und hatte auf die Soldaten eingeredet, eindringlich, in einer fremden Sprache. Er hatte auf die Ställe gewiesen, er hatte die Mutter und ihn zurückgedrängt und weiter auf die Soldaten eingeredet, sie hatten dann die Kühe mitgenommen, bis auf eine, auch diese Kuh hatte Jersche ihnen erkämpft.

Es wäre mir gleich gewesen, hatte die Mutter gesagt. Wenn sie mich mitgenommen hätten, wäre es jetzt vorbei.

Was wäre dann aber mit ihm gewesen und wäre es denn besser gewesen, wenn es vorbei gewesen wäre?

Weil aber die Tage kamen und gingen und weil Schnee fiel und wieder schmolz, und Regen fiel und die Sonne schien und grüne Spitzen brachen durch dunkle Erde, also machten sie weiter, und weil wieder Vieh im Stall brüllte, das durfte man nicht alleine lassen. Dann waren auch die Flüchtlinge fort und der Banater war weitergezogen, sie waren allein, die Mutter und er.

So waren ihre Tage: Arbeiten wie Vieh und leben wie Vieh, stumm. Es gab kein Gespräch, nur Austausch des notwendigsten Arbeitsvokabulars, das war ihm recht, seine Worte waren unter die Lawine geraten. Wenn keine Arbeit war, saß die Mutter, als hätte jemand sie ausgeschaltet. Der Pfarrer kam, die Mutter ließ ihn nicht in die Stube. So lebte er also, wie ein Wilder, stumm, in einem Totenhaus.

Vor dem Frühstück heizte er den Kachelofen ein.

»Für die alten Knochen«, sagte er laut in die Stube, als könnte ihn jemand hören, Bärbi vielleicht, und schichtete Späne und Scheiter und schob Papierknäuel dazwischen und legte das brennende Zündholz ans Papier, dass Flammen aufleckten, und mit einem Fauchen sprang das Feuer auf die Späne über; er lehnte die Ofentür an und stand mit einem Ächzen auf. Zitternde morsche Knochen. Entschlossen, sich nicht dem Grübeln hinzugeben, ging er in die Küche.

Beim Frühstück blätterte er die Zeitung durch, es interessierte ihn nicht mehr wirklich, was in der Welt vorging, aber immerhin würde er in vier Wochen wählen gehen.

»Na ja«, sagte er, als er die Zeitung weglegte, »na ja.« Als hörte ihn jemand, Bärbi vielleicht.

Dass er auf den Friedhof gehen würde, dachte er, aber zuvor würde er die Hühner füttern, die paar Sachen einkaufen, die er brauchte, am Sonntag war Ostern.

»Mach ich halt ein paar Nesterl«, sagte er in die leere Stube, »für die Kleinen, und für die Astrid auch. Nein«, sagte er, als hätte ihm jemand dagegengeredet, »fürs Nesterlsuchen ist sie nicht zu alt.«

Auf den Friedhof also. Er durfte nicht vergessen, dass ihn Astrid wegen der Wiese gefragt hatte. »Ich könnt ja beim Josef vorbeischauen«, sagte er. »Was das Dirndl für Ideen hat!«

Dann wartete er, als ob ihm jemand noch einen Auftrag geben würde, aber da war niemand mehr, der ihm Aufträge gab, hol mir ein paar Eier, das Fenster klemmt, dass der Zaun gerichtet werden müsste und ein Ast abgeschnitten, was wäre zu tun, Ende März, »aber heute ist Karfreitag«, sagte er, »da wird nicht gearbeitet«.

Als Bub, fiel ihm ein, hatte er einen Palmbuschen gehabt, der war fast so groß wie er selber gewesen, mit zwei, drei Äpfeln und bunten Bändern. Elfi, mit ihrem kleinen Buschen, hatte sehnsüchtig zu ihm aufgeschaut. Wenn du groß bist, hatte er gesagt, mach ich dir einen so wie meinen. Versprochen? Versprochen.

Er rieb sich die Augen, es war das alles lange her.

Also fuhr er mit dem Rad nach Bodendorf, er würde mit dem Josef reden und über den Grund gehen, »wo willst denn hin, Vater?«, rief ihm Margit nach, die den Gehsteig vor dem Geschäft kehrte.

Zurück über den Baderberg schob er das Rad, es hatte angefangen zu nieseln und ihn fröstelte, Regen, Schnee, vor fast einem ganzen Leben, er erinnerte sich.

Schnee war gelegen, die Nacht war kalt gewesen und sternenklar. Mariä Lichtmess sollte das bäuerliche Neujahr bringen und den Beginn des Faschings, aber hatte im letzten Kriegsjahr noch jemand an den Fasching gedacht?, Licht und Hoffnung, vielleicht sollte auch das die Lichtmess-Messe bringen. Die Messe war aber ausgefallen an diesem Lichtmesstag in diesem letzten Kriegsjahr, an diesem Tag und in den nächsten Tagen waren alle Messen ausgefallen.

Später wollte das keiner mehr wissen. Das Schießen, tagelang. Die Flüchtigen, die erschlagen, erschossen und aufgehängt wurden, an Apfelbäumen. Die Toten im Schnee, steif gefroren, mit zerschmetterten Schädeln, mit Einschüssen im Rücken, die lagen, manchmal tagelang, auf Wiesen und Feldern, bevor jemand sie holte, die säumten die Straßen und lagen unter Obstbäumen, die ihre verschneiten kahlen Äste in den Himmel reckten; sie lagen in Straßengräben, hier auf diesem Abhang, und bei der Gusenbrücke, hinter Kapellen, wie ein Holzstoß aufgeschlichtet und zur Abholung bereit, oder zu zweit, zu dritt, zu fünft lagen sie am Waldrand, bei der Bahnstrecke, im Holz, nachdem man sie aus den Ortschaften, Häusern und Gehöften der Umgebung, den Ställen, den Stadeln geholt hatte, wo sie sich zu verstecken suchten, mit oder ohne Wissen der Bewohner.

Ihre Spuren im Schnee. Barfuß hatten sie zu entkommen versucht, oder mit Fetzen um ihre nackten Füße gebunden, ausgemergelte Gestalten, denen manche einen Laib Brot gaben, einen Schluck Milch, eine Hose, ein Hemd, als könnten die dem Tod Geweihten dann andere sein, die leben durften, und lagen dann aber tot, erschossen, erschlagen am Waldrand, bei der Bahnstrecke, im Holz, noch mit dem Stück Brot in der Hand, das ihnen einer zugesteckt hatte.

Manche versuchten zu helfen, oder taten jedenfalls den Flüchtigen nichts; andere jagten sie, mit scharfen Hunden, sie bildeten Postenketten auf den Straßen, sie stöberten die Flüchtigen auf, trieben sie aus dem Keller, aus dem Heu, in einen Hof; auf den Dorfplatz trieben sie sie, auf ein Feld und erschossen sie, erschlugen sie, stachen mit Bajonetten in das Heu und warfen Tote auf den Misthaufen, wo sie liegen blieben. Vielleicht betranken sich die Jäger, oder sie töteten in einem Blutrausch, oder auch kaltblütig, wer konnte das wissen; und also erschossen sie einen, der im Schnee kniete, mitten im Ort, am helllichten Tag, und um sein Leben bettelte, und schleiften den leblosen Körper zum Feuerwehrhaus, wo schon ein anderer Toter lag, bis sie dann auf Lastwagen geworfen wurden, wie Holzprügel, Tote und Halbtote, die wimmerten, und ihr Blut tropfte in den Schnee, in den Schneematsch, es war ja überall Blut. An allen Ecken des Ortes lagen Tote, und mitten auf dem Ortsplatz standen die Lastwagen, die die Toten abtransportierten, ins Lager, hieß es, um im Lager verbrannt zu werden.

»Du wirst dich verkühlen, Vater«, sagte die Tochter, sagte Margit, »was setzt du dir denn nichts auf, bei dem Wind!«

Die Toten waren nie weg gewesen. Sie lagen immer noch bei der Kapelle, im Straßengraben, beim Feuerwehrhaus.

»Ist schon recht«, sagte er, als Margit ihn zum Essen rief, »ich geh noch auf den Friedhof.«

»Setz dir wenigstens was auf!«, rief ihm Margit hinterher, da war er schon über die Straße. Dann stand er vor dem Grab, er stand vor den anderen Gräbern, er las die Namen, Regen fiel in Schnüren.

»Onkel Franz!«, rief einer von der anderen Straßenseite. Gelbe Gummistiefel, eine grüne Jacke, »Lukas«, Franz hob die Hand, ein Hofstetterbub.

»Wie war die Schule?«

»Wir haben doch Ferien, Onkel Franz!«

»Ah ja.« Er rieb sich die Stirn. »Ferien.«

»Magst mitkommen?«, fragte er schließlich, weil Lukas noch immer dastand.

Wildes Nicken.

»Darf ich die Hühner füttern?«

»Schauen wir, ob sie hungrig sind. Aufpassen, wenn du über die Straße gehst.«

»Weiß ich doch, Onkel Franz!«

»Magst ein Butterbrot?«

»Mit Honig?«

»Mit Honig.«

In der Stube setzte sich Lukas zum Kachelofen, »schön warm!«, und ließ die Beine baumeln.

»Na, dann gehen wir«, sagte Franz, als Lukas sein Brot gegessen hatte.

Die Sonne war herausgekommen und die Hühner scharrten in ihrem abgezäunten Bereich und liefen, als sie Franz und Lukas auf sich zukommen sahen, wild flatternd und gackernd, mit vorgestreckten Köpfen auf sie zu.

»Nicht zu viel auf einmal«, sagte Franz und Lukas schöpfte eine kleine Handvoll Getreide aus dem Küberl, das ihm Franz in die Hand gedrückt hatte, und warf die Körner in die Luft und die Hennen gackerten aufgeregt und pickten und scharrten und ruckten und flatterten, noch eine Handvoll, und noch, »jetzt ist es genug«, sagte Franz und dann sahen sie den Hühnern zu, bis sich die Aufregung gelegt hatte.

»Dann geh ich jetzt, Onkel Franz.«

»Ist schon recht. Kommt ihr am Montag?«

Ja, nickte Lukas. »Am Montag kommen wir alle!«

Am Hoftor drehte sich der Bub noch einmal um, »pfiati, Onkel Franz!«, schrie er, und Franz hob die Hand, auf Wiedersehen, und Lukas winkte, und dann war er weg, wie war es möglich, dachte Franz, dass die Zeit verging und verging, und immer war da ein Bub, ein Mädchen, das winkte, das lachte, das »pfiati«, rief.

»Wo bleibst du denn?«, sagte Margit, schmallippig. »Wir haben schon gegessen, der Walter muss wieder ins Geschäft, das weißt du doch, da will er sich vorher noch ein wenig hinlegen, jetzt setz dich schon her, ich wärm dir die Suppe auf.«

»Ich war noch mit dem Lukas bei den Hühnern …«

Seine Tochter verzog das Gesicht. »Du immer mit deinen Hofstetterbuben …«

»Der alte Hofstetter«, setzte er an, aber Margit unterbrach ihn.

»Ja ja ja, der alte Hofstetter und der junge Hofstetter und alle anderen Hofstetter. Und am Montag kommen sie alle, und wer soll sich drum annehmen …«

»Du brauchst dich nicht drum kümmern«, sagte Franz. »Die Astrid hilft mir, und es bringt ja jeder was mit.«

Und warum freust du dich nicht einfach, dass sie mich besuchen kommen, hätte er gerne gesagt, warum bist du nicht einfach froh, dass ich noch wen habe außer dir, aber weil er wusste, warum es war, wie es war, sagte er nichts und rührte die Suppe um, die Margit ihm hingestellt hatte, und blies in die heiße Suppe und Margit stand, an die Abwasch gelehnt, die Arme vor der Brust gekreuzt, und sah ihm zu, wie er aß.

»Gut!«, sagte er, das schien sie nicht milder zu stimmen.

Nach der Suppe schob sie ihm noch einen Krapfen hin, »den

nehme ich mit, für später«, sagte er, »zum Kaffee«, und Gott sei Dank schaute dann Walter in die Küche und nickte ihm zu, »ich muss ins Geschäft, wir sehen uns ja am Sonntag!«, und dann ging auch Franz, weil er nicht wusste, was er zu seiner Tochter hätte sagen sollen, die ihn wie feindselig ansah und auf etwas zu warten schien, aber er hatte nie gewusst, was er ihr hätte sagen können, das sie, vielleicht, versöhnt hätte.

Wieder zu Hause, kramte er die Körbe hervor, die er für die Nesterl brauchte, »die Astrid«, sagte er, »die Lorli, von der Katharina der Lukas und der Michi, vom Seppi die Dirndln«.

Er verteilte die Schokoladen und Hasen und gefärbten Eier, die er gekauft hatte, in die Körbe. Er horchte und nickte, »ich kann die Astrid ja fragen, wie sie es nächstes Jahr haben will …« Er zupfte an der Holzwolle, »ich hab aber selber auch eine Freud damit«.

Dann wusste er nicht mehr, mit wem er da redete, seine Brust schmerzte, er legte sich auf die Couch in der Stube und deckte sich zu und schlief ein.

Von Dämmerung zu Dämmerung vergingen seine Tage, der Vater spielte mit den Bauern Karten, Unter, Ober, König, As, und der Kaiser lächelte gütig vom Bierkrug herunter; eine Fliege summte durch Staub, der im Licht tanzte, ließ sich auf einem Teller nieder, orangerote Saftreste, Schaum fiel in Biergläsern zusammen und die Mutter wusch die Krüge hinter der Schank, als der Briefträger eintrat; Elfi lief zwischen den Tischen, sie kroch unter den Tisch, an dem der Vater saß, als er sie suchte, war sie verschwunden, und statt der Tische lagen Matratzen in der Stube, ein Röcheln, ein Wimmern, ein Husten erfüllte die Luft, der Geruch des Todes; und einer kreischte mit sich überschlagender Stimme und der Lehrer ließ exerzieren, »im Frühtau zu Berge«, sangen die Bauern, und der Vater sang und die Brüder sangen, alle sangen sie, auch die zu Skeletten abgemagerten Menschen, die jetzt unter den Tischen hervorkrochen, sangen und rissen ihre Münder auf und aus dem schwarzen Grund brüllte es und ein Rauschen und Brausen zog ihn in den Schlund, von Dämmerung zu Dämmerung, von Nacht zu Nacht, so vergingen seine Tage.

ASTRID

Manchmal wünschte sie sich, eine andere Lebensform zu sein. Ein Fohlen auf einer Wiese, das Gras kitzelte und die eigene Bewegung berauschte. Ein Murmeltier, das den Kopf aus seiner Höhle steckte, Schneeluft witternd. Eine Sardine im Schwarm, ein Karpfen im Schlamm, ein Blauwal, ein Hammerhai, ein Saibling im klaren, kühlen See. Als Schmetterling von Blüte zu Blüte zu gaukeln, duftbetäubt sterben. Ein Zaunkönig, ein Kolibri, ein Gänsegeier. Oder ein Hirschkäfer. Und warum nicht ein Wurm? Erde fressen, Tonnen von Erde im Laufe eines Wurmlebens umschichten – müsste nicht auch das ein befriedigendes Leben sein? In Momenten größter Verzweiflung dachte sie sich als Streptokokkus in den Darmtrakt eines Tieres, eines Menschen, auch dem konnte sie Respekt abringen, zumindest würde etwas in ihr wissen, wie das Leben zu leben war, ohne dieses Zerreißende, das sie, wenn sie am wenigsten damit rechnete, aus dem Hinterhalt ihres Seins überfiel.

Ohne ein Bewusstsein von sich selbst leben, war es das, was sie in diesen Momenten wollte? Ohne dieses Bewusstsein, das alles zerlegte, zergrübelte, befragte und im Befragen vernichtete. Ohne dieses an ihr Zerrende, das Entscheidungen forderte, Bewertungen, ein Urteil; das ihr vor Augen führte, welchen Wert dieses oder jenes hatte – oder nicht hatte; welchen Wert hatte, was andere taten, was sie tat, was sie nicht tat, welchen Wert sie hatte – oder nicht hatte.

Ohne ein Bewusstsein leben, das zielgerichtetes Tun forderte, das Wollen, Denken, Fühlen forderte und in Handlung umsetzen wollte, nur um alles Gedachte, Gewollte, Gefühlte wieder spöttisch lächelnd infrage zu stellen. Es war ihr auch, dachte sie, alles Menschliche suspekt.

Dann wieder schien ihr, es müsste doch jede Lebensform eine Art von Wollen haben – wie anders wäre die stete Weiterentwicklung des Lebens sonst möglich gewesen.

Hatte die erste, die allererste Lebensform, tief im Urozean, in schwärzester Finsternis und dunkelster Leere, hatten diese allerersten Einzeller, die nichts als ein wenig Chemie waren, mit einem Funken Leben, von dem niemand sagen konnte, wie das zustande gekommen war, die Umwandlung von Chemie in Biologie – hatten schon diese Einzeller ein dumpfes Wollen, ein Streben gehabt? Und war nicht dann ihr eigenes zerrendes, reißendes Bewusstsein von sich selbst nichts weiter als die vorläufige Endstufe dieses allerersten dumpfen – oder dringlichen? – Wollens, das nur ein ganz und gar unbewusstes gewesen sein konnte?

Wozu aber sich gegen ihr Bewusstsein sträuben, wenn es auf jeder Stufe des Lebens in irgendeiner Form da war, als konstituierender Teil jedes Organismus, als notwendige Komponente alles Lebendigen? Dann erfüllte sie, manchmal, eine Art Stolz, oder Demut, dass sie, mitsamt ihrem quälenden Bewusstsein, Teil dieses Großartigen war. Oder sie dachte an Bryozoen, an Quallen, an Tang und wünschte, sie könnte in Kolonien mit anderen im Wasser schweben.

Ein scharfer Wind rüttelte sie durch, als sie am Dienstagmorgen in die Arbeit radelte. Sie schnupperte in die kühle Luft. Frühling. Brausendes Leben.

Die Hofstetters, dachte sie. Ähnlich brausend. Und überschwappend in ihrem Clanbewusstsein, ihrem Clansein. Eigentlich zum Fürchten. Aber wäre sie nicht selber gerne so? So unbedingt zu anderen gehörend? Weit offene Arme, die nichts forderten. Außer. Außer außer außer. Dass man sich dem anvertraute. Das war aber doch das Schwierigste von allem.

Der Großvater war glücklich gewesen. Er hatte, wie bei jedem Treffen mit den Hofstetterischen, Geschichten vom alten Hofstetter erzählt, vom jungen Hofstetter.

»Dein Bruder«, hatte er zu Mariedl gesagt, »euer Vater«, hatte er zu Josef und Martin gesagt, »euer Großvater«, hatte er zu Katharina und Monika gesagt, zum Seppi, »also euer Urgroßvater«, hatte er zu Barbara und Anna gesagt, und zu Lukas und Michi, die auf dem Boden mit dem Lego spielten, das bei den Nesterln dabei gewesen war, »ohne ihn und ohne den alten Sepp, euren Ururgroßvater« – Barbara und Anna hatten genickt –, »die Mutter und ich, wir hätten das doch gar nicht geschafft. Und dann die Bärbi«, hatte er gesagt und sich mit einem Taschentuch die Augen gewischt, »dass die Bärbi mich genommen hat … Hab ich euch schon einmal erzählt, wie es gekommen ist, dass ich die Bärbi zur Frau gekriegt hab?«

»Ja«, hatten sie gelacht, »erzähl«, hatte eins der Mädchen gerufen und Astrid war in die Küche gegangen, um die Jause zu richten.

Durch das Fenster sah sie, wie ein Teil des Clans zu einem kleinen Spaziergang aufbrach, die älteren Hofstetter inspizierten die Obstbäume und sahen über den Zaun ins Land hinein, wiesen nach da und dort und wiegten bedächtig den Kopf, die Eltern saßen mit der alten Mariedl in der Sonne auf der Bank und der Großvater stand mit den Kindern bei den Hühnern. Jemand steckte den Kopf bei der Tür herein. Barbara, die älteste Tochter vom Seppi.

»Ich helf dir.«

»Geht schon.«

Und dann war sie doch froh gewesen, dass da jemand war, der das Kaffeegeschirr wegräumte, die Tische deckte, den Kindertisch, den Erwachsenentisch, Getränke einschenkte, »gut machst du das!«, eine Freude war in Barbaras Augen gewesen; dass man eine Freude aneinander haben konnte, und wieso machte ihr das weh?

»Dank dir, Astrid!«, hatte der Großvater gesagt, als sie sich als Letzte von ihm verabschiedete. »Ich erzähl's der Bärbi, was für ein schöner Tag das war. Und dass du eine Brave bist.«

»Ach Opa!«

Bevor sie zurück nach Linz fuhr, war sie auf den Friedhof gegangen. Sie hatte die Namen der Toten gelesen. Über den Himmel jagten Wolken.

Im Hof des Biologiezentrums wurden Beete umgegraben. Die Luft roch nach Regen und dunkler Erde, die Weiden bogen ihre Zweige mit den Kätzchen im Wind, unter der großen Linde leuchteten Leberblümchen, Buschwindröschen, Scharbockskraut. Der Leiter der botanischen Sammlung ging mit einem Begleiter durch den Ökopark. Der Begleiter sah in ihre Richtung, er nickte ihr zu, kannte sie ihn denn?, sie wandte sich ab.

»Der Typ ist von der Shakespeare-Sache«, erklärte ihr Karin, die am Gangfenster stand und in den Ökopark hinaussah, ungefragt. »Theatrum Botanicum, du weißt schon. Der Dichter und die Pflanzen.«

»Aha.«

»Anglist oder so. Also, er ist für Shakespeare verantwortlich.«

Sie dachte an die windzerwühlten Wiesen ihrer Kindheit, an die Hofstetters, die sie einer nach dem anderen in den Arm genommen hatten, an die Mutter, die sich diesen Ritualen entzog.

Später lief sie ihre Runde. Es regnete, das war gut, sie begegnete niemandem.

»Siehst du«, sagte Lorli zu ihrer Mama, »das ist ein Tannenzapfen, den eine Maus abgenagt hat und den da«, sie kramte in ihrem Elsa-Rucksack, »den hat ein Eichhörnchen abgenagt – siehst du den Unterschied? Und wer glaubst du, war das?« Sie hielt Trixi einen wirr zerhackten Zapfen hin.

»Keine Ahnung – wer interessiert sich noch für Tannenzapfen?«

»Ein Specht, Mama! Ist doch ganz klar! Da hat er hereingehackt und da und da! Und da-ann«, fuhr Lorli fort, »dann haben wir noch Nüsse untersucht.« Sie schüttete eine Handvoll Nüsse auf den weiß gedeckten Tisch. »So viele Nüsse, und alle mit unterschiedlichen …«

»Fraßspuren«, half ihr Astrid weiter.

»Genau, Fraßspuren, siehst du? Wenn ich die Löcher von klein nach groß auflege, dann sind das, warte, warte warte warte …« Lorli ordnete, vor sich hin murmelnd, die Nussschalen, »Haselnussbohrer«, sagte sie schließlich, »siehst du: Ein ganz kleines Loch!«

Trixi nahm die Nuss in die Hand.

»Haselnussbohrer – noch nie gehört! Was ist das für ein Tier?«

»Hach, Mama! Ein Käfer natürlich!«

»Natürlich. Ein Käfer.«

»Das da war eine Kohlmeise, siehst du? Ein kleines Loch, aber schon größer als das vom Haselnussbohrer. Dann, warte: Maus, Specht, Haselmaus! Hast du schon einmal eine Haselmaus gesehen, Mama? Im Herbst, hat Astrid gesagt, im Herbst gehen wir gemeinsam heruntergefallene Nüsse suchen und vielleicht, aber nur ganz vielleicht, sehen wir da auch eine

Haselmaus!« Lorli warf Astrid einen Blick zu. »Nur ganz ganz vielleicht.«

»Und die Schale da?«, fragte Trixi.

»Das ist leicht. Das war ein Eichhörnchen. Die Nuss ist zerbrochen und man findet keine …«

»Knabberspuren«, sagte Astrid.

»Genau, Knabberspuren.«

Zufrieden schnaufend lehnte sich Lorli zurück.

»Ist das nicht toll, Mama?«

»Ja«, sagte Trixi. »Das ist wirklich toll! Und die Astrid hat das auch richtig gut gemacht, oder, Lorli?«

»Richtig richtig gut!«

»Wenn jetzt auch noch der Papa käme …«

»Da kommt er schon! Papa!«, rief Lorli. »Wir sind hier, Papa!«

»Der Hermann, der alte Nazi!«, rief Klaus, nachdem die Suppenteller abserviert worden waren. »Ich hab es nie verstanden, wie die Margit mit diesem schrecklichen alten Mann unter einem Dach leben konnte!«

»Jetzt fang nicht schon wieder an!«, sagte Trixi. »Es reicht, dass du am Ostersonntag allen die Stimmung verdorben hast!«

»Hab ich das?« Klaus grinste. »Muss mir das leidtun?«

»Der Opa war ganz durcheinander«, sagte Astrid. »Du weißt schon, dass er es nicht aushält, wenn man über alles das redet.«

»Alles das! Ihr könnt noch nicht einmal aussprechen, was ›alles das‹ ist! Krieg, Judenverfolgung, Massenmord!«

»Klaus!«

Lorli malte an ihrem Bild, Bäume und Blätter und kleine Tiere.

»Ich möchte es wenigstens sagen dürfen«, Klaus machte sich über das Schnitzel her, das der Kellner ihm serviert hatte, »dass er ein alter Nazi war!«

»Was ist ein Nazi?«, fragte Lorli.

Trixi warf Klaus einen Siehst-du-was-du-angerichtet-hast-Blick zu.

»Ein böser Mensch«, sagte Klaus.

Lorli sah Astrid mit großen Augen an.

»War dein anderer Opa ein böser Mensch?«

»Ich weiß nicht«, sagte Astrid. »Ich glaub nicht.«

Klaus hustete.

»Man kann auch ein Nazi sein, ohne dass man extra extra extra böse ist, und ein Nazi war er jedenfalls.«

»Wenn du jetzt nicht sofort aufhörst, über Nazis zu reden, dann pack ich das Essen ein und fahr nach Hause. Und zwar ohne dich!« Trixi funkelte ihren Mann an.

Abwehrend hob Klaus die Hände, sie aßen schweigend weiter. Dass Klaus seiner Mutter ähnlich sah, dachte Astrid. Bärbis blaugraue Augen, ihr dunkelblondes Haar, das runde, vollbackige Gesicht, das Freundlichkeit erwarten ließ. Woher nahm er den beißenden Spott und seine unerbittliche Lust, die Gesellschaft und vor allem und immer wieder die eigene Familie so scharf anzugreifen, am liebsten an Feiertagen, und am liebsten während des Essens – »ihr verdaut alle zu gut!«.

Lorli sah von ihrer Palatschinke auf. »Wann machst du das nächste Mal so einen …«

»Workshop?«

»Genau, Workshop. Kann ich da wieder kommen?«

»Aber sicher kannst du das! Ich freu mich, wenn es dir Spaß macht!«

»Du warst immer noch nicht in Hartheim, oder?« Klaus schob den Teller von sich. »Seit wie vielen Jahren arbeite ich jetzt dort und warte immer noch auf einen Besuch von dir? Wie kannst du hier leben und nicht wissen wollen, was dort passiert ist?«

»Ich weiß, was dort passiert ist«, sagte Astrid leise.

»Jetzt lass doch die Astrid in Ruh!«, sagte Trixi. »Es muss sich nicht jeder so fanatisch in die Vergangenheit verbohren wie du!«

»Ach! Fanatisch verbohren! So nennst du das!« Klaus starrte seine Frau an. »Und als wäre das alles nur Vergangenheit! Es kriechen doch die Rechten aus ihren Löchern, seit sie wieder ein schönes Feindbild haben! Flüchtlinge, Muslime, es ist doch unerträglich, wie sich Dinge wiederholen, immer und immer wiederholen, und du sagst, ich verkriech mich in der Vergangenheit?«

»Das weiß ich alles und ich geb dir auch recht, aber müssen wir immer am Mittagstisch, und wenn Lorli dabei ist, alle diese Grauslichkeiten besprechen? Nein, müssen wir nicht!«, sagte sie, weil Klaus zu einer Antwort ansetzte. »Nicht hier und nicht jetzt. Und du hast kein Recht, so über Astrid herzufallen!«

»Ich falle doch nicht über Astrid her! Falle ich über dich her, Astrid? Ich meine doch nur …«

»Ich hab Angst vor so was, Klaus«, sagte Astrid.

»Wovor hast du Angst? Alles Schlimme ist schon passiert.«

»Ich weiß.«

»Also: Wovor hast du Angst?«

»Ich weiß nicht.«

»Warum weinst du, Astrid?« Lorli machte große Augen.

Trixi nahm das Kind an der Hand. »Wir schauen auf den Spielplatz hinaus. Dein Vater hat noch was mit Astrid zu besprechen.«

Astrid fühlte Klaus' Blick auf sich ruhen.

»Das ist doch das Mindeste, das wir tun können«, sagte er schließlich. »Hinschauen.«

Sie nickte.

»Du bist nicht alleine dort«, sagte er. »Ich geh mit dir. Ruf mich an, wenn du so weit bist.«

Zähe Traumreste begleiteten sie durch den Sonntag. Eine Starre fiel über sie. Laufen hätte geholfen, sie hatte aber den Zeitpunkt versäumt, bis zu dem es möglich gewesen wäre, sich die Laufschuhe anzuziehen, die Tür zu öffnen, in die Sonne, den Regen, den Wind, die Dämmerung, die Nacht hinauszutreten.

Trixi rief an. Aber nein, sagte Astrid, das sei schon in Ordnung gewesen, sie wisse, dass Klaus sie nicht habe verletzen wollen, und er habe ja recht, sie verstehe auch die Dringlichkeit seines Anliegens, bewundere ihn dafür, aber ja, es gehe ihr gut. Dann war es, als verlöre sie sich in etwas Schwarzem, Klebrigem.

Und dann: Auferstehung, immer, wenn sie nach solchen Wochenenden mit dem Rad in die Arbeit fuhr und, als wäre es das erste Mal, wahrnahm, was blühte, was webte, was schimmerte, in den Bäumen, den Alleen, im Park, als sähe sie alles das erste Mal.

In der Mittagspause ging sie ins Gewächshaus und topfte, in stillem Einvernehmen, neben einem Kollegen ein und um.

»Raute und Ranunkel«, sagte einer, und als sie aufsah, sah sie in graubraune Augen, ein Lächeln, »nur Ranunkeln«, sagte sie, und ging, als wäre etwas zu fürchten.

Hasenherz, dachte sie später. Graubraune Augen, ein Lächeln, jede Nähe war gefährlich.

FRANZ

Er war ein kleiner Bruder gewesen, ein jüngerer Bruder, der Jüngste, und also weniger wert als die großen Brüder, die waren wichtig für den Hof, für den Vater; ohne die Brüder gehe es nicht, das sagte der Vater immer, bis es dann aber doch gehen musste.

Er, Franz, war für niemanden wichtig gewesen, nicht wirklich wichtig gewesen, seine Aufgaben, das Füttern der Hühner und der Gänse, die Kühe auf die Weide bringen, das Abwischen der Tische in der Wirtsstube, und manchmal trug er einen Krug Bier an einen Tisch, das Brocken der Beeren, das Klauben der Birnen und Äpfel, der Erdäpfel – das hätte die Dirn übernehmen können, oder jeder andere, steh um, sagte der älteste Bruder, wenn er im Weg stand, und er schien immer im Weg zu stehen. Dann kam Elfi auf die Welt, da war endlich auch er ein großer Bruder gewesen und wichtig für jemanden.

Er hatte Sorge gehabt, es könnte das neue Kind ihm wegnehmen, was er jetzt hatte, kaum eine Wichtigkeit, kaum ein Gewicht, er würde auch das Wenige noch verlieren. Auch dass er sich würde kümmern müssen, Kindsdienst, hatte Toni gesagt, spöttisch, das kannst ja dann du machen, was aber sollte er mit einem Ding, das in einer Wiege lag und schrie?

Niemand hatte ihn darauf vorbereitet, was mit ihm geschah, als er das erste Mal ihr Gesichtchen sah, faltig und rot und zerquetscht, und als sie ihre Ärmchen in die Luft stieß, er beugte sich über sie und ihre kleinen Fäuste trafen ihn mitten im

Gesicht und er lachte, weil ein süßer Schock ihn ergriff, sie war auf die Welt gekommen, ihm zur Freude.

Sie war noch keine fünf Wochen alt gewesen, da hatte sie begonnen zu husten. Ein Fieber war dazugekommen, aus ihren Augen und ihrer Nase quoll Schleim, ihr kleiner Körper glühte und wurde von Hustenanfällen geschüttelt. Der Pfarrer kam, der Vater scharrte mit den Füßen und knetete seine schweren Hände; Leonhard machte ein Kreuzzeichen auf die Stirn der Schwester, und Toni machte ein Kreuzzeichen und Elfi lag da, so winzig, ihr Köpfchen war rot vom Fieber und ihr Atem ging schwer; dass so ein kleines Wesen so schrecklich röcheln konnte. Franz war über die Straße und in die Kirche gelaufen. Das ewige Licht flackerte im Altarraum, er hatte nicht gewusst, was er sagen sollte, was er tun sollte, bitte, hatte er gedacht, bitte bitte bitte.

Als er aus der Kirche kam, sah er, wie der Vater mit dem leichten Wagen über die Straße jagte. Ein Arzt kam, der redete lange mit der Mutter, er kam auch am nächsten Tag und am übernächsten, und endlich, endlich sank das Fieber und der Husten wurde schwächer und dann gab es eine Nacht und Franz wachte auf, weil es so still war. Er schlich sich in die Elternkammer, er sah in die Wiege, er legte seine Hand auf Elfis Stirn, wie es die Mutter immer machte, Elfis Stirn war kühl und ihr Atem ging leise, so leise, dass sie Franz damit aufgeweckt hatte.

So war es dann gewesen: Wenn die Mutter die Schwester stillte, setzte Franz sich neben sie, das wollte die Mutter anfangs nicht, aber weil er sich ruhig hielt, weil er ganz still hielt, wenn er neben ihr auf der Küchenbank saß oder auf dem Bett in der Elternkammer, ließ sie es schließlich zu; der Vater räusperte sich, wenn die Mutter stillte, und ging aus der Stube, aber Franz blieb; er durfte sich an die Mutter lehnen, das war sonst fast nie, weil die Mutter immer in Bewegung war; er spürte die Wärme ihres Körpers, er hörte, wie die Schwester gierig schmatzte und schnaufte, eine Verzückung war in ihrem satten Gesicht, und Franz durfte sie nehmen, wenn sie aufstoßen sollte. Die Mutter legte ihm eine Windel über die Schulter und er grauste sich nicht vor ihrem Speiberling, den wischte er ab und machte kleine Geräusche und atmete ihren Duft ein und manchmal, wenn er sie in den Armen hielt, riss sie die Augen auf, ganz weit, und schaute ihn an, so aufmerksam, so tief, wie ihn nie wieder jemand ansehen würde, und dann verzog sie das Gesicht und er wusste, dass sie lächelte, ihn anlächelte, auch wenn es so aussah, als würde sie nur das Gesichtchen verziehen, und ihm wurde ganz weit in der Brust, süß und weit und warm, er musste sich etwas versprochen haben, schien ihm, der Schwester etwas versprochen haben, so süß und warm und weit war ihm gewesen.

Manchmal schrie Elfi, oh, wie sie schreien konnte!, dass Franz Angst hatte, sie könnte sich die Seele aus dem kleinen Leib schreien! Und er war froh, so froh, dass sie so kräftig schrie, so unerbittlich und so laut schrie, ohne dass ein Husten sie schüttelte. Oh, das verzerrte Gesichtlein, in zornigem Blau und Rot verkniffen!, und oh, wie sie sich in seinen Armen wand, weil etwas nicht passte, die Windel, die Hitze, die Kälte, eine lästige Fliege, und der Hunger, immer und immer der Hunger und der Durst und er durfte wieder bei der Mutter sitzen und Elfi beruhigte sich, oder er legte ihr die Hand auf die Brust, ihr Herz schlug so schnell unter seiner Hand, sie riss die Augen auf und sah ihn an, schschsch machte Franz, wie er es von der Mutter gelernt hatte, schschsch, und vielleicht sang er ihr ein Lied vor, das er in der Schule gelernt hatte, gib mir deine Hand, deine weiße Hand, denn es muss, es muss geschieden sein.

Bienen stachen Elfi und Franz zerrte sie zum Brunnen und hielt ihre Hand, ihren Fuß unter das kalte Wasser. Sie schlug sich die Knie blutig und Franz wurde geschimpft, aber Elfi streichelte seine Wange, es tut nicht mehr weh, sagte sie, obwohl doch die Mutter die kleinen Steine aus der Wunde entfernen musste und den Schmutz, es tut nicht mehr weh, sagte sie, während ihr Tränen über die Wangen rollten. Sie fiel ins Wasser und Franz fischte sie heraus, sie bekam Fieber und Franz erinnerte sich daran, dass Elfi schon einmal fast gestorben wäre – gestorben, sagte er leise und sah das Ewige Licht, das ihm geleuchtet hatte –, aber die Mutter machte Lindenblütentee und Essigpatscherl und das Fieber verging.

Du musst besser aufpassen, sagte die Mutter zu Franz, und Franz passte doch auf, und trotzdem passierte es, dass Elfi vom Baum fiel, dass sie ihr Kleid beim Spielen zerriss, dass sie sich die Beine zerkratzte, sich in den Finger schnitt, sich den Knöchel verstauchte, dass ihr eine Kuh auf den Fuß trat, immer ihre großen Augen, ohne Vorwurf, aber ihr Schmerz.

Wenn Franz von der Schule heimkam, saß Elfi in ihrem Ställchen, das der Vater schon für Toni gebaut hatte. Fanzi, rief sie, als wäre er tagelang weg gewesen, mein Fanzi, und streckte ihm die Ärmchen entgegen, dass er sie heraushob, und patschte ihm mit ihren Händchen ins Gesicht. Oder er holte sie von der Nachbarin ab, die auch ein Mädchen hatte, Fanzi, rief Elfi, und später, da war er in der dritten, in der vierten Klasse Volksschule, und sie lief ihm entgegen, Fanzi, und klammerte sich an seine Beine und zog ihn unter den Baum, wo sie Blumen gepflückt hatte, für dich, Fanzi, sagte sie, und zog ihn in die Küche, es gibt Studel, sagte sie, StRudel, verbesserte er, ja, Fanzi, Studel!

Alle die Geschichten, die er ihr erzählte! Flussgeschichten, Waldgeschichten, Schulgeschichten! Er erzählte nichts vom In-der-Ecke-Stehen und nichts vom Scheitelknien und nicht, wie sich die Lehrerknöchel hart an seinem Hinterkopf rieben, aber er erzählte Elfi, wie die Buben die Mädchen an den langen Zöpfen zogen, wie sie in den Pausen vom Ziehbrunnen vor der Schule Wasser holten, es sich über den Kopf gossen oder die anderen bespritzten, das durfte der Lehrer nicht sehen. Dass der staubige Platz vor der Schule den Buben gehörte, sagte er, dass sie dort Fußball spielten, mit einem Fetzenball, und Räuber und Gendarm und wilde Raufspiele; wenn ich in die Schule komme, sagte Elfi und sah ihn streng an, dann will ich auch dort spielen.

Oder er zeigte ihr, wie sie den Lehrer grüßten, wenn er die Klasse betrat, den Bürgermeister oder einen von der Partei, der kam aus Linz, und sie sprangen aus ihren knarrenden Bänken und standen stramm und rissen die Hände hoch. Heil Hitler!, grüßten sie den Lehrer, Heil Hitler!, den Bürgermeister, aber Grüß Gott, Herr Pfarrer!, und legten die Hände an die Hosennaht und sahen ehern in das Gesicht des Lehrers, des Pfarrers, des Handarbeitsfräuleins, aber das unterrichtete nur die Mädchen.

Er erzählte vom Fahnenappell, der heiligen Heimat, der heiligen Scholle, oder er hatte eine Kröte gefangen, war über Steine im Wasser gehüpft, auf Bäume geklettert, er hatte Kühe umgestierlt, die hatten ihre Fladen fallen lassen, das brachte Elfi zum Lachen, immer, wenn weicher braungrüner Kot aus der Höhe zu Boden fiel, in der Form eines Fladens liegen blieb, ihre entzückten Schreie!

Dass er sich Wörter zusammenbuchstabieren konnte, das gefiel ihm. Manchmal ging er mit Elfi auf den Friedhof, er las ihr vor, was auf den Grabsteinen stand, vermisst, gefallen, ruht in fremder Erde, aber das war im Vaterkrieg gewesen. Immer bewunderte ihn Elfi, und alles, was er tat. Und immer gab es keine größere Freude, als ihr eine Freude zu machen.

Ich hab keine Zeit dafür, sagte die Mutter, da waren die Brüder schon an der Front, der Knecht war an der Front, und die Mutter und die Dirn mussten auch die Stallarbeit, die Feldarbeit machen, das änderte sich erst wieder, als die Fremdarbeiter kamen.

Ich hab keine Zeit, zieh ihr was anderes an, wasch ihr das Gesicht ab, gib ihr was zu trinken, und Franz nahm Elfi bei der Hand. Vielleicht stahl er Zucker aus der Zuckerdose oder er holte einen Apfel aus dem Keller oder er sagte: Gehen wir zu den Muzerln, das tröstete die Schwester immer. Oder Lutz legte seinen Kopf in ihren Schoß und Elfi lachte wieder, schau, sagte sie, mein Lutz.

Der Vater war ein anderer, seit Elfi da war. Er, der nie Zeit für etwas anderes als für die Arbeit hatte, die nie ausging, saß neben Elfi in der Stube oder auf der Hausbank, er stand mit ihr unter dem großen Nussbaum, oder sie gingen einen Feldrain entlang und Elfis kleine Hand stahl sich in die harte Hand des Vaters und er passte seinen Schritt ihren kleinen, hüpfenden Schritten an und Elfi erzählte von Blumen und von Schmetterlingen und zeigte dahin und dorthin und hob ihr Köpfchen, vertrauensvoll, und der Vater, der mit seinen Söhnen nie mehr redete, als not war, der Vater beugte sich zu Elfi hinunter und antwortete, weil sie zwitschernd zu wissen forderte, wie diese Blume hieß und wie jene, der Vater lauschte ihren kleinen Geschichten vom

Lutz, von den Kätzchen, den Hasen in ihren Ställchen, ihren zitternden Schnauzen und wie es kitzelte, wenn ein Kalb mit seiner rauen Zunge über ihre Hand schleckte. Ihr glucksendes Lachen: Dös kitzelt, Tati! Ihre Finger tanzten über die Hand des Vaters, zoag mas, sagte der Vater, wia tuats, dös Käubl!

Dass der Vater lächelte, das hatte Franz nie gesehen. Manchmal lachte er, wenn er mit den Bauern in der Wirtsstube saß, ein hartes Ausstoßen des Atems, als schmerzte etwas in der Brust, das er loszuwerden suchte. Oder es gab eine Art Zufriedenheit in seinem Gesicht, wenn die Ernte eingebracht war, wenn sie um den Tisch saßen und der Tag war ein guter gewesen, die Mutter bügelte, der Vater las die Zeitung. Es gab den Ausdruck von Spott, wenn einem etwas schiefgelaufen war, einem anderen Bauern, dem eigenen Sohn, großkopfert toan, jetzt host as, es gab den Ausdruck von Berechnung, ein Zusammenziehen des Innersten des Auges, den Ausdruck des Zornes, wenn jemand nicht tat, wie der Vater wollte, einen Ausdruck von Leere, wenn sich der Krieg in ihm erhob, oder der Wut, weil er den Krieg nicht niederringen konnte. Es gab ein Nicken als höchstes Zeichen der Anerkennung, passt, sagte er vielleicht noch, aber das erwartete der Vater ohnehin, dass man seine Sachen machte, sodass es passte. Und es gab das harte Ausstoßen des Atems, das für ein Lachen galt. Kein Lächeln.

Wenn aber Elfi neben dem Vater saß und mit den Beinen schaukelte und seine Handinnenseite kitzelte und zu ihm aufsah und in die Hände klatschte, weil er ihr Nüsse aufbrach und die Kerne aus den Schalen holte und in ihre Hand legte, oder sie mit Apfelspeigerln fütterte, dann lächelte der Vater, manchmal, unvermutet, und ganz ungewohnt. Und vielleicht, weil er sich ja doch wieder an die Arbeit machen musste, strich er ihr übers Haar, behutsam. Und wenn, was manchmal geschah, helle Tränen über Elfis Gesicht sprangen, weil Lutz nicht aufzufinden war, weil ein Ferkel tot im Koben gelegen war, die Muttersau hatte es erdrückt, weil ein Huhn ihr in den Finger gepeckt hatte, oh!, der große Schmerz!, dann wischte der Vater, auch das unerhört, dann wischte er ihr, unbeholfen, das Nasse aus dem Gesicht, is scho guad, sagte er, wiad scho wieda werdn, no, schau ma hoit, ob ma den Lutz findn, muaßd ned rearn, solche Sätze sagte der Vater und Elfi hob das tränennasse Gesicht und lächelte, unter Tränen, und der Vater lächelte, oh!, das Wunder dieses Vaterlächelns.

War Franz eifersüchtig, weil der Vater Elfi etwas schenkte, das er keinem seiner anderen Kinder geschenkt hatte, dieses Lächeln? Nein. Es gehört doch Elfi das Beste in jedem Menschen.

Weil sie lange das R nicht aussprechen konnte, nannte sie ihn Fanzi, das blieb ihr Name für ihn, bis zuletzt, wenn sie ihn lockte, wenn sie ihn zu etwas überreden wollte, wenn sie in ihrer eigenen Verzückung war, wenn sie ihn bitterlich um etwas bat, ich will nach Hause, Fanzi, i wü hoam, moch dass i hoam konn.

ASTRID

Als Kind war sie mit dem Franzopa oft auf den Friedhof gegangen. Sie hatte kleine Wiesenblumensträuße in die Gurkengläser gesteckt, der Großvater hatte die Gießkanne zu den Gräbern getragen, die Kanne war immer nur halb voll, so konnte Astrid sie heben und gießen; wie Regen rieselte das Wasser durch den Brausekopf. Im Sommer gossen sie manchmal zweimal am Tag, in der Früh und am Abend; die Kieselsteine schimmerten im Morgenlicht, im Abendlicht, und tiefrote Rosen rankten sich an Eisenkreuzen.

»Der kleine Herbert«, sagte sie, wenn sie vor dem Grab stand, in dem der jüngste Bruder der Bärbioma lag.

Im Grab, in dem einmal der Franzopa liegen würde – »aber da ist noch weit hin«, sagte er, wenn sie davorstanden, da musste es recht eng sein, so viele Menschen lagen darin.

»Die Urlioma und der Urliopa«, sagte sie und der Franzopa nickte.

»Die kleine Maria, die kleine Anna«, die stellte sie sich wie Puppen vor; sie waren gestorben, da waren sie noch ganz klein gewesen, Babys, und der Franzopa hatte keine Erinnerung an diese Schwestern, er war noch nicht auf der Welt gewesen.

»Der Toni, der Leonhard, die kleine Elfi«, sie fuhr über die Namen auf dem Grabstein. »Wieso sind sie gestorben?«

»Es war Krieg«, sagte der Großvater.

»Und der kleine Georg.«

»Ja«, sagte der Großvater. »Unser kleiner Georg.«

Manchmal legte sie Wiesenblumensträuße auch auf die anderen Gräber. Die Namen auf den kleinen schwarzen Schildern klangen fremd. Miecyslaw Macioneke, Edmund Kryzanski, Magda Dawidowitsch, Jahn Mikolajczyk. Über vierzig Namen.

»Gehören die auch zu uns?«, fragte sie.

»Sie sind hier gestorben«, sagte der Großvater. »Sie gehören auch zu uns.«

Der Franzopa redete nicht gern vom Krieg. Der andere Großvater schon. Der Franzopa sagte, dass Krieg etwas Schreckliches sei, für den Hermanngroßvater war der Krieg etwas, das aufregend gewesen war. Und notwendig.

Wenn der Hermanngroßvater vom Krieg redete, schlug er mit der Faust auf die Tischplatte; wie der Tisch erbebte und alles, was auf ihm stand. So laut war seine Stimme, dass sich Astrid gerne die Ohren zugehalten hätte. DISSSZIPLIN, sagte er und die Großmutter schien, während der Großvater vom Krieg redete, immer kleiner zu werden, verschwinden zu wollen, aber das ging ebenso wenig wie sich die Ohren zuzuhalten, während der Großvater redete.

Die Stimme des Großvaters war laut, aber sein Gesicht sah aus, als weinte er um etwas, das schön gewesen war, schön und jetzt unerreichbar, nie war das Gesicht des Hermanngroßvaters weicher, als wenn er vom Krieg redete.

Der Hermanngroßvater hatte in ihrem Elternhaus gelebt. Oder richtiger: Ihre Eltern und sie lebten im Haus vom Hermanngroßvater, das eigentlich das Elternhaus der Großmutter war, aber nur der Hermanngroßvater hatte Sätze gesagt wie: Solange ihr in meinem Haus lebt, oder: In meinem eigenen Haus tu ich, wie ich will.

Die Großeltern wohnten im Erdgeschoß und Astrid musste, wenn sie das Haus verließ, weil sie in die Schule ging, weil sie zum Franzopa lief, weil sie Luft brauchte und Grün und Blau und Bunt, weil sie den Regen brauchte und den Nebel, den Schnee, weil alles draußen besser war als die stickige Enge im Haus, immer musste sie an der Großvaterwohnung vorbei, an der Tür, die einen Spalt offen stand, und an der Stimme, die von drinnen rief und wissen wollte, wer da ging und wohin da wer ging und warum, und Astrid schlüpfte aus der Haustür, verfolgt von der Stimme des Großvaters, die sich ihr in den Nacken biss. Und manchmal stand er in der Tür, wenn sie über die Stiege hinunterlief, junges Fräulein, sagte er dann, und nie wusste sie, was er von ihr wollte, warum er sich dafür interessierte, ob ihre Schuhe geputzt waren – als hätte die Mutter sie mit schmutzigen Schuhen aus dem Haus gelassen! –, warum sie Hosen trug und keinen Rock, und warum sie ihm erzählen sollte, was sie in der Schule lernte, wenn er sich dann doch nur darüber aufregte.

Manchmal polterte der Großvater die Stiege hinauf, und wenn die Mutter da war, stand er in der Küche oder im Wohnzimmer, »hast du das gelesen?«, sagte er zur Mutter und schlug auf einen Artikel in der Zeitung ein, »eine Frechheit!«, sagte er, und wenn die Mutter nicht da war, weil sie im Geschäft war, dann stand er trotzdem im Wohnzimmer oder in Astrids Zimmer und schlug auf den Artikel in der Zeitung ein und Astrid starrte in sein Gesicht, das ganz rot war, und sagte nichts, bis er wieder ging, polternd und schimpfend.

Im Geschäft durfte er nicht sein.

»Das geht nicht«, sagte Astrids Vater, »dass du da so einen Aufstand machst, du verjagst uns ja die Kunden.«

»Das können ruhig alle wissen«, brüllte der Großvater, »eine Frechheit, was sie in der Zeitung schreiben!«, und dass er die Zeitung abbestellen werde, so über die alten Kämpfer zu schreiben.

Dass nicht er die Zeitung abonniert habe, sagte der Vater, dass er sie also auch nicht abbestellen könne, und wenn er nicht lesen wolle, was in der Zeitung stand, dann solle er es sein lassen und ein für alle Mal, er könne nicht im Geschäft – »davon leben wir!« – seine alten Geschichten austragen.

»Alte Geschichten, alte Geschichten! Was wisst denn ihr!« Dass es keine Dankbarkeit gebe und dass sie sich alle anschauen würden, wenn sie in diesen anderen Zeiten gelebt hätten.

»Es ist genug«, sagte Astrids Vater und Astrid wunderte sich, dass der Großvater seinem Sohn nachgab.

Als dann die Großmutter starb, die eine leise Frau gewesen war, die sich immer zu ducken schien, aß der Hermanngroßvater sonntags oben mit ihnen. An den Wochentagen brachte ihm Astrids Mutter das Essen hinunter, oder er ging ins Wirtshaus, wo er sich beschwerte, dass der eigene Sohn und die Schwiegertochter ihn nicht am Tisch haben wollten, in seinem eigenen Haus.

»Es gibt keine Dankbarkeit!«, brüllte er, wenn er vom Stammtisch nach Hause kam und Astrids Mutter sagte, es sei eine Schande und womit sie das verdient habe.

Der Großvater starb ein Jahr nach seiner Frau. Obwohl er kaum einmal ein gutes Wort für sie gehabt hatte, schien er ohne sie auch nicht sein zu wollen. Oder es fehlte ihm etwas; »weil er niemanden mehr unter seiner Fuchtel hat«, hörte Astrid ihre Mutter zu einer Nachbarin sagen.

Eine Zeit lang saß Astrid, wenn sie über die Stiege ins Erdgeschoß und zur Haustür hinauslief, noch die Stimme des Großvaters im Nacken. Erst als das Erdgeschoß in einen Ausstellungsraum für Bäder und Fliesen und Duschkabinen umgebaut wurde, verlor sich die Erinnerung an den alten nörgelnden Mann. Vielleicht hatte ja sein Geist, ähnlich wie die unruhige Seele der Mutter, in blank geputztem Stahlemaille und Acryl seine Ruhe gefunden.

Ein Schrei schreckte sie, dass sie hochfuhr, und im Aufwachen wusste sie, das war die Mutter gewesen, die geschrien hatte, und so, als ob sie in Not wäre. In großer Not und weit weg hatte die Mutter Astrids Namen gerufen, aber was wollte sie von ihr?

Einen Moment lang dachte sie, dass sie tatsächlich die Mutter gehört hatte. Eine Angst sprang durch sie durch, eine so große Angst, dass sie anrufen musste, sofort, und fragen: Ist alles gut? Was ist passiert?

Sie knipste die Nachttischlampe an, es war zwei Uhr siebzehn, wie hätte sie die Mutter hören können. Es war tiefe Nacht, die Mutter war in K. und schlief doch sicher, wie also hätte sie die Mutter hören können. Und selbst wenn es das gäbe, eine so tiefe Verbindung zwischen Menschen, dass ihre Seelen über Zeit und Raum hinweg kommunizierten – das träfe doch nie und nimmer auf ihre Mutter und sie zu. Und warum auch sollte die Mutter in Not sein. Was immer sie bedrücken mochte – was aber sollte sie bedrücken? –, putzte sie sich vom Leib, wischte sie mit einer ungeduldigen Handbewegung weg und war es zufrieden, wenn sie in ihrer Fliesenlandschaft stand.

Schließlich fiel sie wieder in einen Schlaf, der war wie zerfetzt; als sie aufwachte, zog etwas an ihrem Herzen, ein großer Schmerz.

Am Vormittag tauschten sich die Arbeitsgruppen der Insektenausstellung aus. Überprüfung der Schwerpunktsetzung, Diskussion der Verbindungen zwischen den Themen, Gestaltungsmöglichkeit der Verbindungen. Platzhirschgehabe zwischen Kollegen, die einander nicht ausstehen konnten, Augenrollen aller anderen, die gerne zu Entscheidungen gekommen wären. Astrid sah aus dem Fenster. Die klebrigen Knospen der Rosskastanie würden bald aufbrechen, die hellen Blätter würden sich dunkler färben, warum hatte die Mutter nach ihr gerufen?

Die Besprechung lieferte dann doch noch einige brauchbare Ergebnisse. Dass sie und Karin sich auf das Leben in der Wiese konzentrieren würden, war abgesegnet, die Inhalte möglicher Workshops mussten noch aufeinander abgestimmt werden; ein nächster Schritt wäre, sich auf die tatsächlich auszustellenden Exponate zu einigen und zu überprüfen, was aus den eigenen Beständen entnommen werden konnte, was ausgeliehen werden musste; Überschneidungen waren zu vermeiden, der Austausch zwischen den Gruppen musste intensiviert werden.

»Ich bin ja nur froh«, sagte Karin, als sie wieder in ihrem Kammerl saßen, »dass wir nicht mit den zwei Idioten zusammenarbeiten müssen!«

»Stimmt. Was für eine Aufregung! Ob wir jetzt den Fokus stärker auf die Biodiversität legen oder auf das Artensterben, ist doch eigentlich …«

»G'hupft wie g'sprunga«, grinste Karin.

In der Mittagspause ging sie ins Gewächshaus. Die Luft war warm und feucht, es war sehr still. Nicht mehr lange, dann war die Gefahr von Nachtfrost gebannt und die Beete im Hof konnten bepflanzt werden. Eine Biene hatte sich ins Gewächshaus verirrt und brummte gegen die Glasscheiben. Zwei Pensionisten streiften durch den Garten, vom Schuppen kam das Kreischen einer Säge, was hatte die Mutter von ihr gewollt?

Die Mutter war am Grund eines Brunnens gestanden. Hohe, glatte schwarze Wände hatten sie eingeschlossen. Ihr Gesicht, nach oben gewandt, war ein weißer Fleck in der Schwärze gewesen. Ein Schrei, der aus der Tiefe des Brunnens drang – was hatte die Mutter gewollt.

Sie wählte die Nummer von daheim.

»Wallner«, sagte die Mutter, und noch einmal: »Wallner, Bad- und Sanitärbedarf.«

»Ich bin's.«

»Astrid«, sagte die Mutter, und nach einer Pause, »was gibt's?«

Ich hab von dir geträumt, müsste sie sagen. Du warst schrecklich alleine.

»Ich hab Kundschaft«, sagte die Mutter, »wenn es nichts Wichtiges ist?«

Du hast meinen Namen gerufen. Was hast du von mir gewollt?

»Astrid? Ich kann jetzt wirklich nicht ...«

»Nein«, sagte sie. »Nichts Wichtiges. Ich wollte nur fragen ...«

»Ruf später an. Du weißt, dass das keine gute Zeit ist.«

Aber du hast geschrien in der Nacht.

»Es war nichts«, sagte sie und legte auf.

FRANZ

Wellen von etwas. Das Erhebende des Weihrauchfassschwingens, wenn der Pfarrer die Monstranz hob. Schwaden von kehlenkratzendem Rauch und weiße Gewänder, die um Knöchel wallten. Das Erhebende des Orgelbrausens, des Dröhnens der Glocken, auch die zogen später in den Krieg; das Erhebende der zum Himmel gehobenen Augen, der offene Raum über ihm, die gefalteten Hände und wie das Weite, das Heilige in ihn drang, ihn ausfüllte, wenn er niederkniete, wenn ihn die Kälte und die Härte des Steins trafen, wenn er die Glöckchen schwang, die das Kirchenvolk aufriefen, Einkehr zu halten, Buße zu tun. Und wie das Kirchenvolk in den Bänken zu ihm aufsah, oder zum Pfarrer, oder zu Gott.

Selbstüberhebung ist eine Sünde, sagte der Pfarrer. Demut, sagte der Pfarrer, Demut steht uns gut an, und Gehorsam und ergebener Dienst im Namen Gottes, und dennoch genoss es Franz, dass er auf die gescheitelten Köpfe hinabsah, dass Augen wie verschleiert zu ihm aufsahen, dass die Bauern ihre Hüte abnehmen mussten, auch die reichsten, wenn sie die Kirche betraten, dass er ihnen in die Augen sah, wenn sie, auf Knien, die Zunge herausstreckten und der Pfarrer ihnen die Hostie auf die Zunge legte, streng sah er sie an, ob sie auch das »Amen« sprachen, ob sie in Ehrfurcht sich erhoben, ob sie ordentlich das Kreuz machten, oh, die Macht, die ihm Gott gab.

Das Erhebende des Gehens mit dem Klingelbeutel. Wie er den Bauern den Samtbeutel unter die Nase hielt und ihn nicht wegzog, bevor der Bauer nicht schnaufend nach einem Groschen gesucht und ihn in den Sack geworfen hatte, mit einem bösen Blick. Vergelt's Gott, murmelte Franz und hielt den Beutel dem nächsten Bauern unter die Nase, der sich schon gerichtet hatte, weil es ja doch sein musste, dass er sich von seinem Groschen, seinem Pfennig verabschiedete, vergelt's Gott, oh, die Schauer der Macht.

Das Erhebende der gemurmelten Gebete, der lateinischen Wörter, die ihm wieder zum Geheimnis wurden, oder immer Geheimnis waren, ite missa est, sagte der Pfarrer am Ende der Messe, aus is, dachte Franz und folgte im wallenden weißen Gewand dem Pfarrer in die Sakristei.

Oder der Pfarrer zog mit der Monstranz und unter einem samtenen Himmel durch die mit Laub und Blumen geschmückte Hauptstraße, über die Felder, die Ministranten weihrauchfassschwingend hinter ihm. Gott war in seinem Land, die Frauen knicksten und die Männer beugten das Knie, auch der Vater zeichnete sich ein Kreuz auf Stirn, Mund und Brust, wenn die Prozession an seinen Feldern vorbeikam, und betete: das Vaterunser, den Rosenkranz.

Erhebend war auch, dass man Gott im Munde führen durfte, dass man Gott auf seiner Seite hatte, vergelt's Gott, sagte Franz, Corpus Christi, sagte der Pfarrer, der Leib des Herrn, und die Bauern, der Herr Lehrer und selbst der Nazibürgermeister knieten nieder, arme Sünder, und suchten in der Unterwerfung das Heil.

Nach der Messe riss sich Franz den weißen Kittel über den Kopf, pfiati, Herr Pfarrer!, und stürmte zur Sakristeitür hinaus und hinauf zur Schule, zur Wiese vor der Schule; unter dem Kittel hatte er das braune Hemd getragen, er riss den Arm hoch und die Fahne flatterte im Wind, Appell, so gespannt jetzt, Körper und Geist, so vorwärtsdrängend, einer großen Zukunft geweiht.

Das Erhebende auch, sich unter einen Willen zu beugen, sich in etwas Hartes, Großes zu fügen, selbst groß zu werden in der Unterordnung, das fühlte er, wenn er die Binde um den Arm zog, den Riemen und die Schuhe schnürte und gerichteten Schrittes durch das Dorf und über Straßen marschierte, nicht alleine, nie alleine, dass er einen Willen hatte und eine Macht.

Ein deutscher Jungvolkjunge, sagte der Lehrer, und die Leute hoben die Hand zum Gruß, und er sah starr geradeaus, eisern in eine stählerne Zukunft, und die Mutter verkniff den Mund, wenn sie ihm die Uniform bügelte, das Hemd, das Fahrtentuch, die Schuhe musste er selber putzen, dass sie glänzten, und Elfi saß bei ihm, so schön!, sagte sie, wenn er fertig war. Nicht schön, sagte er. Hart, mutig und ohne Erbarmen und Elfi schüttete sich aus vor Lachen.

In der Wirtsstube hing nun das Führerbild, und der Führer sah über die Bauern hinweg, die in der Stube saßen, über die Eltern hinweg und über Franz hinweg in eine große Zukunft, die es notwendig machte, dass Franz sich auf dem Platz vor der Schule, im freien Gelände, im Wald, bei Regen, in Hitze und Kälte auf den Boden, in den Schlamm, in den Schnee warf; in die Erde sinken, diesen Wunsch verspürte er, unscharf, sich in die Erde wühlen, zur Ruhe kommen in dunkler, süßer Erde.

Die große Zukunft des ganzen deutschen Volkes machte es notwendig, dass Franz siebzig Meter in fünfzehn Sekunden lief, dass er Weitsprung und Schlagball übte, dass er eine Minute die Luft anhielt, wie wäre denn die überaus große Zukunft zu sichern, wenn man die Luft nicht anhalten konnte und nicht sich einprägte, was Jungvolkjungen waren: Kameraden. Und hart, schweigsam und treu.

Dass des Jungvolkjungen Höchstes die Ehre war, das versuchte er Elfi zu erklären, die sah ihn an mit großen Augen und wiederholte: Des Jungvolkjungen Höchstes, darüber stolperte sie,

Jungvolkjungen, versuchte sie es wieder und endete dann mit: Die Ehre, ist die Ehre, und er zog die Uniform aus und ging mit der Schwester in den Hof, dort waren die Katzen, und später, die Brüder waren an der Front, half er im Stall, er erzählte dem Knecht, der war noch nicht eingerückt, was des Jungvolkjungen Höchstes war, dass die hellen Fanfaren Vorwärts! schmetterten, dass das Ziel zu zwingen war, dass er durch Nacht und Not marschieren würde, er, der Träger der kommenden Taten.

Das Große-Bruder-Lachen, als er Toni und Leonhard, die waren auf Heimaturlaub, hitzköpfig berichtete: Wie er als Fliegerheld den Luftkrieg gewinnen würde, wie er als U-Boot-Kapitän die Weltmeere für Deutschland sichern würde, die Brüder lachten, gutmütig, oder spöttisch, das ärgerte ihn. Immer würden die Brüder größer sein als er, stärker sein als er, immer würden sie ihm voraus sein. Sie hatten mit den Wörtern angegeben, die sie im Krieg gelernt hatten, un, deux, trois, oui, non, s'il vous plaît, Mademoiselle, l'amour – sie hatten gegrinst, als hätten sie ein Geheimnis, auch das hatte ihn wütend gemacht.

»Ihr mit euerm blöden Krieg!«, hatte er geschrien. »Verrecken sollts!«

Leonhards bleiches Gesicht.

Franz war aus der Stube gestolpert. Später hatte ihn Leonhard gefunden, da, wo er sich immer verkroch, im Stadl, im Heu.

»Geh weg«, hatte er geschrien, mit nassem Gesicht, »geh weg geh weg geh weg.«

Leonhard hatte sich neben ihn gesetzt.

»Das ist nicht so, weißt du«, hatte er schließlich gesagt. »Wir reden blöd, der Toni und ich, aber das ist nicht so.«

»Wie«, hatte Franz nach einer langen Zeit gesagt. »Wie, nicht so?«

Neben sich hatte er das Achselzucken des Bruders gespürt.

»Nicht lustig«, hatte Leonhard gesagt. »Der Krieg ist nicht lustig.«

Franz hatte sich aufgesetzt.

»Das sind Bauern. Die sind wie wir. Die bestellen ihre Felder, die machen ihren Wein, die haben Kühe und Schweine und Hühner, die sind genau wie wir. Und wir, wir machen alles kaputt.«

Ob er einen erschossen hatte, wollte Franz fragen, wie das war, einen zu erschießen, und was er eigentlich so tat, als Soldat, außer marschieren und das Gewehr und die Stiefel putzen und Hühner und Gänse von den Höfen holen und rauchen, auch Leonhard rauchte jetzt, schnell und gierig.

»Ich hab das nicht so gemeint«, flüsterte er.

»Ich weiß«, sagte Leonhard. »Das weiß ich ja.«

So war es dann gewesen, in den paar Tagen, die die Brüder noch blieben, bevor sie wieder in den Krieg zogen: fast wie früher. Fast, als ob es keinen Krieg gäbe. Fast, als wäre alles gut. Dann waren die Brüder fortgegangen und einmal waren sie noch nach Hause gekommen, und noch einmal, und dann nicht mehr, dann nie mehr wieder.

Dass sie in einer großen Zeit lebten, das sagte der Lehrer mindestens einmal am Tag. Und weil sie in einer großen Zeit lebten, mussten Opfer gebracht werden, auch das sagte der Lehrer, mit vor Rührung zitternder Stimme.

Die große Zeit und die Eintopfsonntage, und am Abend kam der hinkende Schuster in die Stube und kassierte von den Tageseinnahmen den Betrag, der ans Winterhilfswerk abgeführt werden musste; um das Elend zu mindern, sagte er, das Elend des deutschen Volkes. Leg noch eine Mark drauf, sagte er, oder zwei, du hast es ja, und der Vater machte die Augen schmal und gab noch eine Mark drauf; Krüppelnazi, sagte er, kaum war der Schuster draußen, sei stad, zischte die Mutter, wenn dich wer hört.

Sobald er die Uniform tragen durfte, ging auch Franz von Tür zu Tür, Spenden für das Winterhilfswerk, sagte er, Lose für das Winterhilfswerk, Altkleidersammlung, für die Bedürftigen, für unsere Soldaten an der Front, schon wieder einer, sagten dann die Bäuerinnen, ist schon einer da gewesen, und schlugen ihm die Tür vor der Nase zu. Die Volksgemeinschaft!, donnerte der Lehrer, und sie klopften wieder an Türen und die ganz Frechen wischerlten an die Tür, wenn diese verschlossen blieb.

Die große Zeit erforderte es auch, dass Franz in der freien Zeit Eicheln sammelte, und Kräuter, Brennnesseln und Lindenblüten und Haselnussblätter und Gänseblümchen.

Nein, sagte er zu Elfi, die sind nicht fürs Kränzebinden, aber dann gab er ihr doch nach und saß mit ihr im Gras und flocht die kleinen weißen Blumen zu dünnen Kränzen und flocht die Kränze Elfi ins Haar und hängte sich selbst einen Kranz um, schön!, sagte Elfi und sah ihn mit großen Augen an.

Weil es hieß, dass die besten Sammler das Foto eines Ritterkreuzträgers erhielten, wurde er am Ende der Ferien noch ehrgeizig. Ein Ritterkreuzträger, vielleicht einer von den Fliegerassen, der Stern von Afrika, der schwarze Teufel! Wann immer es im Dorf eine Filmvorführung gab, schlich er sich in die Vorführung, unsere Helden!, dröhnte die Deutsche Wochenschau, und Flugzeuge zogen, wie zornige Hornissen, in Geschwadern über den Himmel, der grau war, Franz aber dachte ihn sich blau, blitzblau, und hoch oben im Blitzblauen brausten die Flugzeuge im Staffelflug, oder sie jagten im Sturzflug der Erde zu, kreiselnd stürzten die gegnerischen Flugzeuge, eine Rauchfahne hinter sich herziehend, ab und in den Tod, ins Verderben, nicht aber Franz, und nicht die deutschen

Fliegerasse, die, blond gescheitelt, den Wind im Haar und ein Käppi schief auf die blonden Locken gedrückt, verwegen oder auch wie schüchtern lächelnd, in die Kanzeln ihrer Flugzeuge sprangen. Atemlos dachte er sich die Welt, die den Fliegern zu Füßen lag, und wie sie die gegnerischen Bomber aufs Korn nahmen, mit ungeheurer Treffsicherheit.

Mit dem Hofstetter Herbert diskutierte er die Vor- und Nachteile der einmotorigen, der mehrmotorigen Jäger, der Sturzkampfbomber und Schlachtflieger, und der Lehrer verriet ihnen die Spitznamen der Focke-Wulf, der Heinkel, der Messerschmitt – Moskito, wiederholten sie ehrfürchtig, Uhu, Hornisse.

Unablässig also erhoben sich die Jagdflieger in die Lüfte, unbesiegbar, unsterblich. Bis dann doch einer starb, und noch einer, die heroische Ergriffenheit des Lehrers, wenn er ihnen Heldentode verkündete, und der düstere Prunk der Begräbnisse, die er in der Wochenschau verfolgte, von denen er in den Heimstunden der HJ las: flackernde Feuer, der letzte Gruß des Führers, und die Ehrenwache am Sarg des toten Fliegerhelden.

Am Ende bekam aber nicht er das Bild des Ritterkreuzträgers – der schwarze Teufel! –, sondern Herbert, und es bedurfte langer Verhandlungen und vieler Bittgänge, bis Herbert ihm das Foto überließ, gegen ein Taschenfeitel und ein Rolf-Torring-Heft, das er Leonhard im Heimaturlaub abbettelte.

Sie lebten in einer großen Zeit und Deutschland wuchs beinahe täglich in alle Richtungen. In der Wirtsstube hing eine Weltkarte, die hatte der Lehrer ausgemustert, weil sich die Zeiten geändert hatten und mit ihnen die Welt und ihre Grenzen, und der Vater, oder einer der Gäste, oder der Knecht, solange er noch nicht selbst im Krieg war, markierte die Front mit Fähnchen. Wie waren sie zu den Fähnchen gekommen, wer hatte alle die Väter und Söhne mit Fähnchen versorgt? In einem weiten Bogen zogen sich Fähnchenreihen durch Europa und über die Welt, Erdkunde, Weltkunde, die Kunde von deutscher Erde.

Wo auch nur ein deutscher Soldat war, sagte der Lehrer, da war Deutschland. Und der deutsche Soldat stürmte durch Europa, durch die Welt, dass einem Hören und Sehen verging, nach Osten, in den Norden, in den Westen, der Führer in Paris und Deutschland im Taumel und der Lehrer mit vom Sieg geschwellter Brust; beinahe schon gelang der Sprung nach England, und weiter ging es hinunter nach Afrika, und in den Osten, immer weiter in den Osten, gegen den ganz großen Feind, um den Untermenschen das Menschentum zu bringen, die deutsche Kultur, weiter und weiter zogen die Fähnchenreihen und dann, und dann und dann und dann würde man Moskau erobern und endlich würde die ganze Weite des Raumes deutsch sein, wie es ja anders gar nicht sein konnte.

Bessarabien. Aber wie war er auf das Wort gestoßen? Hatte er es bei den Bauern in der Wirtsstube aufgeschnappt, oder hatte er es in der Zeitung gefunden, die in der Wirtsstube lag, die vielen Wörter, die drum herum wimmelten, eine zu schwere Aufgabe für einen Volksschüler, aber dieses Wort war ihm entgegengesprungen, und er hatte sich ein Wüstenland gedacht, wie er es von den Bildern aus den Heften kannte, die die Brüder lasen, ein Kamelherdenland, in dem Sultane in marmornen Palästen wohnten, in dem Räuber in Kisten voll mit Rubinen, Smaragden, Perlenketten und Goldgeschmeiden wühlten, und Männer trugen Turbane und tödliche Säbel in langen, sich bauschenden Gewändern, unter Palmen trafen sich Verschwörer, und kleine Diener lauschten und mussten sterben, zauberisches Morgenland.

Oder hatte der Lehrer, leuchtenden Auges, »Bessarabien« gesagt und über Deutschtum gesprochen, die deutschen Brüder und Schwestern, das Volk und die Scholle, die es nun zu verlassen galt, freudig, um heimzukehren ins Reich, auf ehemalig polnische Bauernhöfe. Deutsche also, und der Stich der Enttäuschung, keine wilden Morgenländer.

Vom Schwarzen Meer her, hatte der Lehrer gesagt, und Franz hatte sich ein Meer gedacht, das tief war und Schätze barg und Ungeheuer; die fette schwarze Erde, hatte der Lehrer gesagt, die erst der deutsche Bauer fruchtbar gemacht hatte, das wogende Gold der Felder, Sinnbild für den Fleiß, die Anständigkeit, die Gottgläubigkeit des deutschen Bauern.

Ein Schaubild zeigte bessarabische Bäuerinnen bei der Heuernte – wie bei uns, hatte Franz gedacht, die sahen aus wie die Mutter, wie die Dirn, wie die Nachbarinnen, die trugen lange Kittel und Kopftücher, die sie im Nacken zusammengebunden hatten, die stützten sich auf ihren Rechen, und der Himmel war hoch und die Wolken bauschten sich, gutes Erntewetter.

Anders die bessarabiendeutschen Männer, die lehnten an Zäunen und sahen ihn aus einem Bild heraus an mit gutmütigem Spott, als forderten sie ihn auf mitzukommen, und als wüssten sie, dass er es nicht wagen würde; die hatten scharfe Nasen und schmale Augen, die trugen hohe Fellmützen, die waren doch nicht deutsch.

Später, als Flüchtlinge, viele, durchs Land und auch durch das Dorf zogen, hielt er Ausschau, ob er Bessarabier sah, aber nie entdeckte er die hohen Hauben, Karakulmützen, und erst viel später begriff er, was er immer hätte wissen können, dass die Brüder in Bessarabien gefallen waren, zwischen Dnjestr und Pruth, dass sie, lange schon, die fette schwarze Erde Bessarabiens nährten; sein Kindheitsmorgenland war ein Friedhof und goldenes Korn spross aus dem, was die Brüder gewesen waren.

Wie man mit dem Raum und seiner Weite verbunden war. Kriegsweihnacht, und die Stimme aus dem Volksempfänger rief Stalingrad, rief die Front an der Wolga, rief Leningrad, die Lapplandfront, die Stimme rief Südfrankreich, andere Stimmen bestätigten, hier Lillehammer, hier der Golf von Biskaya, die Kanalküste, Zakopane, die Tatra, und Kreta, das Eismeer und Finnland, und dann sangen sie, gemeinsam, alle Soldaten in der Weite des Raumes und alle Zuhörer zu Hause, alle gemeinsam, in dieser Minute, und die Mutter wischte sich über die Augen, die Brüder waren da draußen, irgendwo im Osten, draußen in der Nacht.

Die Wochenschau zeigte U-Boote, die Weihnachtsbäume aufnahmen, Soldaten, die Gitarre spielten und Akkordeon, die Spielzeug für die Kinder gefallener Kameraden bemalten und mit glänzenden Augen in die Kamera sahen; Frauen packten Feldpostpäckchen, begeistert unterstützt von Schulkindern, und Schwestern eines Soldatenheims an der Kanalküste bereiteten Weihnachtsgaben, für die Ostfront, sagte eine Stimme, für die Brüder, dachte Franz, riesige Kisten voll mit Päckchen, die Brüder bekamen mehr als er.

Das Soldatenleben, zeigte die Wochenschau, war ein lustiges: Soldaten fingen, wie Buben, Hühner und Gänse, eine gute Gans, sagte die Stimme, ist eine Gabe Gottes; mit hochgekrempelten Ärmeln, eine Zigarette im Mundwinkel, trieben die Soldaten ein Schwein fort, während Bolschewikenhorden und Horden von Untermenschen den deutschen Soldaten bedrohten, der doch die Kultur brachte und dem der fette Boden gebührte und das Land, das die Untermenschen verkommen ließen; hinter marschierenden Soldaten brannten Hütten.

Dass der Soldatentod der schönste Tod vor allen sei, hatte der Lehrer gesagt. Das Herz gesund, die Wangen rot, auf grüner

Au zu fallen; mit blitzenden Augen hatte der Lehrer über sie hinweg geschaut in eine Ferne, als könnte er sehen, wie sie, in einer grünen Au, auf einem Feld, im Gold des wogenden Kornes vielleicht, ein Lied schmetternd, starben; ihr heißes Blut, das den Boden tränkte, auf dass Deutschland lebe. Der schöne Tod. Der ehrliche Tod. Der Tod in der Schlacht.

Dass er, Franz, Deutschland war, das verstand er, wenn er dem Lehrer zuhörte. Ihr Jungen, sagte der Lehrer, dessen Atem pfiff, wenn er sich in eine Erregung redete. Ihr seid die Zukunft, der Führer zählt auf euch. Also verließ sich der Führer auf ihn, auf ihn ganz persönlich, also war er, Franz, wichtig für den Führer, dessen Bild neben der Tafel hing, der, stirngescheitelt, ernst und streng in eine Zukunft sah und in ihre Seelen hinein. Ihr deutschen Jungen, sagte der Lehrer, ihr baut das neue Deutschland.

Hast du gehört, sagte er zu Elfi, wenn er wieder daheim war, verstehst du das, das neue Deutschland bauen, und Elfi kicherte und zog ihn zu den Katzen, zu Lutz, in den Stall zu den Kühen und in die Scheune, wo sie sich in das Heu hinein wühlten; in den Ecken raschelten Mäuse.

Wer von den Vätern denn im großen Krieg gewesen sei?, fragte der Lehrer. Franz zeigte auf, andere zeigten auf, wo die Väter gekämpft hätten?, das wisse er nicht, sagte einer. Er solle sich schämen!, der Lehrer hieß ihn in der Ecke stehen, wie konnte ein Sohn nicht wissen, wo sein Vater an der Front gewesen war! In den Dolomiten, sagte Franz, am Isonzo, sagte ein anderer, in Gorlice und dort und dort und dort. Er selbst, sagte der Lehrer, sei in Galizien gewesen, ein Lungenschuss habe ihn früh aus dem Kampf geworfen, aber er wisse, was es heiße, seinen Mann zu stehen angesichts des Feindes.

Verdun, sagte der Lehrer, die Marneschlachten, Flandern – die Blüte der deutschen Jugend habe sich geopfert, ein Lied auf den Lippen seien Freiwilligenregimenter dem Feind entgegengelaufen, junge, todesmutige Männer, die fielen, wie Saatkörner in die Ackerfurchen fielen. Ihr Tod ist unser Leben, sagte der Lehrer und schnappte nach Luft. Ihr Geist, sagte er, führt uns an, und Franz dachte sich Geisterregimenter, und wie hinter jedem Soldaten einer kämpfte, der war schon tot und kämpfte aber immer noch und jeder, der fiel, reihte sich ein in das Geisterheer, das immer größer und größer wurde, wie sollte der Feind diesem Heer der Lebenden und der Toten widerstehen.

In Ehrfurcht, sagte der Lehrer, müsse man das Haupt vor diesen Toten neigen. Auch der Pfarrer ermahnte Franz, das Haupt zu neigen, wenn er vor dem Allerheiligsten stand, wenn er die Kommunion empfing, das Neigen des Hauptes und die triumphierende Demut, die damit verbunden war.

Dass die Saat aufgegangen sei, sagte der Lehrer, dass die Ernte eingebracht wurde von all den jungen Männern, die für ein neues Deutschland kämpften, die für ein neues Deutschland fielen, Helden, sagte der Lehrer und dann kam Franz nach Hause und der Vater hatte einen schlechten Tag.

Erzähl mir vom Krieg, sagte Franz, er steckt in mir, keuchte der Vater, er steckt immer noch in mir drin.

Nach dem Willen des Vaters sollte Franz Tischler werden. Bis er so weit sei, hatte der Vater gesagt, sei auch der Krieg vorbei, dann seien die Brüder wieder zurück – so viele Mäuler trage der Hof nicht, der Jüngste müsse sich um einen Beruf umschauen. Franz ging mit dem Vater zum Hitzl, den kannte er, seine Werkstatt lag am Rand des Dorfes. Er mochte den Geruch des Holzes, er mochte das seidige Schimmern der entrindeten Baumstämme, er mochte die Sägespäne und das Holzmehl, und dass er etwas mit seinen Händen würde machen können.

Is scho recht, sagte der Hitzl, als er sich vorstellte. A weng wochsn muaßd nu, ordentli essn. Und donn kimmst hoit, wonns so weid is.

Ein Stolz fuhr in ihn. Er würde Dinge herstellen, die andere brauchten, Tische, Sessel, Kästen, er würde aus dem toten Holz Sachen machen, für die andere gutes Geld zahlten, er würde ein Handwerk lernen und vielleicht einmal einen eigenen Betrieb haben, das hatte er von Leonhard gehört, was Eigenes, hatte Leonhard gesagt, was Eigenes ist immer das Beste.

Der Hofstetter Herbert wischte ihm seinen Stolz weg.

Staub fressen!, sagte er hochmütig. In der Werkstatt hocken, tagein, tagaus! Das sei nichts für ihn.

Was er denn sonst machen wolle? Den Hof würde er ja ebenso wenig übernehmen wie Franz!

Am Acker kleben, spottete Herbert. Im Mist waten, als ob er das wolle.

Was also dann?

Er werde Soldat, sagte Herbert. Panzerfahrer. Oder Flieger. U-Boot-Fahrer. Das müsse er erst entscheiden, aber eines sei sicher: Er werde nicht hier stecken bleiben.

Bis dahin sei doch der Krieg aus. Das könne ja nicht mehr lange dauern. Wer brauche denn dann noch Soldaten?

Soldaten würden immer gebraucht, sagte Herbert hochnäsig. Frag den Lehrer!

Und damit stolzierte er davon, der zukünftige Flieger, Panzerfahrer, U-Boot-Kapitän, und Franz beschlich ein Neid. Herbert würde ein Held werden und er, Franz, bestenfalls ein kleiner Tischler in einer kleinen staubigen Werkstatt. Nichts Heldischeres würde ihm passieren, als dass er sich vielleicht einmal einen Finger abschnitt in der Kreissäge, was war das, im Vergleich zu Herberts Soldatenleben, nichts.

Das rührte lange in ihm um, aber dann vergaß er es wieder,

weil ein Frühling kam und ein Sommer, weil Schwalben im Stall wieder ein- und ausflitzten, weil Forellen im Wasser standen; er fuhr mit dem alten klapprigen Rad, das Leonhard gehörte, die Hügel hinauf und hinunter, und Elfi zog ihn immer noch unter den Nussbaum, in den Wald, zu den Kätzchen, zu den Hasen.

ASTRID

Sie ließ die letzten Häuser hinter sich, Wiesenweg, und wie das Grün sich vor ihr ausbreitete, in schönen Wellen; sie wich den Pfützen aus, die der nachmittägliche Regenguss hinterlassen hatte. Das Auf und Ab des Weges, der sich zwischen Wiesen durchschlängelte, der Rhythmus ihres Atems, beinahe anstrengungslos, die lange Gerade, im Dämmerlicht lief sie jetzt jemandem entgegen, der ihr entgegenlief, seltsamer Zustand, seltsame Anordnung, die ihr eine Schwäche machte, oder ein Herzweh. Dann wusste sie, wer ihr entgegenlief, aber sie lief weiter, man blieb nicht mitten im Lauf stehen, wozu auch, um einander keuchend ins verschwitzte Gesicht zu schauen?; erst, als sie in den Wald eingebogen war, blieb sie stehen, stolpernd hüpfendes Hasenherz.

Am nächsten Tag kam er im Hof des Biologiezentrums auf sie zu.

»Ich wusste ja, dass ich Sie von irgendwoher kenne«, sagte er und streckte die Hand aus.

Sie verstand seinen Namen nicht, murmelte ihren und wusste nicht weiter, ungeübt wie sie war im kontextlosen Reden. Aber er fragte nach ihrer Arbeit, in welcher Abteilung sie arbeitete, an welchem Projekt, »Wiesen!«, rief er aus, als hätte sie ihm ein Geschenk gemacht; dass er ungemein angetan sei – sagte er: von der Lebendigkeit des Lebendigen. Darüber dachte sie nach. Was anders als lebendig sollte das Leben sein?

Er komme von der Sprache, fügte der Anglist wie entschuldigend hinzu, und aus der Stadt, und seine konkrete Kenntnis von Pflanzen habe sich bis vor Kurzem auf allgemeine Begriffe beschränkt: Gras, Baum, Blume, Pilz, Strauch.

»Aber«, sagte sie, »Sie sind doch wegen der Botanik hier!«

Dass er, sagte er, selbst als er seine Arbeit über Pflanzen bei Shakespeare geschrieben habe, kaum eine Vorstellung von den genannten Pflanzen gehabt habe. Er habe zwar alte Stiche und Fotos angesehen, Lexikonbeschreibungen gelesen, es habe ihn aber die Magie der Worte geleitet. Jetzt erfülle ihn die Magie ihrer realen Existenz.

Die Magie ihrer realen Existenz; er schien zu erröten.

Dann war nichts mehr zu sagen, sie murmelte etwas, das wohl hieß, dass sie jetzt arbeiten müsse, »wäre es Ihnen möglich«, sagte der Anglist, und sie wandte sich wieder ihm zu, »wäre es Ihnen vielleicht möglich, mit mir einmal einen Gang durch eine Wiese zu machen, eine blühende Blumenwiese«.

Sie hob fragend die Augenbrauen.

Er habe, sagte er, ein faszinierendes Buch über Wiesen gelesen. Wenn er aber in einer Wiese stehe, erschließe sich ihm nicht ihr Wesen. Das Wesen der Wiese, er lachte, Wiesenwesen. Er nehme jede Naturerscheinung literarisch wahr, alliterierend, reimend, er versehe die Natur mit ausgesuchten Adjektiven und Nomen, mit irritierenden Verben, er übersetze, was er sehe – aber was sehe er schon! –, in Shakespeare-Englisch, er bastle Sprachbilder, das sei eine schöne Beschäftigung, das Biologische aber, also: das Eigentliche, »blödes Wort«, sagte er ungeduldig, was heiße das schon: das Eigentliche?, jedenfalls aber bleibe ihm verschlossen, was alles man wissen könne, sehen könne, verstehen könne, inmitten einer Wiese stehend.

Kurz vor der Mahd, sagte Astrid, empfehle es sich ohnehin nicht, inmitten einer Wiese zu stehen, da hätten die Bauern keine Freude.

Ob sie also mit ihm eine Wiese entlanggehen und ihm, in Ermangelung eines besseren Wortes, das Eigentliche erschließen wolle?

Denke er an eine bestimmte Wiese? Oder reiche es, sich einfach hier – sie nickte zum Wiesenstück hinter ihnen – inmitten zu stellen?

Er vertraue sich gerne ihrer Wiesenkenntnis an. Aber ja, schon gerne eine große Wiese, »wild wuchernd, vielfarbig, viellebendig«.

»Die Stadlerwiese«, sagte sie. Er sah sie fragend an.

Es gebe, sagte sie, im Mühlviertel – »wenn es Ihnen nicht zu weit ist?« – ein Naturschutzgebiet, da könne sie ihm mehr als eine Wiese zeigen, mehr als nur ein Biotop, zudem treffe man, selbst an Wochenenden, kaum auf Wanderer.

»Dann also die Stadlerwiese. Ich freu mich«, sagte er, »wann und wo?«

Er gab ihr seine Nummer, »dieses Wochenende gleich?«, fragte er. »Blüht denn jetzt schon alles?, was für eine Frage, Sie sehen, ich bin kein Naturmensch.«

Jede Zeit sei eine gute Zeit, »aber vielleicht warten wir noch ein wenig, ich melde mich«, sagte sie, »schön«, sagte er, und noch einmal: »Ich freu mich«, und sie murmelte etwas und ging ins Haus und drehte sich nicht mehr um.

Steigerungsstufen der Gefährdung, die doch für alle galt: Vorwarnliste, gefährdet, stark gefährdet, vom Aussterben bedroht, regional ausgestorben, extinct – ausgestorben. Dass die große Auslöschung, dachte sie, längst schon begonnen hatte.

Sie überflog den Artikel, den ihr Karin auf den Tisch gelegt hatte. Jedes Jahr, las sie, verschwanden bis zu achtundfünfzigtausend Tierarten, Hunderttausende, wenn nicht Millionen Tierarten waren von der Auslöschung bedroht, am Ende würde der Mensch, das aber schien niemand wissen zu wollen, allen anderen Ausgelöschten, allen für immer Verlorenen nachfolgen.

Sie überflog eine Liste bedrohter Tierarten: Dreizehenmöwe, Irawadi-Delfin, Krauskopfpelikan, Narwal, Braunbären und Eisbären und Elefanten, Nashörner und Gorillas, Orang-Utans und Schimpansen und Bonobos, der Große Panda, Haie und Wale und Wisente, die Kegelrobbe und Leoparden und Löwen und Tiger, der Luchs, Seeadler, und Wölfe – Tiere, die selbst ausgesprochene Naturasketen aus Filmen und Dokumentationen kannten, Tiere, deren Fehlen auffallen würde, weil man keine Dokumentationen mehr drehen konnte, keine Touristen mehr mit ihnen anlocken konnte, keine Fotos mehr von ihnen schießen konnte. Bis in alle Ewigkeit – wie lange würde die noch dauern? – würde man aber Plüschlöwen verkaufen, Plüschaffen, Plüschelefanten, immerhin.

Wer aber, sie hätte schreien mögen, wer empfand Sympathie für Fadenwürmer, für Asseln und Milben, für Springschwänze und Rädertiere und Moose und Flechten. Wen kümmerte es, dass mit dem Verschwinden von Mikroorganismen die Basis allen Lebens verschwinden würde? Warum musste man, wieder und wieder, der Menschheit die NÜTZLICHKEIT eines Organismus, eines Lebewesens erklären, damit sie sich herabließ, eventuell doch noch, gnädig, zu schützen, was sich wirtschaftlich gerade noch rechnete.

Es hatte doch aber jedes Lebewesen sein Lebensrecht für sich selbst. Der Zweck jedes Lebewesens war seine Existenz. Und seine Eingebundenheit in ein System, das Leben aller anderen, verschränkte Abhängigkeiten. Was aber war die Notwendigkeit der Spezies Mensch? Wer würde das Menschentier vermissen, wenn es, endlich, verschwunden war?

FRANZ

Die ersten Männer aus dem Dorf fielen. Ein Ehemann, ein Sohn, ein Bruder; die Nachbarin war zur Mutter gekommen, in der Erinnerung schien ihm, sie sei über die Straße gelaufen, aber wie gegen einen starken Widerstand. Ihr Haar hatte sich gelöst, Strähnen fielen ihr in die Stirn; als wehte ein starker Wind, so hatte sich ihr Haar, ihr Rock bewegt, aber, als wäre in der Fortbewegung ein Widerstand, als wäre ihr Laufen in der Zeit eingefroren, als wollte die Zeit selbst sich nicht fortbewegen, und nicht die Nachbarin in der Zeit, so war das Bild der Nachbarin, die über die Straße lief, in Franz' Gedächtnis eingefroren.

In der Hand hielt sie ein Stück Papier. Der Hubert sei gefallen, ihr hartes Weinen, dass der Soldatentod, dachte Franz, und die Nachbarin klammerte sich an seine Mutter, der schönste sei; was sie denn jetzt machen solle, weinte die Nachbarin, aber was sie denn jetzt machen solle, die Augen der Mutter waren groß und erschrocken.

Nachbarn fielen, Väter, ein Onkel – der jüngste Bruder der Mutter –, ein Cousin, die Ernte im Moment der größten Süße, sagte der Lehrer, zur größeren Ehre Deutschlands und um ihr Schicksal zu erfüllen.

Franz dachte sich das Fallen weich und klar und gut, wie Äpfel fielen, die einverstanden waren mit ihrem Fallen, und Birnen, die sich von selbst vom Ast lösten, an dem sie hingen, weil es Zeit war, zu fallen, weil die Vollendung dies forderte: ein Ende.

Oder dachte er sich das Fallen so: ein Stürzen, ein Hinstürzen. Wie etwas den Körper traf, eine Kugel, dass er sich noch einmal aufbäumte, dass er das heiße Eisenstück aufnahm, das ihm das Fleisch zerriss und die Adern, und Blut spritzte und Knochen splitterten und die Eingeweide zerrissen, oder der Schädel platzte, wie viel Zeit war da noch, um zu wissen, dass man getroffen war, dass man sterben würde, dass man starb, und spürte man den Schmerz, den er sich als einen heißen dachte, der einem ins Herz fuhr und ins Hirn, was dachte man, im Fallen, und war denn Zeit, einen Gedanken zu denken, und welcher wäre das.

In der Kammer, die jetzt ihm allein gehörte, in der Kammer oder mit Herbert im Wald probierte er, wie es war, zu fallen. Sie rissen ihre jungen Körper hoch, um dann, die Hände ans Herz gepresst oder weit ausgestreckt, als begrüßten sie den Tod, willkommen!, um dann zu fallen, in kühles Moos, in duftende Nadeln, die einen auffingen, weich.

Dass es andere Arten gab, im Krieg zu fallen, das wusste er noch nicht; dass ein Körper von Granaten zerfetzt werden konnte, sodass er sich auflöste in seine Einzelteile und nur noch totes Einzelnes in Stückchen zu Boden fiel, dass man im Feuerstrahl verschmoren konnte, im Panzer eingeschlossen verdunsten, von Trümmern erschlagen werden konnte, dass man erfror, ertrank, erstickte, das wusste er nicht, und nie sollte er erfahren, wie die Brüder gestorben waren, aber sicher doch nicht den schönen Soldatentod, ein Lied auf den Lippen, auf grüner Au.

Elfi wurde sechs und kam in die erste Klasse. Jeden Tag ging Franz mit ihr über die Straße und hinauf in die Volksschule, ihre kleine Hand in seiner, er brachte sie in ihre Klasse, wo sie von ihren Freundinnen begrüßt wurde, zwitschernde kleine Mädchen; bis später, Fanzi, rief sie, das war nun einmal ihr

Name für ihn und obwohl sie dann das R schon aussprechen konnte, blieb er für sie der Fanzi.

Wenn er nach der Schule seine Arbeit am Hof gemacht hatte, setzte er sich zu Elfi und sie malte Buchstaben auf ihre kleine schwarze Tafel, sie sang ihm die Lieder vor, die sie in der Schule gelernt hatte, sie mühte sich am Einmaleins ab und sagte kleine Gedichte auf: Wenn Gott im Himmel spräch zu mir, welch Land der Welt erwählst du dir, ich säumte nicht – was heißt: säumte, Fanzi?, und wie ist es im Himmel, Fanzi, glaubst du, ich komm auch einmal in den Himmel, Fanzi?

Weil nun auch der Knecht eingerückt war, hatten sie zwei Fremdarbeiter zugewiesen bekommen, einen Polen, Jersche, und einen Franzosen, Albert, die waren selber Bauern und kannten die Arbeit und standen manchmal wo still und sahen über das Land oder auf die Tiere; wenn sie ihn bemerkten, oder einen anderen, nahmen sie ihre Arbeit wieder auf, und ihre Gesichter wurden hart. Wönne, wönne, wönne, machte Albert, wenn er den Hühnern, den Gänsen Körner hinstreute, psischtsche, machte Jersche, und wulli wulli wulli, lockte Elfi und die Männer lächelten.

Die Fähnchenreihen waren immer weitergezogen, nach Norden und nach Süden, nach Westen und tief in den Osten hinein, deutsche Erde, sagte der Lehrer, aber dann standen die Reihen still, und dann bewegten sie sich rückwärts, und was alles Deutschland sein wollte, was sich aufgebläht hatte auf der Karte, die in der Gaststube hing, schrumpfte zusammen.

Verschiebung nach Westen, sagte der Lehrer, als Strategie vor dem großen Schlag. Stalingrad fiel – jeder müsse nun sein Scherflein beitragen, wütete der Lehrer mit pfeifendem Atem, totaler und radikaler als man es sich bis jetzt habe vorstellen können. Die Terrorattacken alliierter Flieger auf deutsche

Städte würden, sagte der Lehrer, den Siegeswillen des deutschen Volkes nur noch steigern, und wenn die Welt in Trümmern läge, sie würden doch und doch Sieger bleiben, das sei die Bestimmung des deutschen Soldaten, die Bestimmung des deutschen Volkes, anders sei das doch überhaupt nicht denkbar.

Aber über den Feldern stiegen Lerchen steil auf in den blitzblauen Himmel, und Wolken türmten sich weiß, und Franz spannte die Rosse ein und fuhr, weil der Vater keine Zeit hatte, hinüber nach Engerwitzdorf, nach Blindendorf, stolz schwang er die Peitsche und schnalzte mit der Zunge, dass Elfi vor Vergnügen aufjauchzte.

Toni und Leonhard standen im Osten, das wusste Franz, aber der Osten war weit. Jeden Abend betete die Mutter für die Brüder. Elfi pflückte kleine Blumensträuße und stellte sie zu den Fotos der Brüder im Herrgottswinkel, nicht traurig sein, sagte sie zur Mutter.

Manchmal sah Franz, dass die Mutter Jersche und Albert etwas zusteckte, ein Stück Speck vielleicht, obwohl der Lehrer sie gewarnt hatte.

»Frau Kaltner«, hatte er gesagt, »das geht nicht, dass Sie den Fremdstämmigen, dem Feind, etwas geben, das der deutsche Volksgenosse nicht hat. Der deutsche Volksgenosse darbt, und der Feind soll sich vollfressen?«

»Bei uns braucht keiner hungern«, hatte die Mutter gesagt und der Lehrer hatte sie aus zusammengekniffenen Augen angeschaut.

»Ich sage es im Guten, Frau Kaltner, weil ich weiß, dass Sie auf der richtigen Seite stehen. Und Sie wissen, was mit denen passiert, die fraternisieren, Frau Kaltner, das wissen Sie.«

»Rosl«, hatte auch der Bürgermeister gesagt, »Rosl, das geht nicht, die Fremdarbeiter gehören nicht zum Haus, die stehen nicht auf der gleichen Stufe wie wir, und das sollen sie auch nicht glauben. Verlieren ja jeden Respekt! Und es geht einfach nicht, mit denen an einem Tisch sitzen.«

Die Mutter machte die Lippen schmal, »wenn du es sagst«, und seitdem aßen Albert und Jersche im Hof, und jeder konnte sehen, dass sie weniger bekamen als die Hausleute, aber später schlangen sie in einem Eck ein Stück Fleisch hinunter, einen Knödel, was vom Apfelstrudel geblieben war.

»Wenn sie arbeiten sollen«, sagte die Mutter zum Vater, »müssen sie essen«, der Vater murrte, »dös brauch i ned, dass mir wegn de an Ärger kriegn.«

Dass man sich richten müsse, sagte der Vater, wenn die Mutter schmale Lippen machte, weil er mit dem Lehrer, dem Ortsgruppenleiter, dem Bürgermeister oder dem Lungitzer Lagerkommandanten zusammensaß. Vorher sei es so gewesen, jetzt sei es eben anders, und wenigstens könne man sich erwarten, dass der Führer mehr auf seine Bauern schaue. Und immerhin, fügte der Vater hinzu, sei ihm das Wirtshaus nicht zugesperrt worden wie dem Haslinger, dem Wirt schräg gegenüber, dafür müsse man dankbar sein; es sei auch nicht so viel Unterschied zu dem, wie es vorher gewesen war. Was für den Bauern zähle, das sei der Boden, das Wetter, dass er sich und die Seinen von seiner Arbeit ernähren könne; und ein Wirt bewirte Gäste, und aus; die Mutter machte die Lippen schmal.

Die Bagage, hatte die Mutter gesagt, dass sie das nicht wolle, die ganze Bagage in der Stube; das sei jetzt einmal so, hatte der Vater gesagt, die Leute seien dieselben wie vorher, ziemlich dieselben wie vorher, sie solle ruhig sein.

Der Lehrer, sagte der Vater, der reiße sein Maul jetzt recht weit auf, das sei schon richtig, aber er sei eine gute Kundschaft, jedenfalls nehme er jetzt bei ihm sein tägliches Mittagessen ein und sitze auch sonst gern mit seinen neuen Freunden bei ihm in der Wirtsstube, gemeinsam mit dem neuen Bürgermeister, der doch ein alter Schulfreund des Vaters sei; er sei auch vorher schon gut mit ihm ausgekommen, warum solle er das jetzt ändern, gerade jetzt, wo er vielleicht etwas von dieser Freundschaft haben könne. Das Lager würde erweitert und ausgebaut werden, was sei verwerflich daran, wenn auch er zuliefere; vielleicht gefalle ihm nicht alles, was neu war, aber was könne er daran ändern, man müsse sich halt richten.

Der Vater und die Mutter saßen am Küchentisch, die Mutter hatte ihren Korb vor sich, in dem das Flickzeug war, sie stopfte Socken, der Vater stopfte sich seine Pfeife, Franz war in der Tür zur Küche gestanden. Dass Franz sich unterstehen solle, hatte der Vater gesagt und war aufgestanden und auf ihn zugegangen und hatte sich aufgerichtet über ihm, groß; dass er sich unterstehen solle, auch nur ein Wort von dem, was hier geredet worden sei, draußen weiterzuerzählen. Und was er denn noch hier suche, er müsste schon längst im Bett sein; um Kopf und Kragen, hatte der Vater gesagt, um Kopf und Kragen würde er sie bringen, wenn er auch nur ein Wort zu jemandem sage.

Und was bedeutete es, dass die Nanni weg war? Die Nanni wohnte in einem kleinen Haus hinter dem Pfarrhof. An guten Tagen sah man sie auf der Bank vor dem Haus sitzen, das aussah, als würde es jetzt und jetzt zusammenfallen, oder sie arbeitete auf dem kleinen Streifen Land, der zu dem Haus gehörte. Sie grub die Erde um, harkte und säte und setzte Pflänzchen, Karotten und Sellerie und Salat und Kräuter, sie riss Unkraut aus und vielleicht legte sie, wenn die Zeit war, Erdäpfel, und band Fisolenstauden hoch und zog eine Karotte aus der Erde, willst probieren?, sagte sie, wenn grad einer vorbeikam.

An guten Tagen winkte sie den Schulkindern zu; einmal hatte sie Franz ein Schüsselchen Ribiseln mitgegeben, sag der Mutter einen schönen Gruß! Die Ribiseln waren sauer gewesen und die Mutter hatte geseufzt, als sie das Schüsselchen in Empfang genommen hatte. Später hatte sie ihn mit einem Speckrenken zur Nanni geschickt. Weil er sie aber im Haus schimpfen hörte, mit einer seltsam tiefen Stimme, und weil ein Rumpeln im Haus war, als stieße sie Möbel um, hatte er den Renken Speck vor die Haustür gelegt. Sie lässt sich schön bedanken, hatte er zur Mutter gesagt. Am nächsten Tag war der Speck weg gewesen und im Haus war es ruhig gewesen. Das war an guten Tagen.

An schlechten Tagen aber fuhr die Nanni aus, so nannten das die Leute. Sie lief und lief und lief durchs Dorf und dann den Baderberg hinunter und nach Bodendorf und weiter nach Breitenbruck bis hinüber nach Engerwitzdorf, oder sie lief nach Lungitz hinunter, nach Blindendorf, nach Ried in der Riedmark, sie lief nach Schweinbach und hinauf nach Gallneukirchen, sie lief und lief und lief. Einmal sei sie sogar über die Grenze ins Böhmische gelaufen, erzählten die Leute, sie habe sich aber verirrt und nicht mehr nach Hause gefunden, Polizisten aus Vyšší Brod, aus Hohenfurth, hatten sie zurückgebracht, angeblich.

Wenn die Nanni lief, wehte ihr Haar, das sie nicht gewaschen, nicht gekämmt und nicht zusammengesteckt hatte, ein wilder Schopf, der sich von ihrem Kopf zu befreien suchte; und ihre Röcke wehten, manchmal trug sie zwei, drei Röcke übereinander, aber vielleicht nur eine Bluse, die falsch geknöpft war, oder sie trug im Sommer einen Schal und im Winter keine Jacke und lief, mit weit ausholenden Schritten, als müsste sie, unbedingt, und sofort, an einem bestimmten Ort sein, jetzt. Wenn aber jemand sie fragte, ja Nanni, wo willst denn hin?, dann starrte sie den Frager wild an und zuckte mit den Armen und murmelte und lief weiter, mit weit ausholenden Schritten und als zerrisse sie die Landschaft, durch die sie lief.

Ihr Mann war gestorben, hatte die Mutter gesagt, im Krieg gefallen, in dem auch der Vater gewesen war, da waren sie noch nicht lange verheiratet; das Kind sei bald nach der Geburt gestorben, sie sei zum Bruder auf den Hof zurückgegangen, und dann habe das wohl begonnen, das Murmeln und das Schreien, das Zucken mit den Armen und das Laufen. Sie habe, erzählten die Leute, die Kinder des Bruders in Angst und Schrecken versetzt, der Teufel, habe sie gesagt und die Kinder angestarrt mit tollen Augen, da sei der Teufel drin; sie habe Bettzeug zerrissen und die Leibwäsche der Schwägerin und der Kinder, auch da sei der Teufel drin; sie habe Lebensmittel aus der Speisekammer genommen und versteckt, nachts habe sie das ganze Haus aufgeweckt mit ihren Schreien, und irgendwann sei es dem Bruder und der Schwägerin zu viel geworden und die Nanni sei zurück in das kleine Haus gegangen, in dem sie mit ihrem Mann gewohnt hatte. Da lebte sie nun.

Sie hatte, auch das wussten die Leute, eine kleine Rente, die Schwägerin schaute manchmal vorbei, ein paar Frauen kümmerten sich darum, dass gegossen wurde, was die Nanni anpflanzte und dann vergaß, sie kümmerten sich darum, dass sie sich wusch, wenigstens alle heiligen Zeiten, das ging unter großem Gezeter vor sich; da und dort steckte man ihr etwas zu, einen halben Laib Brot, einen Tiegel Schmalz, was vom Essen übrig blieb. Der Pfarrer brachte ihr etwas von seinem Mittagstisch – sie sei, sagte die Mutter, eine arme Seele, die aber niemandem etwas zuleide täte.

Einmal hatte Franz gesehen, wie die Nanni wie ein Stein zu Boden gefallen und nicht mehr aufgestanden war. Er war zur Mutter gelaufen, die Nanni!, hatte er gerufen, und der Vater war hinaus und da waren schon andere, die halfen der Nanni auf und brachten sie nach Hause. Sie habe das Hinfallende, hatte die Mutter gesagt, dös Hifollade, di oame Sö.

Manchmal dachte Franz an die Nanni, wie sie über die Straßen lief, und keiner, der ihr sagte, sie müsse zurück, nur weil Nacht war. Und er dachte sich die Nanni, wie sie sich, wo sie stand, hinlegte, in einen Wald hinein, über ihr die hohen dunklen Stämme, auf ein weiches Nadelbett legte sie sich, in die duftenden Heumandln vielleicht, unter Getreidegarben oder in die Feuchte einer Frühlingswiese. Vielleicht, wenn sie aufwachte in der Nacht, besänftigte sie der Sternenhimmel oder der Mond ängstigte sie in seiner großen Rundheit oder vielleicht sagte ihr die Nacht, dass sie alleine war, ganz und gar alleine, aber war denn das schlimm?

Und jetzt war die Nanni weg. Was hatte das zu bedeuten?

Und was bedeutete es, dass Friedrich nicht mehr durchs Dorf zog, Friedrich mit seinem Hund, der so struppig war wie Friedrich selbst, Friedrich mit seiner altmodischen Höflichkeit, der den breitkrempigen Hut in einem weiten Schwung zog, wenn eine Frau vorbeiging, und der sich vor der Mutter tief verbeugte, jedes Mal, wenn er sie sah; Friedrich, der kam, wenn es, im Frühling, im Sommer, wieder Arbeit gab, Reparaturarbeiten, Feldarbeit, er kam zur ersten Mahd, oder zur Getreideernte, ein- oder zweimal im Jahr lebte Friedrich, seit Franz denken konnte, für ein paar Tage, ein paar Wochen vielleicht, am Hof, er half aus, wo immer Hilfe gebraucht wurde – und auf welchem Bauernhof gab es keine Arbeit, die nicht dringend gemacht werden musste, und schon gar jetzt im Krieg?

Am Abend oder in den Arbeitspausen erzählte Friedrich Geschichten und weil man ja nicht wusste, wie es woanders war, man kannte doch nur das Eigene, hörten sie seine Geschichten gerne, auch wenn der Vater manchmal zweifelte, ob denn das auch alles stimmte, was er erzählte.

Als junger Mensch, hatte Friedrich gesagt, war er bis ins Italienische gewandert, über die Berge und bis Rom hinunter war er gekommen, an Rom hatte er sich aus der Schule erinnert, Rom wollte er sehen. Er war aber kein Mensch für Städte, und also war er über die Berge zurückgewandert, auf dem Rückweg hatte er, wo er vorbeikam, bei Bauern ausgeholfen, Getreide, Weintrauben, Äpfel, er hatte Schafe und Ziegen gehütet – is jo übaroi oans, hatte er gesagt, oabeitn muaßd oiwei, muaßd ollawei oabeitn; er war in Frankreich gewesen, in der Schweiz, in Deutschland, der Länge und der Breite nach, überall hätte er bleiben können, sagte er, mit zwei fleißigen Händen war man gern gesehen, und die Mädchen, da zwinkerte er dann den Brüdern zu und dem Knecht, die am Tisch saßen oder bei der Jause am Feld unter dem Baum, Mädchen hätten ihm viele gefallen, aber es habe ihn nicht gehalten, er sei keiner, der das könne, an einem Ort leben, bis er sterbe. Er brauche kein weiches Bett, er brauche kein regelmäßiges Einkommen, er brauche kein warmes Essen, obwohl er es schätze – und da zwinkerte er der Mutter und der Dirn zu –, er schätze es, wenn wo ausgezeichnet und vorzüglich gekocht werde. Aber die Straße, sagte er, wenn er wieder weiterzog, die Straße lief unter seinen Füßen hin und hin, er müsse ihr folgen, das sei nun einmal so, seine Füße schmerzten vom Nichtgehen.

Seit einem Jahr schon wartete Franz vergeblich auf Friedrich, was bedeutete das?

Asoziale Elemente, sagte der Lehrer im Unterricht und sagten die Jungvolkführer an den Heimnachmittagen, Schädlinge und unnütze Esser, Ballastexistenzen, sagten sie, Minderwertige, die die fleißige Mehrheit, die die Volksgemeinschaft schädigten, Parasiten am Volkskörper.

Dass Friedrich für sein Essen gearbeitet hatte, dachte Franz; dass er nicht viel besessen und nicht viel gebraucht hatte – jedenfalls weniger als der Herr Lehrer mit seiner Uniform, seinen Anzügen, den weißen Hemden und den Hüten, den Büchern und Zeitungen und seiner Taschenuhr.

Geisteskranke, sagte der Lehrer und sie errechneten Summen in Millionenhöhe, Millionen Reichsmark, die alle die Kranken und Krüppel und Tauben und Blinden kosteten, und wie viele Ehestandsdarlehen könnte man stattdessen an erbgesunde Familien auszahlen, wie viele Monatsmieten könnte man davon für erbgesunde Familien bezahlen, was aber war ein Ehestandsdarlehen?

Dass man den Ausleseprozess der Natur beschleunigte, sagte der Lehrer, nicht mehr und nicht weniger und zum Wohle des Ganzen, natürlich. Er zeigte ihnen Bilder von Idioten, die stumpfsinnig Franz ansahen, hängende Lippen, triefende Augen, verzogene Körper, was sei denn so ein Leben wert. Und sei es nicht eine Gnade, ein Gnadenakt, ein Akt der Erlösung, diese vertierten Wesen, der Lehrer verzog sein Gesicht in Abscheu, diese Wesen also von ihrem gequälten Sein zu befreien; ein Opfer, sagte der Lehrer, das für die Volksgemeinschaft, für das deutsche Volk gebracht werden musste.

Franz grauste sich vor den Idioten und ihren Verrenkungen; dass aber die Nanni, dachte er, nicht so gewesen war. Nicht an guten Tagen, und auch an den anderen Tagen nicht so. Dass die Nanni vielleicht die Sterne geliebt hatte, und den Mond und die Heuschrecken, und wo war sie jetzt und liebte sie immer noch alles das, Heuschrecken, den Mond, die Sterne?

I brauch den Buam, sagte der Vater, aber der Lehrer sagte, dass es höhere Ansprüche an den Buben gab, und Franz sah, wie es dem Vater auf der Zunge lag, schleich di, Lehra, wie es ihm in die Faust fuhr, aber weder mit Gewalt noch mit guten Worten wäre der Lehrer umzustimmen gewesen und also fuhr Franz auf Zeltlager.

In aller Frühe sammelten sie sich bei der Volksschule, das Jungvolk, die HJ, Fahnen flatterten und sie sangen, vielstimmig, brüllten vielmehr, und marschierten dann – mit festem Schritt und Tritt, befahl der Jungzugführer – zum Bahnhof, wo sie den Zug stürmten, den schon andere HJ-Gruppen besetzt hielten. Nicht lange, und sie marschierten, mit geschulterten Fahnen, in geschlossenen Reihen durch einen Ort, voran die Burschen mit den Trommeln, den Fanfaren, einer davon Herbert, der von nichts anderem mehr redete als vom Marschieren, vom Fliegen, vom Schießen, von der Pflicht, ein Schleier lag über seinen Augen, von der heiligen Pflicht, fürs Vaterland, für Deutschland, seine Stimme zitterte, zu leben und zu sterben.

Herbert schlug die Trommel und die Vorbeigehenden hoben die Hand steil zum Gruß, der Blick der Marschierenden ging aber in eine weite Ferne. Auf der Lagerwiese angekommen, schlugen sie die Zelte auf, oft geübt, und während der Vater, die Mutter, Jersche und Albert das Heu einbrachten, das Getreide, machte Franz Dienst und marschierte durch das Gelände, kilometerweit, mit gepacktem Rucksack, robbte durch Wiesen, lief durch Schlammgräben und erklomm aufgestellte Hindernisse, er sprang in das kalte Wasser der Feldaist, er schälte säckeweise Erdäpfel und sang und sang und sang, dass ihm die Lungen schmerzten. Einmal durfte er, weil er dem Jungzugführer aufgefallen war, bei den Märschen war er immer einer der Ersten und er hatte die meisten gegnerischen Wimpel erobert, also durfte er selbst den Trupp führen. Stillgestanden!, kommandierte er, Links um!, Rechts um!, Ganze Abteilung kehrt!, als hingen sie an Fäden, so folgten sie seinem Befehl.

Warum aber war ihm, wenn er Herbert im strengen Trubel der Tage sah, als müsste er weinen?

Am letzten Abend flackerte noch einmal das Lagerfeuer hoch auf. Funken sprühten himmelan und Schatten sprangen über die Gesichter, die zu leuchten schienen. Flamme empor, sangen sie, und die Trommelbuben rührten die Trommel und Fanfaren schmetterten und der heilige Ernst, von dem einer der älteren Führer sprach, der heilige Ernst ergriff auch Franz, dass er aufspringen wollte, etwas rief ihn, und etwas in ihm antwortete, dass er treu sein wollte, dachte er, treu und stark, da, wo er hingestellt war, das spürte er ganz deutlich.

In der Nacht wachte er auf, da war eine Bewegung gewesen. Er schlüpfte aus dem Zelt, über ihm der Sternenhimmel war hoch, so hoch, und am Waldrand hockte einer. Das war Herbert, der schluchzte und wischte sich das Gesicht, das erschütterte Franz, dass der Freund weinte. Dass sie eine Bestimmung hatten, stieß Herbert hervor, ein Schicksal, du weißt es, keuchte er, aber du weißt es. Dass er verstanden hatte, was das hieß: Du bist die Kette ohne Ende, dass er nur ein Glied in dieser Kette sei, nicht er sei wichtig, aber das Volk; dass sie als Wächter aufgestellt seien, das begreife Franz doch, natürlich begreife er das, und was hieß das für sie?, dass die Flamme brennen müsse, in Not und Gefahr, unsrer Herzen Feuer, stammelte er, muss weiter brennen, und das Wenige, was wir tun können, die kleinste Tat ist der Tod, hörst du, Franz, die kleinste Tat, und wer wären wir, wenn wir die nicht wagten? Wie im Fieber wiederholte er: Wenn wir die nicht wagten.

Vermisst du deinen Bruder nicht?, fragte Franz; und warum musste er jetzt an die Nanni denken und an Friedrich?

Nein!, stieß Herbert heftig hervor. Sein Bruder stehe im Osten, wie deine Brüder, Franz, und sie erfüllten ihre Pflicht, wie könne er sich den Bruder herwünschen, das sei doch kleinlicher

Egoismus!, aber er wünschte, er wünschte, er könnte auch seine Pflicht dort erfüllen, wo der Bruder stand. Du nicht, Franz?

Franz fröstelte. Er hätte Leonhard fragen wollen, warum die Nanni fort war und warum ihm keiner Antwort gab, wenn er nach ihr fragte; er hätte Leonhard fragen wollen, warum der Friedrich nicht mehr kam und was das hieß, Gnadentod; doch, sagte er, sicher wünsche er das auch, und dann zog er Herbert zurück ins Zelt, das brauchen wir nicht, sagte er, dass wir noch einen Ärger kriegen, am letzten Tag.

Der Vater musste ein Stück Land abtreten, damit in Lungitz ein Lager errichtet werden konnte. Sein Scherflein beitragen, nannte das der Lehrer, der nichts zu verlieren und nichts zu geben hatte. Da war es vorbei mit den Vorrechten des Lehrers, dem zusätzlichen Schöpfer Milch, den er täglich bekommen hatte, dem Speck, den ihm der Vater von Zeit zu Zeit zugesteckt hatte. Die Lage des deutschen Volkes, sagte der Vater nun, besorgt den Kopf wiegend, erlaube es nicht mehr, dass man einem gebe, was allen gehöre. Und sei es denn überhaupt rechtmäßig gewesen, dass der Lehrer genommen habe, was er, der Vater, dem Lehrer so naiv angeboten habe, in Freundschaft, sagte er, aber sei es denn recht gewesen?

Wenigstens, sagte der Vater, konnte er auf dem Stück Land, das er entschädigungslos abtreten musste, noch die Kleegerste einbringen, dann kam schon der erste Häftlingstrupp anmarschiert, von St. Georgen herüber, und begann, das Lager einzurichten, erzählte der Vater, erzählten Franz' Freunde.

Mit dem Hofstetter Herbert, dem Schütz Michl, dem Wagner Franz und dem Huber Leo radelte Franz nach Lungitz. Zuerst sahen sie nur die Arbeit, die bereits getan worden war. Pflöcke waren ausgesteckt, Erde war ausgehoben, sie sprangen über einen breiten Graben und lachten, als einer von ihnen, der Michl, oder der Leo, oder war es ein anderer, hineinfiel. Dann wurden Holzbaracken aufgestellt und schließlich war da eine Umzäunung mit Stacheldraht, sodass sie abends nicht mehr heimlich das Lager betreten konnten. Dann kamen die Häftlinge.

Vom Erdäpfelacker, der oberhalb des Lagers lag, sahen sie die Häftlinge und die Wachmannschaften und was den Häftlingen geschah. Sie radelten zurück, stumm, und auch beim Abschied sagten sie kein Wort und Franz hatte keine Erinnerung, dass sie später über das geredet hätten, was sie gesehen hatten. Wenn sie einander in den Tagen danach ansahen, dann senkten sie den Blick, oder redeten, wie erschrocken, von ganz anderen Dingen, schnell und laut und heftig.

Dass ihre Väter, ihre Brüder die Länder im Osten vom Joch des Bolschewismus befreiten, sagte der Lehrer. Ein lebendiger Schutzwall seien sie gegen bolschewistische Horden, die die Heimat schon längst überfallen, schon längst vergewaltigt hätten, würden nicht deutsche Soldaten ihr Leben geben im Kampf gegen diese Unholde, und richtig, gewaltige rote flammenspuckende Riesen mit verzerrten Fratzen griffen auf Schaubildern, griffen in den Zeitschriften, die der Lehrer mitbrachte, für zwanzig Pfennig das Stück, todbringende Giganten griffen geifernd nach der Heimat, streckten ihre Riesenfäuste nach blonden Frauen, nach blonden Mädchen aus, jüdische Untermenschen, sagte der Jungvolkführer, und Franz dachte an die Häftlinge, die er vom Erdäpfelacker aus gesehen hatte, an die Kolonnen schwankender Häftlinge in dünnem, gestreiftem Stoff, die er gesehen hatte, als er mit dem Vater nach Linz gefahren war, an die nackten eitrigen Füße in klobigen Holzschuhen dachte er, und an ihren Gestank, an die Geräusche ihrer Körper, das Rasseln ihres Atems, als riebe dürres Holz an dürrem Holz; ein Rascheln, wie Laub im Herbststurm, schien aus den Körpern dieser Menschen zu dringen, und Franz fuhr die Scham ins Herz, die er empfunden hatte, als er vom Erdäpfelacker aus gesehen hatte, was mit diesen Menschen geschah.

Aber die Brüder!, dachte er, das Opfer der vielen!, und blätterte weiter in den Heftln, für zwanzig Pfennig das Stück, Segeln und Boxen und Geländeläufe. Er versuchte sich daran zu erinnern, was ihn im Zeltlager vorwärtsgetrieben hatte, eine Ungeduld, ein drängender Wunsch, er hätte aber nicht sagen können, was er wünschte und was ihn trieb.

Der Reichsjugendführer, las er, war stolz auf seine Jugend.

Noch nie hatte einer zu Franz gesagt: Ich bin stolz auf dich. Der Vater nicht, die Mutter nicht, noch nicht einmal Leonhard. Aber: Ich lieb dich, sagte Elfi. Franz lächelte.

Dass Front und Heimat zusammenhalten mussten, las er für zwanzig Pfennig das Stück, das schrieben Soldaten an ihre Kameraden in der Heimat, auch du, schrieben sie und meinten damit auch Franz, auch du kämpfst unseren Kampf. Keine Vorkriegsverwöhnung mehr, keine Vorkriegsverweichlichung, es sei eine Zeit für stahlhartes Sein.

Franz seufzte. Er stahl für sich und Elfi Zucker aus der Zuckerdose, er schmierte sich ein Schmalzbrot, wenn er hungrig war, und hätte doch verzichten müssen, um sich abzuhärten, als Liebesdienst für die Soldaten, die weit weg von der Heimat ihr Äußerstes gaben, im Kampf gegen den Bolschewismus, im Kampf um den Lebensraum, den sie auch für Franz kämpften.

Aber er konnte nicht Tag und Nacht an das Vaterland denken, wie das Herbert tat. Er dachte noch nicht einmal Tag und Nacht an die eigenen Brüder, das war eine Schande, aber er vergaß sie, wenn er ihre Arbeit auf dem Hof übernahm, er vergaß sie, wenn er zu den Freunden lief, weil der Vater grad nichts für ihn zu tun hatte, er vergaß sie, wenn er mit Elfi bei den Hühnern stand, und dann sagte Elfi: Wo ist der Leonhard, Fanzi?, und er erschrak, wieder hatte er die Brüder vergessen.

Der Krieg blieb nicht in Frankreich, oder in Russland, der Krieg kam ins Dorf. Seit Kriegsbeginn waren beim Wirt gegenüber Franzosen einquartiert, später kamen ukrainische Frauen, die wurden für Gleisarbeiten eingesetzt, und ihre Kinder; und Batschka-Deutsche kamen, mit Ross und Wagen, und Schlesier, die wurden im Ort und auf die Bauernhöfe in der Umgebung aufgeteilt.

Weil man Angriffe auf Linz, auf andere Städte befürchtete, gab es auch in K. eine Scheinwerferstellung. Die Wachmannschaft war in einer Holzbaracke untergebracht – noch mehr Fremde, die im Gasthaus einkehrten, die Geschichten erzählten, Luftschutzsirenenübungen wurden angesetzt, der hohe an- und abschwellende Ton.

Schon im Frühjahr zweiundvierzig, das Gras auf den Wiesen war noch sehr niedrig gewesen, war ein deutsches Flugzeug in Edtsdorf notgelandet. Drei Tage lang besichtigten Schaulustige das Flugzeug; tagsüber bewachte die HJ die Maschine und hielt die Bevölkerung davon ab, aufs Flugzeug zu klettern. Als aber einmal grad keiner da war, hatten die Kameraden es Franz und Herbert erlaubt, sich in die Pilotenkabine zu setzen, und sie flogen flogen flogen hoch und gewannen, im Alleinflug, den Krieg, den ganzen Krieg im Alleinflug.

Im Jahr darauf war ein deutsches Flugzeug abgeschossen worden, der Vater war bei einer Treibjagd im Haidholz gewesen, nahe der Absturzstelle, und hatte geholfen, den eingeklemmten Bordfunker mit der Eisensäge zu befreien. Der Funker war zwei Wochen später verstorben, aber der Vater war mit einer Menge Zigaretten zurückgekehrt, die waren verstreut in der Wiese gelegen.

Und wieder im Jahr darauf waren Flugzeugstaffeln aus dem Osten angeflogen, in großer Höhe, und die Flak hatte das Abwehrfeuer eröffnet und die Erde hatte gebebt. Die Eltern und Franz und Albert und Jersche und Elfi waren auf dem Feld gewesen, sie hatten sich unter Bäume geflüchtet und Franz hatte in den Himmel geschaut, um die Bomberstaffeln und die Erfolge der Fliegerabwehr zu sehen. Der singende Ton, wenn die Splitter nach der Explosion einer Flakgranate surrend herunterkamen, und aus der Ferne ein Donnergrollen, jetzt sans in Linz, sagte der Vater. Es kimmt ois zruck, sagte die Mutter. Die Brüder hatten keine vier Wochen mehr zu leben.

ASTRID

»Astrid!«, rief das Kind und stürmte auf Astrid zu und warf sich in ihre Arme, und Astrid fing Lorli auf und hob sie hoch und drückte sie, fest, und stellte sie wieder auf den Boden.

»Ich hab zur Mama gesagt«, schnaufte Lorli, »wenn wir in den Botanischen Garten gehen, dann musst du mitkommen, weil nämlich, ich will alle Blumennamen lernen und alle Namen von Bäumen und überhaupt alle Namen von allem, und die Mama kennt keine Blumen und der Papa schon gar nicht, und also«, das Kind rang nach Atem, »musst du mitkommen, du weißt sicher fast alles, sagt die Mama!«

Trixi grinste. »Da kann ich mich zurücklehnen, weißt du, wenn du die Expertin für fast alles bist!«

»Sag, was du schon kennst«, meinte Astrid und zu dritt gingen sie in Richtung Senkgarten.

»Gänseblümchen«, sagte Lorli. »Gras. Tulpen. Wie heißen die auf Latinisch?«

»Lateinisch«, sagte Trixi.

»Auf Latinisch«, sang Lorli. »Latinarisch, Laninisch!«

»Bellis perennis. Tulipa. Gras ist kompliziert. Botanisch gehören mehr oder weniger alle als Gras bezeichneten Pflanzen zur Ordnung der Süßgrasartigen, es gibt aber auch Sauergräser ...«

»Sag's latinisch!«

»Süßgräser – Poaceae.«

»Poa... wie? Kommt das von Po?«

»Nein, von Po kommt es nicht, obwohl du dich mit deinem Po mitten hineinsetzen kannst.«

Sie spazierten durch den Garten, Lorli, immer verzückt ein paar Schritte voraus, zeigte auf dies und das und Astrid kramte deutsche Namen und lateinische Bezeichnungen aus ihrem Gedächtnis, oder sie bückte sich und sah auf den Bezeichnungskärtchen nach.

»Jetzt suchen wir noch ein paar Pflanzen, die dein Papa jedenfalls vom Sehen wahrscheinlich kennt, und vielleicht kannst du ihm die deutschen und die lateinischen Namen beibringen, was meinst du?«

»Oh ja! Da wird der Papa staunen!«

»Ich schreib der Mama ein paar Namen auf«, sagte Astrid, »und mach dir Skizzen dazu …«

»Was sind Skizzen?«

»Kleine Zeichnungen, damit du dich erinnern kannst.«

»Okay! Dann machst du mir ein paar S-s-skizzen. Beim Eis vielleicht? Mama, gehen wir auf ein Eis? Und laden wir die Astrid zum Eis ein, Mama, bitte?«

»Erst die Arbeit! Welche Pflanzen kennt der Papa?«

»Rosen!«, rief Lorli. »Birken. So wie die da, die steht bei uns im Garten. Und das und das und das!«

»Rosen sind leicht«, sagte Astrid. »Merk dir einfach Rosa.«

Dann ein Summen und Brummen, »wie heißt die Biene?«

»Apis mellifera, Westliche Honigbiene. Und das hier ist eine Hängebirke, Betula pendula …«

»Wie das Pendel?«

»Genau, hängend, wie das Pendel …«

»Leicht«, sagte Lorli. »Und das und das und das?«

Kurz vorm Ausgang, in der Nähe des Kräutergartens, stießen sie noch auf dieses: »Ein Austernstein«, sagte Trixi. »Versteinerte Austern im Mühlviertel! Wie kommen die hierher?«

»Was sind Austern?« Lorli betastete den Stein.

»Eine Familie der Muscheln, die gibt es seit – keine Ahnung – Millionen und Millionen von Jahren, die leben in Küstengewässern …«

»Aber hier ist doch kein Meer!«

»Aber früher«, sagte Astrid und las die Beschreibung durch. »Im Oligozän …«

»Im O-li-go-zän«, wiederholte Lorli ehrfürchtig.

»… vor fünfundzwanzig Millionen Jahren, da war hier ein Meer.«

»Wie viel ist das, fünfundzwanzig Millionen Jahre?«

»Ziemlich viel«, sagte Trixi.

»Und da war hier ein Meer?«

»Da, wo wir stehen, wären wir mittendrin im Wasser gewesen. Bis zum Funkturm vom Freinberg – weißt du, wo der ist?« Lorli schüttelte den Kopf. »Bis dahin ist das Wasser gestanden, so hoch.«

»Aber da wären wir ertrunken!«

»Wenn es uns gegeben hätte, vielleicht. Aber da hat es uns noch nicht gegeben. Dich und mich nicht und die Mama und den Papa nicht. Überhaupt keinen Menschen. Wir waren noch nicht da.«

»Echt? Noch gar nicht? Niemand?«

»Die Menschen sind erst viel später gekommen. Aber Austern, siehst du, Austern waren schon da. Und, ich müsste nachschauen, Delfine waren da und Wale und Haie und Pflanzen natürlich, im Meer und am Land, und jede Menge Landtiere …«

»Aber wenn«, beharrte Lorli, »wenn wir da gewesen wären, genau hier, wir hätten doch schwimmen können, oder? Wir wären nicht ertrunken, oder? Sag, dass wir nicht ertrunken wären!«

»Wir hätten schwimmen können«, sagte Astrid. »Wir wären nicht ertrunken.«

Später standen sie auf dem Hauptplatz, das Urmeer, Paratethys, schlug über ihren Köpfen zusammen. Die Dreifaltigkeitssäule, der Alte Dom, das Alte Rathaus, das Glockenspiel, die Straßenbahnstation und die bimmelnden Straßenbahnen, die Arkaden und die Cafés mit ihren bunten Sonnenschirmen, die Buchhandlung Alex und all die wuselnden Frauen, Männer, Kinder, die Hunde, die Tauben, die Brösel pickenden Spatzen, alles verschlang in einer gewaltigen Woge das Meer. Auf dem Hauptplatz, auf dem Grund des Meeres, war es dunkel und sehr still. Ein weiter Hörraum, in dem Wellen schlugen, weit oben, weit weg; Seegraswiesen rauschten und Algen schwankten und Muscheln siebten Wasser, Walgesang. Sirenen sanken – sieh mal, Seekühe!, wollte sie zu Lorli sagen, aber Lorli war verschwunden – Seekühe und ihre Jungen sanken in die Tiefe und taten sich am Seegras gütlich, schwere Leiber, elegant im dunkelblauen Ozean. Von oben schlierendes Licht, ein Hai zog seine Runden und Delfine keckerten, zum Spiel!, zum Spiel!, und Fischschwärme wogten vorbei, Makrelen, dachte sie, und lagen an den Ufern Mangrovenwälder und Austernbänke?

»Habt ihr den Luftschacht gesehen?«, fragte Klaus.

»Welchen Luftschacht?«

Unterhalb eines Teils des Botanischen Gartens liege ein Mauthausen-Außenlager, sagte Klaus.

Astrid ließ das Urmeer über sich schwallen, über sie alle hinwegschwallen, mit räuberischen Fischen und im Licht schaukelnden Pflanzen; Haie, Rochen, Delfine, aber keine Menschen.

Wenn jede Sekunde eines Jahres so lange wie ein Jahr wäre, dann kämen sie, würde sie Lorli beim nächsten Mal sagen, dann kämen sie, rückwärts lebend, in einem solchen Sekundenjahr in etwa an den Beginn des Oligozäns. Ihr eigenes bisher gelebtes Leben würde, bezogen auf dieses Sekundenjahr, eine halbe Minute dauern und Lorlis bisheriges Leben viereinhalb Sekunden; wie wenig Zeit und Raum dieses Kind einnahm. Es war die Spezies Mensch nicht viel mehr als ein Wimpernschlag, ein Augenaufschlagen und Staunen und Verlöschen. Die Zeit verflüssigte sich, oder sie stürzte geröllig über sie herein. Ein Wimpernschlag, und doch, und doch und doch und doch.

Durch das Schaufenster beobachtete Astrid ihre Mutter. Jetzt nickte die Mutter – gute Wahl, teilte das Nicken dem Kunden mit, und eine Ungeduld, den Kauf abzuschließen. Sie strich über das Waschbecken, für das sich der Kunde entschieden hatte, ein kurzes Heben der Mundwinkel, sie schlug mit beiden Händen auf die Oberschenkel, also dann, hieß das, worauf warten wir noch, und ging zur Kassa. Bevor die Mutter den Kassiervorgang begann, seufzte sie, als wollte sie dem Kunden vermitteln, dass es beinahe zu viel verlangt war, die Mühsal des Abrechnungsvorgangs auf sich zu nehmen, oder war sie in Gedanken schon bei der notwendigen Bestellung des verkauften Artikels.

Reihenfolgen. Ihre Kindheit, dachte Astrid, war von Reihenfolgen bestimmt gewesen, vom immer gleichen Ablauf des immer Gleichen, von dem es keine Abweichung geben durfte. Zuerst dies, dann das, danach erst jenes. Mit Reihenfolgen hielt die Mutter die Zeit in Schach. Zuerst abstauben, dann staubsaugen, dann wischen. Noch einmal über Oberflächen fahren. Zuerst die erste Seite der Zeitung überfliegen. Dann das Fernsehprogramm studieren, dann die Lokalnachrichten, erst dann, wie als Belohnung, das Rätsel. Den Sportteil las die Mutter nur im Winter, und nur bei Herrenskirennen, und dann als Allererstes, obwohl sie alle Ergebnisse kannte, hatte sie doch tags zuvor die Rennen verfolgt, nur halb auf dem Sofa sitzend, den

Oberkörper vorgebeugt, die Hände, wenn Österreicher fuhren, um die Daumen verkrampft; Italiener mit deutschen Namen wurden als »Südtiroler« gekennzeichnet, fuhr ein Österreicher die Bestzeit, hob die Mutter wie erlöst beide Arme. Nur im Winter konnte es vorkommen, dass sich die Mittagessenzeiten änderten. Nur im Winter ließ die Mutter den Vater alleine im Geschäft zurück, die Herrenrennen waren ihr heilig.

Ob es in anderen Familien auch die festgelegten, eingebläuten Reihenfolgen für jede Alltagstätigkeit gab, fragte sich Astrid. Zuerst die Unterhose anziehen, dann das Leiberl, dann die Bluse, den Pullover, erst dann die Stutzen oder die Strumpfhose, dann den Rock, die Hose, zuletzt die Jacke. Zuerst das Brot essen, mit Butter und Marmelade, Marillenmarmelade, dann erst den Kakao trinken, bis zum letzten Tropfen; zuerst die Hefte in die Schultasche packen, dann die Bücher, dann erst die Federschachtel, die Jause in eine extra Abteilung; zuerst die Feder ins Federpennal, dann die Bleistifte, dann die Buntstifte, zuletzt die Filzstifte, den Spitzer, den Radiergummi. Die Reihenfolge, in der das Geschirr abgespült, abgewaschen, getrocknet, später in den Geschirrspüler ein- und aus dem Spüler wieder ausgeräumt wurde. Geheime Sinngebung.

Die Schuhe vor der Haustür dreimal auf dem Fußabtreter abwischen, drinnen mit einem großen Schritt auf den Teppich vor der Garderobe steigen, die Schuhe auf dem Teppich ausziehen, geradlinig ausrichten und in der Abfolge Vater, Mutter, Kind den Mantel, die Überjacke auf den eigenen Haken hängen; Handschuhe, Kopfbedeckungen, Schals sofort in die jeweiligen Schubladen räumen. Nasse Sachen wurden im Heizkeller aufgehängt.

Gegessen wurde immer »Punkt«. Punkt sieben Frühstück, außer am Sonntag, da war es Punkt acht. Punkt halb eins Mittagessen, Punkt fünf nach sechs Abendessen. Der Vater sperrte um Punkt sechs das Geschäft zu, ging durch die Verbindungstür ins Wohnhaus, die Stiege hinauf, er wusch sich die Hände, er schlüpfte in eine bequeme Hose, ein altes Hemd, fünf nach sechs saß er am Tisch, wo Astrid schon wartete, sitz grad, sagte die Mutter. Sieben Blatt Extrawurst, ein Häufchen aufgeschnittene Salami, zwei harte Eier, Astrid teilte sich eines mit der Mutter, eine Sorte Schnittkäse, und Eckerlkäse. Gurkerl, fünf Brotscheiben.

Vor dem Kirchgang am Sonntag bürstete die Mutter Astrids widerspenstiges Haar so wildwütig, dass ihr die Kopfhaut schmerzte. Bevor sie das Haus verließen, wischte die Mutter mit einem Lappen über die auf Hochglanz geputzten Schuhe. Sie nässte ihren Daumen mit Spucke und fuhr über Astrids Augenbrauen. Erst als sie zehn war, oder elf, wich Astrid der Mutterspucke aus.

»Graust dir leicht?«, hatte die Mutter gefragt und den ganzen Tag nicht mehr mit ihr geredet.

Vor dem bleiernen Verrinnen der sonntagnachmittäglichen Zeit flüchtete Astrid nach dem Essen zum Franzopa, zur Bärbioma.

Die Mutter straffte sich. Eine Bewegung, die Astrid seit immer kannte. Dass die Mutter sich aufrichtete, als wäre sie versunken gewesen. Dass sie den Körper anspannte, als hätte sie einen Moment der Nichtaufmerksamkeit zugelassen, einen Moment der Nichtkonzentration, des Nichtwachsamseins. Was aber würde passieren, wäre sie nicht so wachsam, so gespannt, immer? Würde sie fallen?, in den tiefen Brunnen, auf dessen Grund sie wohnte?

Astrid schüttelte den Kopf. Seltsame Fantasien über ihre nüchterne Mutter, ihre nüchterne, nörgelnde Mutter, die jetzt ans Schaufenster klopfte und eine ungeduldige Handbewegung machte. Was stehst du, was schaust du, geh hinein.

FRANZ

Ein letztes Mal kamen die Brüder nach Hause. Ein Pochen hatte Franz geweckt, der Schrei der Mutter, ihr Schluchzen, Männerstimmen und schwere Tritte in der Stube. Er war hinuntergeschlichen, in der Stube standen Uniformierte, sie setzten sich, sie nahmen die Kappen ab, rieben sich den Schädel, der Vater schenkte Most ein, einer der Soldaten sah ihn in der Tür stehen, er nickte, da erkannte er den Bruder, er wollte etwas sagen, Leonhard! rufen, auf den Bruder zulaufen, aber der Uniformierte machte ein Zeichen, nicht jetzt, später; dann lag Franz mit offenen Augen im Bett, ein bleicher Mond stand groß am Nachthimmel.

Oisdonn, hörte er den Vater nach einer Weile sagen, moagn gemma heign, die Mutter protestierte, is scho guad, Muatta, sagte Leonhard, is jo a schene Oabeit. Liaba dös, ois …

Später stand der Bruder in der Kammer und Franz meinte, seinen Blick auf sich ruhen zu spüren; es war aber etwas Verwildertes in Leonhards Gesicht gewesen, er tat, als ob er schliefe.

Noch vor Sonnenaufgang stolperten sie hoch, stolperten die Stiege hinunter, sie brockten Brot in die Rahmsuppe, die Mutter stand mit Tränen in den Augen am Herd, sie haschte nach den Händen der Söhne, die sie ihr entzogen. Franz sah von der Suppe hoch, er und die Brüder hatten kein Wort gewechselt, kein einziges. Als wollte er etwas erzwingen, so sah er Leonhard an, etwas zuckte über Leonhards Gesicht.

Mit der Sense, dem Rechen über die Schulter gelegt, traten sie auf die Straße, wo Jersche und Albert schon warteten, sie gingen den Baderberg hinunter zur Wiese, die an der Gusen lag und sich weit am Fluss entlangstreckte. Und dann schoss eine Freude durch Franz durch. Die Brüder waren da, unverletzt, und die Luft roch frisch und auf den bereits gemähten Wiesen, an denen sie vorbeikamen, pickten Amseln nach Würmern und Krähen stolzierten über die Wiesen und schwirrten hoch, es war gut, so zu gehen, am frühen Morgen. Franz hielt mit dem Vater, den Brüdern Schritt, es war das erste Mal, dass sie so gingen, zu viert auf dem Weg zur gemeinsamen Arbeit, und Franz mit der Sense auf der Schulter. Dann gingen sie nebeneinander her, die Sensen schwingend und das Gras fiel, wie zischend, und Blumen fielen, Margeriten, Glockenblumen, Hahnenfuß, und Leonhard zeigte ihm, wie er die Sense richtig halten musste, wie er sie richtig schwingen musste, so, sagte er, und so, schau, und legte seine Hände auf Franz' Hände, alles war gut. Zur Jause saßen sie im Schatten am Wasser, gehst mit mia amoi fischn?, fragte Franz, schüchtern, es war das Erste, was er zu Leonhard sagte, seit weit über einem Jahr das Erste, was er zu Leonhard sagte.

Leonhard sah auf das schnell fließende Wasser, jo, sagte er, er warf Toni einen Blick zu, gemma amoi fischn.

Später flüsterten die Brüder miteinander, oder stritten sie, als der Vater ihnen etwas zurief, verstummten sie. Und wieder fiel das Gras, fielen die Blumen, dann hörte er den Vater aufschreien, du deppata Bua, du deppata, host as valeant, wia dös Sengsen geht? Die Blicke, die Toni und Leonhard wechselten, aus Leonhards Unterschenkel floss Blut.

Im Kriag passiert da nix, schrie der Vater, oba dahoam scho, wos war denn dös?

Es is nix, keuchte Leonhard, i bin ausgrutscht, es is jo nix passiert.

Du deppata Bua, schrie der Vater noch einmal, Leonhard

zog sein Hemd aus, er wickelte es um die Wunde, geh hoam, befahl der Vater, die Muatta soi da dös vabindn.

Wortlos schulterte Leonhard Sense und Rechen, waren da Tränen, als er an Franz vorbeimarschierte?

Einmal wachte Franz in der Nacht auf. Er sah zu Leonhard hinüber, der hatte sich im Schlaf abgedeckt, das Licht des Mondes machte seine Haut weiß. Er versuchte, sich an das Gesicht des Bruders zu erinnern, wie es früher gewesen war. Später schrie Leonhard und fuhr hoch, und Toni rang mit ihm und flüsterte und hielt Leonhard, der schluchzte und stammelte Wörter, halbe Sätze, is jo guad, sagte Toni, es is jo guad. Am Morgen war Leonhards Gesicht verschlossen, Le-on-haaard!, sang Elfi und tanzte um ihn herum, er schob sie schroff zur Seite.

Am Abend kamen die Nachbarn, ein Onkel kam, der Bürgermeister, der Lehrer, und wollten wissen, wie es war, im Krieg, wia sois sei, sagte Toni spöttisch, wias hoit is im Kriag, mia schiaßn, di schiaßn, wonst a Pech host, bleibst liegn, fia di Wiam.

Wann denn endlich der Russe besiegt sein werde, fragte der Bürgermeister und Toni lachte.

Was es da zu lachen gebe, erkundigte sich der Lehrer mit hochgezogenen Augenbrauen.

Nichts, sagte Toni. Es gebe absolut nichts zu lachen.

Leonhard ging aus der Stube, hinaus in den Hof, und Franz schlich ihm nach und sah ihn unter den Bäumen stehen, was hätte er fragen wollen, was hätte er erzählen wollen, vom Zeltlager, von der Schule, von Elfi, von den Häftlingen, die schlechter als Tiere lebten, und was mit der Nanni war und mit Friedrich, und mit dir, Leonhard, hätte er das sagen wollen, was ist los mit dir?

Es war aber nicht möglich, das zu sagen. Es war nicht möglich, die paar Schritte bis zu den Bäumen zu machen, es war nicht möglich, Leonhard ins Gesicht zu sehen: Sog wos, Leonhard. Der Bruder war in einer eisigen Einsamkeit, die fraß sich Franz ins Herz. Dass er einem großen Schrecken ausgesetzt war, das begriff Franz, als er Leonhard unter den Bäumen stehen sah und der Mond rollte silbern über ihn hinweg. Etwas war passiert, der Krieg, oder noch etwas anderes, Leonhard würde nie mehr der sein, der er gewesen war, auf Brüderweise.

Immer flüsterten die Brüder, immer redete Toni scharf auf Leonhard ein, und Leonhard schüttelte den Kopf, sie verstummten, wenn Franz dazu kam; und Toni drehte sich um und ging und dann ging auch Leonhard, und Franz spürte, wie das Herz in seiner Brust sich duckte und wie es aufriss, dass ihm das Leben, so fühlte er es, dass ihm das Leben ausrann.

Und dann ging Leonhard mit Franz fischen. Am nächsten Tag würden die Brüder zurück in den Krieg gehen, aber an diesem Tag ging Leonhard mit Franz fischen. Sie redeten nicht viel; aber er war mit Leonhard am Wasser.

Mid di Händ, sagte Leonhard, und dass er kein lebendiges Geschöpf aufspießen wolle. Mit den Händen also, und was sie fingen, würden sie wieder freilassen. Franz nickte, es war gleichgültig, wie sie fischten und ob sie was mit nach Hause brachten, Leonhard war bei ihm.

Das Wasser war kalt und reichte ihm bis zu den Knien, bis zu den Oberschenkeln, Licht zitterte auf der Wasseroberfläche, die Forellen standen quer zum Wasserlauf, rote Flecken auf ihrem Bauch. Eine Amsel sang und Spatzen lärmten. Leonhards Hände fuhren blitzschnell ins Wasser – und kamen leer wieder heraus. Leonhard lachte.

So schnö gehts ned, sagte er und machte Franz ein Zeichen, er solle es versuchen. Endlich, als Franz schon zitterte vor Kälte, stiegen sie zurück ans Ufer. A ondersmoi wieda, sagte Leonhard, als würde es das geben: ein anderes Mal, ein nächstes Mal.

Sie kletterten die Böschung hinauf, jetzt, dachte Franz und setzte zum Sprechen an, aber Leonhard lehnte sich, wie erschöpft, an einen Baum und schloss die Augen. Drüben in Bodendorf standen die Felder in goldener Luft, ein Zirpen und Summen war und der Himmel wölbte sich in einem beinahe durchsichtigen Blau. Ein Zittern ging durch Leonhard, seine tiefe Erschöpfung, das nahm Franz wahr, der Bruder öffnete die Augen. Gemma, sagte er. D'Muatta woat scho mim Essn.

ASTRID

Sie streifte ihre Schuhe nicht am Fußabtreter ab. Sie stellte die Schuhe nicht in der gewünschten Ordnung auf, sie stellte sie nicht einmal – großartiger Akt des Ungehorsams, Astrid!, dachte sie – stellte sie nicht einmal auf, sondern ließ sie liegen, wie sie beim Abstreifen von den Füßen gefallen waren.

Oben wartete schon der Großvater, er stand im Wohnzimmer, wie verloren, mit einem Blumenstrauß in der Hand und einem Kuvert; als er sie sah, lächelte er.

»Wie geht's dir, Opa?«

»Geht schon.«

Im Badezimmer rauschte das Wasser, der Vater kam herein, »schön, dass ihr da seid!«, die Mutter kam herein, ob die Mutter einen anderen Ausdruck der Freude kannte als dieses Hochziehen der Mundwinkel?

»Alles Gute zum Geburtstag«, sagten sie und der Großvater gleichzeitig. Der Großvater schüttelte seiner Tochter die Hand und streckte ihr ein wenig unbeholfen die Blumen und das Kuvert entgegen, die Mutter nahm beides mit hochgezogenen Augenbrauen entgegen.

»Für euren Ausflug«, sagte er, und dass Bärbi besser im Geschenkeaussuchen gewesen sei.

Der Vater suchte eine Vase, die Mutter legte das Kuvert auf das Kästchen mit den Familienfotos. Die Zeit auf dem Kästchen war vor zehn, zwölf Jahren stehen geblieben – Astrid im Dirndl mit ihrem Maturazeugnis.

»Alles Gute zum Geburtstag«, sagte Astrid noch einmal und übergab ihr Paket – Krimis, die einzige Leidenschaft der Mutter neben Herrenskirennen und ihrer Obsession für Geputztes.

Der Vater schenkte Wein ein, Bier für den Großvater, die Mutter nippte im Stehen an ihrem Glas, dann eilte sie in die Küche, um die Jause aufzutragen, Astrid folgte ihr.

»Klaus kommt nicht?«

»Mein Bruder«, sagte die Mutter spitz, »findet es nicht der Mühe wert, heraufzukommen.«

Dass das so nicht stimme, rief der Vater, er habe Margit so kurzfristig mit dem Ausflug nach Salzburg überrascht, und der Freitag sei für Trixi und Klaus schon belegt gewesen. Für Sonntag hatte Klaus zugesagt gehabt, »natürlich!«, sagte der Vater, die Mutter schnaubte.

Dass er auch einmal in Salzburg gewesen sei, sagte der Großvater, als sie dann am Tisch saßen. Mit der Bärbi, da seien die Kinder schon groß gewesen, auf zwei Tage, die Nachbarn hätten sich um das Vieh gekümmert, »als Bauer kannst ja nicht einfach weg vom Hof. Die Bärbi«, sagte der Großvater, »die Bärbi wäre schon gerne mehr herumgekommen«. Aber zuerst sei da der Hof gewesen, die Kinder – »in dieser Reihenfolge«, sagte die Mutter – »und dann«, fuhr der Großvater fort, als hätte er den Einwurf nicht gehört, »dann ist die Bärbi nicht mehr so gesund gewesen. Aber nach Salzburg sind wir auch gekommen.«

»Jetzt esst aber!« Der Vater rieb sich die Hände.

Der Tisch war reich gedeckt, Erdäpfelkas, Avocadoaufstrich, Mozzarella mit Paradeisern, Oliven, Prosciutto, Speck, ein Bratl, Eier, verschiedene Käsesorten, Senfsorten, ein Mango-Chutney – Astrid dachte an die sieben Blatt Extrawurst ihrer Kindheit, etwas würgte sie in der Kehle.

»Die Salzburger Nockerl«, sagte der Großvater. Obwohl sie es sich nicht hätten leisten können, seien sie einmal fein essen gegangen, in einem richtigen Restaurant. Suppe, Hauptspeise und auch noch eine Nachspeise – eben Salzburger Nockerl. Zu Hause habe Bärbi sich dann ein Rezept für Salzburger Nockerl gesucht, sie seien aber nie – »nie!«, wiederholte der Großvater, so gut geworden wie damals bei ihrem einzigen Ausflug nach Salzburg.

»Wie tut ihr mit der Wahl am Sonntag?«, fragte Astrid, als sie sich zum Aufbruch bereitmachte. »Geht ihr in Salzburg wählen?«

Der Vater sah etwas verlegen aus, als er sagte, da habe die Zeit dann nicht mehr gereicht, um Wahlkarten zu besorgen, so spontan sei er auf den Ausflug nach Salzburg verfallen.

»Ist ja auch nicht so wichtig«, sagte die Mutter. »Als ob es auf unsere Stimmen ankäme.«

Der Großvater räusperte sich. Dass er sich an Zeiten erinnere, sagte er, der Vater fiel ihm ins Wort.

»Hast ja recht, Franz. Beim zweiten Wahlgang, den wird es ja jedenfalls geben, gibt es keine Ausreden mehr.«

»Ich bring dich noch heim«, sagte Astrid zum Großvater.

Am Fuß der Stiege angekommen schlüpfte Astrid in ihre Schuhe, die standen, wohlerzogen und in der richtigen Reihenfolge, auf dem Teppich.

»Ist ja ganz gut gegangen«, sagte der Großvater, als sie dann unter seiner Tür standen, »oder?«

Astrid nickte.

»Magst noch hereinkommen? Auf einen Schnaps?«

»Nein, Opa«, sie küsste ihn auf die Wange. »Aber ich komm am Sonntag, ich geh mit dir auf die Gemeinde wählen und dann gehen wir gemeinsam essen, ich lad dich ein, einverstanden?«

»Gut is«, sagte der Großvater und winkte ihr in die Nacht.

Obwohl sie am Samstag frei hatte, fuhr sie ins Büro. Sie war im Rückstand bei der Aufarbeitung des ihr zugewiesenen Typenmaterials der Gattung Halictus, der Furchenbienen, und sie liebte es, sehr früh am Morgen ins noch stille Haus zu kommen.

Sie stand regungslos am Gang und lauschte. Manchmal stellte sie sich vor, da wäre ein Brummen und Summen, ein Flattern und Knattern und Schwirren von Tausenden kleinen Flügeln, ein Krabbeln und Tapsen, als wären sie zurückgekehrt, alle die Käfer und Schmetterlinge und Fliegen und Wespen und Bienen und Hummeln und Hornissen, die Schrecken und Schaben und Zikaden, zurückgekehrt ins lebendige Leben, als hätten sie, noch einmal, den Lebensfunken empfangen. Die Nadeln hätten sich aus ihren armen aufgespießten Leibern gelöst, die Kästen, in denen sie gefangen waren, die Türen der Archive würden sich öffnen und ein gewaltiger Insektenschwarm würde sich über sie ergießen, sie würde im schwirrenden, girrenden, sirrenden, bunten bunten Leben stehen, als würde sie selbst erhoben, so dachte sie sich das, als würde sie reingewaschen werden inmitten dieses Schwarmes. Sie würde die Eingangstür aufsperren, weit weit weit die Tür öffnen und all den Libellen, den Schrecken, den Bienen und Wespen und Fliegen und Schmetterlingen und Käfern nachsehen, wie sie in die Welt hinauskrabbelten und sprangen und flogen, ins lebendige Leben, für ein paar Minuten, eine Stunde, für einen Tag, ein paar Wochen vielleicht. Sie würde zurückbleiben, was würde sie machen, dann machen können mit ihrem eigenen lebendigen Leben?

Es war ganz still am Gang. Nur der Kühlschrank in der Portierloge brummte, und das Linoleum quietschte, als sie in ihr Büro ging. Sie fuhr den Computer hoch, sie holte das nächste zu bearbeitende Exemplar heraus, Halictus aestuans Ebmer,

1978, Fundnummer 6953248, ein Weibchen. Ein Exemplar nach dem anderen fotografierte sie in sieben Positionen, sie versah die digitalen Bilder mit den entsprechenden Bezeichnungen: Kopf (Caput) frontal; Habitus dorsal, d_meso, Sammelapparat (Scopa), f_Hinterleib, Propodeum, Kopf (Caput) dorsal, die feinen Härchen, die zarten Flügel, glänzendes Braun und Gelb und Schwarz, war da ein Schwirren?

Von draußen hörte sie Kinderstimmen, gegen Mittag fotografierte sie Halictus smethmanellus ssp. petrosus, dann ging sie hinaus in den Nachmittag, hinein in die Stadt, in eine Buchhandlung, dort begegnete sie unvermutet einer ehemaligen Studienkollegin, die fast eine Freundin geworden war, dass sie sich treffen müssten, sagte die Kollegin, unbedingt, bald!, ja, sagte Astrid, und meinte es, und wusste, sie würde nichts dafür tun, von sich aus; sie ging nach Hause, abends würde sie laufen.

FRANZ

Der süße Duft des Heus. Ein kühler Morgen. Das Krächzen von Raben. Dass ihn etwas erfüllte, eine große Freude. Forellen standen quer zum fließenden Wasser. Rote Punkte auf ihren Leibern und wie sie aus seinen Händen – in den Handflächen spürte er die Bewegung ihrer sich windenden Körper, glitschige Haut – aus seinen Händen glitten sie ins Wasser zurück, und Sommerlicht tanzte auf dem Fluss. Goldene Felder am Horizont.

Beim Anziehen fiel ihm der kleine Georg ein, Erstgeborener, Erstverstorbener, er musste sich setzen, so scharf kam der Schmerz. Das Georgli, hatte Bärbi gesagt. Unser liebes Georgli. Immer noch, nach einundfünfzig Jahren immer noch überfiel ihn der Schmerz. Hätte er für den Buben sterben können, er hätte es getan. Das Kind retten, wäre es ihm möglich gewesen. Dieses Kind wenigstens retten.

Aber Georg war immer das Georgli geblieben. Er hatte ihn nicht groß werden sehen. Kein Taferlklassler, kein Hauptschüler, kein Hoferbe. Hätte er gewollt, dass Georg den Hof übernehmen sollte? Oder hätte er gesagt: Mach was anderes, mach dich frei, niemand zwingt dich. Oder hätte Georg von sich aus den Hof übernehmen wollen, die Felder, das Stück Wald, das ihm geblieben war, hätte er die Schweine geliebt, ihr quiekendes rosa Leben, die Kühe geliebt, wie Franz sie geliebt hatte, ihren warmen schnaubenden Atem, ihre schweren Leiber, ihre großen feuchten Augen und wie sie das Maul in seine Handflächen drängten? Hätte er die Feldarbeit geliebt, die Stallarbeit, die Holzarbeit, und wie die Sonne den Rhythmus des Tages bestimmte?

Manchmal fragte er sich, wem Georg geähnelt hätte, und suchte in den fast vergessenen Zügen des Kindes nach den eigenen Eltern, nach den Brüdern, nach der Schwester.

Er tastete sich hoch und zog sich an und ging in die Küche hinüber, wo er sich zum Tisch setzte und wartete, bis das harte Pochen seines Herzens nachließ.

»Und?«, fragte ihn Astrid, als sie gemeinsam auf die Gemeinde gingen, das hieß so viel wie: Wen wirst du wählen?

»Ich hab immer schwarz gewählt, wen soll ich also wählen?«, sagte er. »Und der Khol ist ein guter Mann, glaubst nicht?«

Vor dem Gemeindeamt standen Grüppchen von Leuten. Der Pfarrer kam aus dem Pfarrhof, er ging, nach allen Seiten nickend, an den Gruppen vorbei ins Amtsgebäude, ein paar junge Männer pfiffen und grölten, als er an ihnen vorbeikam.

»Bagage!«, murmelte Franz.

Als sähe er sich selbst, den Arm hochgereckt, singend, Parolen brüllend, diesen kalten Funken in den Augen, die starr in eine Zukunft gerichtet waren, von der es hieß, dass sie groß sei; als sähe er Herbert neben sich, der eine Bestimmung gefordert hatte, für Deutschland zu sterben, sein Leben zu geben für etwas Großes, eine heilige Pflicht, sich zu opfern; er hatte sich erhängt, als das nicht möglich war. In der Volksschule, in der Klasse, wo die Heimnachmittage stattfanden, hatte er sein Ende gefunden; seine Eltern hatten den toten Körper, so leicht, so klein plötzlich wieder, im Pferdewagen heimgeholt; der Lehrer war am Straßenrand gestanden und hatte den Arm gehoben, da war der alte Hofstetter vom Wagen gesprungen und hatte auf ihn eingedroschen, bis ihn jemand weggezerrt hatte.

»Bagage«, flüsterte Franz und war nicht auch er einmal Teil davon gewesen?

Der neue Pfarrer, sagte er, der Mehrwalder, habe Flüchtlinge aufgenommen, auf dem Hof seiner Eltern, im Pfarrhof, das gefalle nicht jedem, »schon gar nicht denen!«, er nickte zu der Gruppe grinsender Burschen.

Hier und hier und hier, hätte er sagen können, hier sind die Toten gelegen, die russischen Häftlinge, hier und hier, im Schnee unter kahlen Apfelbäumen, am Friedhof lagen die anderen Toten, »ist dir nicht gut, Opa?«, Astrid sah ihn besorgt an.

Er schüttelte den Kopf, fuhr mit der Hand durch die Luft, als wollte er sich Klebriges vorm Gesicht wegwischen.

Beim Wirt setzte sich der Hofstetter Josef zu ihnen, sie redeten über die Kandidaten, über die Kandidatin, über die lärmende Truppe vor dem Gemeindeamt.

»Bagage!«, sagte auch der Josef, »es geht uns allen zu gut«, sagte er, »dass wir nicht mehr teilen können.«

Was wohl sein Vater, sein Großvater dazu gesagt hätten, Josef schüttelte den Kopf, und Franz dachte daran, wie der Vater zu ihm gesagt hatte, wennst was brauchst, gehst zum Hofstetter, der hilft dir; und Franz hatte nicht gewusst, warum er etwas brauchen sollte, vom Hofstetter, es war aber der alte Hofstetter zu ihnen gekommen, am Tag, an dem sie den Vater im Wald gefunden hatten.

Ein Unfall, hatte der alte Hofstetter gesagt und also war es ein Unfall gewesen. Der alte Hofstetter hatte dafür gesorgt, dass der Vater ein ordentliches Begräbnis bekam, er war neben Franz hinter dem Sarg gegangen, er hatte der Mutter am Grab noch in die Hand versprochen, dass er ihnen helfen würde, den Hof zu halten; im nächsten Sommer hatte er ihnen das erste Kalb gebracht, das in diesem Jahr auf seinem Hof zur Welt gekommen war. Die Lisl, hatte er gesagt und Franz hatte die

Hand ausgestreckt und die Lisl hatte ihr feuchtes Maul in seine Handfläche gedrückt.

»Die Wiese«, sagte jetzt Josef, das interessiere ihn, das Experiment, das Astrid vorhabe. »Einmal im Jahr mähen wir dir«, sagte er, »mit der Sengst, der Seppi hat das noch gelernt. Das wird uns guttun, und der Wiese auch! Und du«, fragte er und schien in Astrids Gesicht etwas zu suchen, »geht's dir gut?«

»Ja«, sagte Astrid, »aber ja«, und erzählte von ihrer Arbeit und dass sie im Sommer nach Tirol fahren würde, »Almen anschauen, Wiesen anschauen«, sie lachte, »von einer Wiese zur anderen wandern!«, und Franz sah die Wiesen seiner Kindheit vor sich, Margeriten, und Glockenblumen und Schafgarbe, wie Schaum über die Wiesen gestreut, hoch aufgeschossener Klee, nebeneinander waren sie gegangen und Gras und Blumen waren unter den Sensen gefallen, in bunten Garben, und waren zu duftendem Heu geworden, nie wieder waren sie so nebeneinander gegangen.

Dass er ein Lügner war, dachte er, als er mit Astrid nach Hause ging. Ein Lügner, ein Betrüger, das quälte ihn, immer noch.

Du bist sein Freund gewesen, hatte Herberts Mutter nach dem Begräbnis gesagt, Ende April, da hatte der Vater noch gelebt. Die Tränen waren ihr übers Gesicht gelaufen, du bist sein Freund gewesen. Komm uns besuchen, erzähl mir von ihm, und er hatte sich zu den Hofstetters geflüchtet, da hatte dann der Vater nicht mehr gelebt; der zweite Hofstetterbub, der junge Sepp, war noch nicht heimgekommen vom Krieg und niemand wusste, ob er je wieder heimkommen würde; aber die Hofstettermutter hatte ihn umarmt, das tat sonst niemand, und ihm eine Milch hingestellt und ein Butterbrot, erzähl mir vom Herbert, hatte sie gesagt, und weil er es sich nicht leisten konnte, noch eine Familie zu verlieren, hatte er erzählt, von seinem besten Freund Herbert: Vom Zeltlager, von der Schule, wie er mit Herbert fischen gewesen war, hatte er erzählt, von Schneeballschlachten und wie sie Flieger gespielt hatten – er war mit ausgebreiteten Armen über den Hof gelaufen, in weiten Kurven, im Sturzflug; dass Herbert der bessere Schwimmer gewesen war, hatte er gesagt, der schnellere Läufer, das hatte gestimmt oder nicht gestimmt, aber Herberts Mutter hatte genickt, ja, hatte sie gesagt, so war es, unser Herbert, so ist er gewesen. Er hatte sich Sachen ausgedacht, um der Hofstetterin eine Freude zu machen: wie Herbert anderen geholfen hatte, rührende kleine Geschichten; dass Herbert ihn bei Schularbeiten hatte abschreiben lassen – wozu ihr sagen, dass Herbert seinen Arm immer so gehalten hatte, dass niemand auch nur das kleinste Fuzelchen abschreiben konnte; mit den Geschichten vom Herbert, den wahren und den ausgedachten, hatte sich Franz die Liebe der Hofstetters erschlichen, die Liebe und die Unterstützung der ganzen Familie, und er hätte ihnen doch sagen müssen, das quälte ihn heute noch, wenn ihn einer der Hofstetters daran erinnerte: Du warst doch der beste Freund von unserem Herbert, nein, müsste er sagen, heute noch, der Herbert und ich, wir waren keine Freunde mehr.

Aber das weiß ich, hatte Bärbi gesagt, als er es ihr endlich eingestanden hatte, da war Georg ein Jahr alt gewesen und Franz niedergedrückt von der Last des Verschweigens, der Lügen, aber wenigstens das hatte er eingestehen können, er und Herbert waren keine Freunde mehr gewesen.

Wegen der Elfi, hatte sie gesagt und dann war alles aus ihm herausgebrochen, und danach hatte er sich leicht gefühlt, von einer Schuld befreit, aber zwei Jahre später war Georg gestorben, da hatte er gewusst, dass man seiner Schuld nicht entkam.

ASTRID

Klaus saß auf der Bank vor dem Haus des Großvaters. Er hatte die Augen geschlossen und hielt sein Gesicht in die Frühlingssonne. In den Büschen tschilpten Spatzen und die Hühner scharrten in der Wiese. Weiß strahlte die gekalkte Hauswand. Der Großvater blieb stehen. Wie ähnlich Klaus seiner Mutter war, Bärbis freundliches Gesicht. Klaus öffnete die Augen.

»Da seid ihr ja. Ich hab mir gedacht, dass du im Gasthaus bist. Aber die ganze Bagage dort brauch ich nicht.«

»Wir sind mit dem Josef gesessen, den zählst ja wohl nicht einmal du zur Bagage!«, sagte Astrid.

»Und die Trixi?«, der Großvater sah sich suchend um. »Sind die Lorli und die Trixi nicht da?«

Klaus stand auf. Trixi und Lorli seien bei Trixis Eltern, Trixi habe ihm aber einen Kuchen mitgegeben.

»Dann mach ich uns einen Kaffee«, sagte Astrid.

»Söhne von Söhnen von Nazis«, hörte sie Klaus zu seinem Vater sagen, während sie die Kaffeemaschine einschaltete und das Geschirr bereitstellte.

Dass sich das immer gleiche mörderische Denken weitervererbe, fortpflanze geradezu, wie es denn möglich sei, dass die ganze demokratische Kultur von siebzig Jahren nichts an diesem Grundsumpf geändert habe.

»Grundsumpf?« Astrid stellte den Kuchen auf den Tisch.

»Der braune Bodensatz«, sagte Klaus.

»Sei so lieb«, sagte sie zu ihm, »hol uns noch einen Wein aus dem Keller.«

»Du lenkst ab.«

»Geh schon!«

Als dann das vorläufige Ergebnis des ersten Wahlgangs über den Bildschirm flimmerte, schnaubte Klaus wütend auf.

»Thomas Bernhard«, er lachte höhnisch, Thomas Bernhard habe es immer schon gewusst, es sei Österreich nun einmal ein Naziland, ein katholisches Naziland, was kein Gegensatz sei, leider, sondern eine Übereinstimmung; der Großvater stand auf und ging in die Küche.

»Und du gehst!«, rief ihm Klaus nach. »Immer gehst du! Einmal sag, was du denkst, einmal sag, wie du dazu stehst!«

Der Großvater drehte sich um.

»Ich hab den Nazi nicht gewählt, das weißt du«, sagte er. »Und du weißt, wie ich dazu stehe. Ich will es aber nicht mehr hören. Ich will darüber nicht reden. Ich hab das alles erlebt.«

»Aber dann …«

»Und vielleicht weißt du viel«, die Stimme des Großvaters zitterte. »Aber alles weißt du auch nicht.«

Er machte die Tür hinter sich zu. In der Stube tickte die Uhr.

»Dann sag mir, was ich nicht weiß«, schrie Klaus. »Herrgott noch einmal! Sag's mir!«

Wie sich hinter ihnen allen die Zeit auftürmte, dachte Astrid auf der Heimfahrt. Versteinerte Zeit. Granitene Härte.

Manchmal dachte sie sich die Erde, wie sie am Anbeginn gewesen war. Aber zuerst dies: Gasschwaden, winzige Staubkörnchen, eine gigantische Wolke in der Finsternis des Alls. Irgendwann das erste Licht. Über Jahrmilliarden die Verdichtung der Materie zu Sternen, zu Planeten, zu Galaxien, und in all dem wütenden Chaos in der unermesslichen, sich unendlich fortsetzenden Ausdehnung des Universums bildete sich, fast verloren im All, eine Kugel, wie andere Kugeln auch gefährdet im Schauer des Gesteins, das durch das All schoss, wachsend durch den Aufprall riesiger Felsen. Die Hitze, die beim Aufprall entstand, ließ die Kugel erglühen. Und, als explodierten Billionen Wasserstoffbomben, kollidierte ein Himmelskörper mit der Erde, ein Lichtblitz flammte auf, heller als die Sonne, es hätte die Erde, dachte Astrid, es hätte die Erde beinahe ein frühes Ende gefunden. Es hätte das alles nicht gegeben, uns nicht gegeben, dachte sie, nicht hier, nicht so, vielleicht nie. Die Gewalttätigkeit der Materie, und was sie gebar, die Voraussetzungen für Leben.

Und endlich erkaltete die Erdkruste und verfestigte sich, aber noch brodelten Vulkane und stießen Rauch und heiße Gase aus und Wasserdampf, und Lavaströme wälzten sich über die Erdkruste, die absolute Lebensfeindlichkeit dieses Planeten. Und doch, und doch und doch und doch entstand, in unvorstellbar langen Zeiträumen, und wie zufällig, denn wie anders als ganz und gar zufällig war diese Entwicklung auf dieser einen Kugel zu denken, entstand so etwas wie eine schützende Hülle, nicht mehr als ein Hauch, ein Schleier, der den Planeten umspannte, wie zärtlich vielleicht. Der erste Regen fiel und heiße Nebel zogen über die Erde und immer noch fiel Regen und fiel und fiel, als wollte er nie wieder aufhören zu fallen und füllte Senken und Spalten und Gruben, füllte Abgründe und Täler und flutete die Erde und bedeckte den Planeten, kilometertief.

FRANZ

Nach Georg war Margit gekommen, sie konnte ihm nicht den Buben ersetzen. Margit wurde geboren, da war Georg erst ein paar Tage unter der Erde gelegen. Bärbi hatte, und Georg war doch gerade erst im Fieber verglüht, da hatte Bärbi das nächste Kind aus ihrem Leib gepresst. Was tun mit diesem nächsten Kind. Das Bärbi unter Tränen stillte. Das sie unter Tränen wickelte, unter Tränen wiegte, die weinende Frau, das schreiende Kind; als wäre er unter eine Lawine geraten.

Dass da ein anderes Kind war, das schrie, das seine Fäustchen reckte, das eine Aufmerksamkeit wollte, ein anderes Kind, das in Georgs Wiege lag, das Georgs Hemdchen trug, das mit Georgs Spielzeug spielen würde, mit seiner Rassel, seinem Wägelchen, ein anderes Kind, das Georgs Platz einnehmen wollte, wie war das zu ertragen? Georg war das Versprechen gewesen, dass etwas Neues beginnen konnte. Dass er, Franz, vergessen konnte. Dass er nicht schuldig war. Georgs Tod sagte ihm, dass er sich geirrt hatte. Was wollte das neue Kind?

Irgendwann hatte ihn der alte Hofstetter auf die Seite genommen. Siehst du nicht, dass die Bärbi zugrunde geht?

Er hatte also, unter Mühen, wieder begonnen, mit Bärbi zu reden. Er hatte so getan, als wäre er dem Kind ein Vater – sah denn niemand, dass das eine Lüge war?

Margits große Augen, die ihn, als er sie dann endlich ansah, an ein anderes Augenpaar erinnerten, ich will nach Hause, Fanzi, i wü hoam.

Bärbi hatte ihm das Kind in die Arme gelegt, das Kind hatte sich steif gemacht und den Kopf weggedreht und geschrien und geschrien und erst aufgehört, als Bärbi es ihm wieder abgenommen hatte.

Das wird schon, hatte Bärbi gesagt, es war aber nicht geworden. Als wäre er ein Fremder, als wäre das Mädchen eine Fremde, so war es geblieben.

Als Margit vier gewesen war, hatte er sie mit einem Putzfetzen in der Hand überrascht.

Was tust denn?, hatte er sie gefragt, sie hatte ihn angesehen, aus ihren großen Augen, wie abschätzend, und, als hätte sie ein Urteil gefällt, hatte sie in der Speis, das hatte ihr keiner angeschafft, sie war erst vier!, hatte sie in der Speis die Regale gewischt, auf einem Sessel stehend, und den Boden gewischt, mit einem Kübel und einem Fetzen, und hatte nie wieder aufgehört zu wischen und zu putzen und zu ordnen, die Äpfel, die Birnen, die Marmeladegläser nach Farbe und Größe, die Schuhe im Vorhaus, die Häferl in den Kasteln, die Kübel im Stall, und ihn aus großen Augen angesehen, wie abschätzend, und als hätte sie vor langer Zeit ein Urteil gefällt.

Und woher der Bub die Wut hatte. Wann hatte das begonnen? Und wann hatte er angefangen, diese Wut gegen ihn zu richten, und gegen das Dorf?

»Aber ihr seid doch alle Nazis gewesen!«, wann hatte er das das erste Mal geschrien? »Alle miteinander! Wenn ihr es wenigstens zugeben würdet!«

»Der Franz war ein Kind«, hatte Bärbi gesagt.

»Du warst nicht viel jünger als ich jetzt, wie der Krieg aus war«, also musste Klaus dreizehn oder vierzehn gewesen sein, »du musst doch was mitgekriegt haben!«

Und Franz war aufgestanden und aus der Stube gegangen, wie er noch oft aufstehen würde, er war aufgestanden und aufs Feld hinausgegangen, auf die Straße hinausgegangen, irgendwohin gegangen, was sollte er dem Buben erzählen.

»Und willst du nicht wissen«, hatte Klaus ein anderes Mal gesagt, »willst du nicht wissen, was hier passiert ist, was die Leute hier gemacht haben, im fünfundvierziger Jahr, im Februar, die Nachbarn vielleicht, alle die guten Nachbarn, irgendwer muss es doch gewesen sein, warum willst du das nicht wissen?«

Ich weiß genug, hätte er sagen können. Wenn du wüsstest, was ich weiß, hätte er sagen können. Dass er ihm sagen könnte, wo die geschundenen Körper gelegen waren, den Baderberg hinunter, in einem Stapel hinter einer Kapelle, steif gefroren; wie Knüppel waren sie im Schnee gelegen, blutige Knüppel auf einem Karren, das hätte er ihm sagen können, und mehr. Würdest du das wirklich wissen wollen, hätte er sagen können.

»Wir müssen mit den Leuten hier leben«, hatte Bärbi gesagt. »Warum sollen wir jetzt damit anfangen, von damals zu reden?«

»Aber ihr seid doch alle Feiglinge!« Klaus' Gesicht war verzerrt gewesen von etwas, das Franz nicht verstand.

Wie Waffen hatte er, als wäre er ein Racheengel, die Namen von Orten gegen sie gerichtet: Gusen. Lungitz.

»Das ist hier, Vater! Das ist ums Eck! Das hat keiner gesehen? Das hat keiner gewusst?«

Mauthausen. Mauthausen. Mauthausen.

Und immer mehr Orte, die er kannte, und noch mehr Orte, von denen er noch nie gehört hatte.

»Da muss es doch eine Verantwortung geben! Da kann man doch nicht sagen, es ist keiner schuld! Die Toten sind tot – und keiner ist es gewesen?«

»Wir waren Kinder, Klaus«, hatte Bärbi gesagt. »Ich war acht, wie die Russen gekommen sind!«, und Klaus hatte geschrien: »Und eure Eltern? Eure Geschwister? Sind die mitgerannt bei den Aufmärschen? Haben die Heil! geschrien?«

Ihre Eltern seien keine Nazis gewesen, hatte Bärbi gesagt,

aufgebracht. Was er denn glaube! Ihr Vater, der alte Hofstetter, sei gleich nach dem Krieg Bürgermeister gewesen, dazu hätten sie doch keinen Nazi genommen, gleich nach dem Krieg! Und auch Franz' Eltern seien keine Nazis gewesen. Aber man habe überleben müssen! Was hätte man tun sollen, nach dem Einmarsch, nach dem Anschluss, was er denn glaube, was sie hätten tun sollen?

Also sei es in Ordnung gewesen, die Juden umzubringen, Millionen Menschen umzubringen, hier vor der eigenen Haustür entflohene Häftlinge umzubringen, was hätte man auch tun sollen?

Franz war aufgestanden und gegangen, »ich war ein Jahr alt«, hörte er Bärbi sagen, »ein Jahr, wie die Nazis einmarschiert sind«, graue Luft, als atmete er immer noch graue Luft.

Ein einziges Mal hatte er sich dem Sohn entgegengestellt, da hatte Klaus schon studiert und war nach Hause gekommen, bebend vor Empörung, und hatte zu wissen begehrt, was Franz' Brüder, was Toni und Leonhard im Krieg gemacht hatten, wo sie gewesen waren, in Frankreich, hatte Franz gesagt, und in Polen, in Russland, sie seien in Russland gefallen, im Osten jedenfalls, nicht in Stalingrad, warum Klaus das wissen wolle?

Und Klaus hatte sich an die Stirn gegriffen, »warum ich das wissen will?«

Wieder arbeitete etwas in seinem Gesicht, und wieder verstand Franz nicht, was das war, was sich im Gesicht seines Sohnes zeigte.

»Vielleicht will ich ja wissen, ob die Mörder auch in meiner Familie sind.«

»So«, hatte Franz gesagt und die Kälte gespürt, die kam tief aus seinem Inneren herauf, »das willst du also wissen.«

Wieso Klaus glaube, dass Toni und Leonhard Mörder seien.

Sie seien Soldaten gewesen. Und ja, im Krieg hätten sie auf feindliche Soldaten geschossen, sie getötet, das sei jedenfalls anzunehmen, seien sie also Mörder?

»Die Wehrmacht«, hatte Klaus gesagt und nach Atem gerungen, »die Wehrmacht war eine Verbrecherorganisation«, das habe er nicht gewusst, so habe er das nicht gewusst, aber jetzt wisse er, was die Wehrmacht getan habe, im Osten, in Polen, in Russland, am Balkan, »Verbrechen an der Zivilbevölkerung«, hatte er gesagt, »Massenerschießungen von Männern, Frauen und Kindern, keine Soldaten, Vater! Frauen und Kinder!«, Plündern und Niederbrennen von Dörfern, Vernichtung der Lebensgrundlagen der Bevölkerung, Vernichtung sowjetischer Kriegsgefangener, Beteiligung am Holocaust, was hatten Toni und Leonhard damit zu tun, das wolle er wissen.

Franz hatte an Toni gedacht, an Leonhard, nebeneinander waren sie gegangen, Gras und Blumen waren gefallen, er war mit Leonhard fischen gewesen. Es ist anders, als du es dir denkst, hatte Leonhard gesagt, sie waren im Hof gestanden an einem kühlen Morgen, der Duft von Heu.

»Was weißt du über meine Brüder?«, hatte er zu Klaus gesagt, »gar nichts. Weißt du's, ob sie in den Krieg wollten? Weißt du's, ob sie auf andere Menschen schießen wollten? Weißt du's, ob sie nicht lieber daheim geblieben wären und die Arbeit gemacht hätten, die war hart, die Arbeit, aber was weißt du schon, nichts weißt du.«

Er war in die Kälte hinausgegangen, in die graue Luft, was überspülte ihn, der Wunsch, es möge doch alles ein Ende nehmen, jetzt, und für immer.

ASTRID

»Shakespeare«, sagte eine Stimme hinter ihr, »nennt in seinen Theaterstücken ungefähr hundertzwanzig Pflanzen, einheimische Wild- und Nutzpflanzen, aber auch so exotische Pflanzen wie die Kartoffel.«

»So so«, sie drehte sich um. »Kartoffeln.«

»Erdäpfel galten«, sagte der Anglist, »man glaubt es kaum, zur Zeit Shakespeares als Aphrodisiakum.«

»Tatsächlich.«

Es war früh am Morgen. Sie waren allein im Park, sie war in den Garten abgebogen, die Fülle, die sie vorgefunden hatte.

»Ich mag das«, sagte sie. »Kräuter und Blumen gemischt. Ein bisschen wie die Bauerngärten früher.«

»Darf ich Sie durchführen?«

»Jetzt?«

Wie erwartungsvoll lag der Garten unter der Morgensonne. Sie gingen ein paar Schritte, vorbei an Majoran, an Rosmarin und Thymian und Minze, an Erdbeeren und Stiefmütterchen, an Fenchel, an Akeleien und Kuckucksblumen, an Ringelblumen, Nelken und Pfingstrosen. Tau glänzte auf der Wiese, auf den Blättern und Blüten.

»Wo fange ich an?«

Er sah sich um. Er breitete die Arme aus.

»Was wir in diesem Gärtchen haben, das ist die ganze Welt. So wie in Shakespeares Dramen die ganze Welt abgehandelt wird, das Große und das Kleine, die Politik, die Familie, die Ehe, Freundschaft, Loyalität, Verrat, Aufstieg und Fall, Lebenslust und Lebenspein, Magie, Gewalt, Wahnsinn, Liebe,

Sexualität und Tod«, er ließ den Blick über die Beete schweifen. »Jede nur denkbare Situation im Leben eines Menschen, die ganze Bandbreite menschlicher Charaktere, jede Begierde, jede Sehnsucht, das ist auch hier.«

Ein Buchfink flog auf, sein rötliches Gefieder leuchtete, »Rosen«, sagte Astrid. »Und Nesseln.«

Er lächelte. »Nesseln und Rosen.«

Dass Shakespeare mit Worten die Bühnenbilder gemalt habe, die Jahreszeiten und die Landschaften, Hecken und Wiesen und Hügel und Blütenbänke, lichte und dunkle Zauberwälder, eine Weide über einem Strom. Durch die Sprache habe er Naturbilder und ihre Bedeutung geschaffen.

»Sprachmagisch«, sagte er. »Oder naturmagisch. Das eine im anderen.«

Mit Worten habe der Dichter die Welt beschworen. Die Kräuter, Blumen, Büsche, Bäume und die Früchte, die sie trugen, hätten eine Bedeutung gehabt, symbolisch und real, allegorisch und ganz konkret in ihrer Wirkung. Shakespeare habe für das Volk geschrieben und das Volk kannte die Pflanzen, von denen er schrieb und es kannte alles das, was er den Pflanzen zuschrieb, ihre Heilwirkung, das Gift, das sie vielleicht trugen, und ihre magische Wirkung.

»Im Gegensatz zu uns«, sagte er, die wir diese Ebene der Shakespeare-Dramen und -Sonette nicht mehr verstünden. Uns entgehe doch diese magische, zauberische und gleichzeitig sehr reale Ebene fast vollständig.

»Nur das Wortgeklingel« – und das meine er nicht abwertend! – nur das Wortgeklingel trage noch diesen Zauber mit, aber was darunterliege, eine Tiefe der Bedeutungen und Weisheit auch und Kenntnis dessen, was einen umgab, die Pflanzenwelt in ihrer Fülle, das müsse das heutige Publikum sich erst hart erarbeiten.

»Also ich jedenfalls«, wieder lächelte er. »Ich habe es mir hart erarbeiten müssen. Allein schon die Bezeichnungen! Das Erkennen der Pflanzen! Wenn ich mir nicht immer wieder die Namen selbst der allereinfachsten Pflanzen ins Gedächtnis rufe, ihre Blätter und Stängel und Rinden und Blüten und Früchte studiere, dann verwechsle ich im Handumdrehen wieder Rosmarin und Thymian und stehe vor mir längst bekannten Bäumen und suche verzweifelt nach ihren Namen. Und ich kenne zwar im Moment von vielen Pflanzen ihre Wirkung, und manches werde ich mir hoffentlich merken, zum Beispiel, dass henbane – Schwarzes Bilsenkraut – in Hexentränken und Hexensalben verwendet wurde, das werde ich mir merken, und dass es durch seinen hohen Giftanteil Halluzinationen hervorrief, die Sensation des Fliegens zum Beispiel, und wussten Sie, dass es dem Bier beigemischt wurde, um diese Rauscherzeugung zu erhöhen?«

Astrid schüttelte den Kopf.

»Hamlets Onkel träufelt den Saft des Bilsenkrauts seinem Bruder ins Ohr und dieser stirbt, in der ›Blüte seiner Sünde‹ wird er hingerafft. – Oder Schierling, hemlock! Die dritte Hexe in ›Macbeth‹ braut einen Trank, zu dem auch Schierling gehört, und Wolfeszahn und Kamm des Drachen, Hexenmumie und eben ›Schierlingswurz aus finsterm Grund‹, das kann ich mir merken, aber ich vergesse und vergesse und vergesse, zu welcher Pflanzenfamilie der Schierling gehört, wie er aussieht auch, ich würde ihn nicht erkennen, stünde er unter anderen ähnlich aussehenden Pflanzen, und wenn ich in einem Jahr wiederkomme, werde ich dies und das schon nicht mehr benennen können, die Damaszenerrose, die Akelei, die Ringelblume womöglich, es ist hoffnungslos!«

Astrid sah sich um. Tatsächlich, hier stand Bilsenkraut, und hier auf einem Fleck zusammen Schierling, Nesseln, Erdrauch, violett blühend, falscher Weizen, Lolch!, dachte sie.

Der Anglist folgte ihrem Blick.

»Lears Ackerunkrautkrone«, sagte er. »Auf winddurchpeitschter Heide irrt der König im Sturm, wahnwild!, mit tödlich giftigen Pflanzen in seiner Krone. So tief ist er gefallen, nachdem er sein Königreich – den ›Garten seines Königreichs‹ – unter seinen Töchtern aufgeteilt hat.«

»Und das hier?« Sie zeigte auf ein von Muscheln umrahmtes Beet.

»Rosmarin, Stiefmütterchen, Fenchel, Akelei, Weinraute, Gänseblümchen und Veilchen – das ist Ophelias Bouquet, das sie nach dem Tod ihres Vaters der Königin, Hamlets Mutter, übergibt. Für das Publikum klar erkennbar ein Tadel der Treulosigkeit der Königin und des neuen Königs. Die Blumen stehen für Kummer, bitteres Bedauern und Buße, für frühen Tod auch – zwei Szenen später ertrinkt Ophelia im Fluss.«

»Ach herrje«, sagte Astrid. »Gibt es denn nur Wahnsinn und Tod hier im Garten?«

»Aber nein!«, rief er. »Aber ganz und gar nicht!« Dass natürlich auch Shakespeares Heiterkeit zu finden sei, im Übermaß!, Schönheit und Liebreiz, Tändelei und tausend Düfte! Dort drüben – er stockte und sah über ihre Schulter.

»Die Tafeln kommen«, sagte er.

»Die Tafeln?«

»Deshalb bin ich hier. Wir stellen heute die Infotafeln auf, am Wochenende ist Eröffnung! Aber suchen Sie dort drüben ›einen Hügel, wo man Quendel pflückt, wo aus dem Gras Viol und Maßlieb nickt, wo dicht gewölbt des Geißblatts üpp'ge Schatten mit Hagedorn und mit Jasmin sich gatten. Dort ruht Titania …‹«

Er winkte und ging mit raschen Schritten zum Parkplatz, wo die Schautafeln ausgeladen wurden.

»Du und der Herr Anglist«, sagte Karin, als sie ins Büro kam.

»Was meinst du mit: Ich und der Herr Anglist?«

»Na ja …«

»Wie jetzt: Na ja?«

»Gib's zu! Er ist dir nicht unsympathisch! Du magst ihn.«

»Wieso sollte ich ihn mögen?«

»Das kann ich dir nicht sagen! Eine Schönheit ist er nicht, aber vielleicht hat er ja andere Qualitäten?«

»Wieso sollte ich mich für seine Qualitäten interessieren?«

»Das weiß ich nicht, aber es wäre doch möglich, dass du dich auch einmal für einen Mann interessierst! – Und sag jetzt nicht: Warum sollte ich?!«

»Aber warum sollte ich wirklich? Nur weil er da ist?«

»Was wäre so schlimm daran?«

»Woran?«

»Dir einen Typen aufzureißen! Dich zu verlieben? Wann warst du das letzte Mal verliebt?«

Astrid dachte nach. Karin kreischte auf.

»Sag bloß, du warst noch nie verliebt! Und jetzt sag bloß nicht, dass du womöglich noch nie …«

»Wie noch nie? Was?«

»Du hast doch schon Sex gehabt, oder?«

Astrid sah sie irritiert an.

»Also es geht dich ja nichts an, aber wenn du dann Ruhe gibst: Sicher habe ich das gehabt: Sex. Und wenn du es ganz genau wissen willst: In erster Linie aus biologischem Interesse.«

»Aus biologischem Interesse.«

»Allerdings habe ich trotz mehrfacher Versuche nicht recht herausgefunden, warum alle Welt so ein Tamtam darum macht.«

»Trotz mehrfacher Versuche …«

»Und wenn du dann aufhörst, alles zu wiederholen, was ich sage, könnten wir uns an die Arbeit machen.«

Am Abend schlenderte sie noch einmal durch den Garten. Purpurne Dämmerung, dachte sie, violfarben. Und dass es wohl nicht die ganze Wahrheit gewesen war, was sie zu Karin gesagt hatte. Nicht bezogen auf das rein biologische Interesse und nicht bezogen darauf, dass es keinen Reiz gehabt hätte. Es schien ihr aber, sie sog den Duft der Kräuter ein, fast schon Sommer, fast mediterran, es schien ihr aber, sie müsste für beides einen zu hohen Preis zahlen.

FRANZ

Süßes Heu. Morgenkühle. Forellen im Fluss, schnell fließendes Wasser. Goldene oder grüne Felder, blaugrün waren die Ähren im Mai gestanden, und das Gras war unter ihren Sensen gefallen. Dann war der Fronturlaub der Brüder zu Ende gewesen.

Loss mi dobleibm. Versteck mi, Muatta. Irgendwo, im Hei, im Woid, i wü ned zruck, i konn ned zruck.

Es war früher Morgen, die Luft noch grau, und die Brüder standen in der Uniform im Hof. In der Uniform, die die Mutter gewaschen und gebügelt und geflickt hatte, das Marschgepäck zu ihren Füßen, noch nicht aufgeschultert. Der Handschlag des Vaters, das Kreuzzeichen, das die Mutter den Brüdern auf die Stirn gemalt hatte, jetzt würden die Brüder das Marschgepäck aufnehmen, jetzt und jetzt würden sie aus dem Hof auf die Straße hinaustreten, auf die Straße, die sie zum Bahnhof brachte, zum Zug, der sie nach Linz bringen würde, zu einem anderen Zug, der sie fort, weit in den Osten bringen würde, als wären sie nie da gewesen, so würde es jetzt und jetzt gleich sein.

Loss mi dobleibm, hatte Leonhard gesagt und die Zeit war stillgestanden.

Graue Luft hing zwischen ihnen, dass Franz nichts erkennen konnte, nicht das Gesicht des Bruders, nicht das Gesicht der Mutter, dass Toni die Luft einsog, das hörte er, dass die Mutter aufschrie. Elfi, dachte Franz, während die Zeit zum Stillstand kam, Elfi schlief noch. Was würde Elfi tun, wäre sie hier, sie würde doch, dachte Franz, sie würde sich an Leonhard hängen, würde sich an seine Uniformhose hängen, würde ihn umklammern und nicht gehen lassen und müsste nicht er, Franz, das tun, was Elfi nicht tun konnte, weil sie noch schlief, müsste nicht er sich an den Bruder hängen, an einen wenigstens, und warum sagte die Mutter nichts, warum streckte sie die Hand nicht aus, schnell, müsste sie sagen, schnell schnell schnell, bevor die Nachbarn was merken, oder, dachte Franz, sie könnte sagen: Ihr geht jetzt fort, jetzt sofort, aber so laut, dass man euch hört, jetzt geht ihr und aber, ihr versteckt euch wo, oder nein, würde die Mutter sagen, ihr steigt in den Zug ein, man muss euch sehen, wie ihr in den Zug einsteigt und dann springt ihr ab, irgendwo unterwegs, der Vater kommt euch holen, der findet euch, mit einem Heuwagen kommt er, ihr versteckt euch im Heu, es wird uns schon was einfallen, oder, Anton?, müsste sie jetzt sagen und der Vater müsste nicken; und wenn nicht alle zwei zu retten waren, dann wenigstens einer, Leonhard; was würde Toni erzählen, wenn der Bruder nicht mit ihm zur Sammelstelle kam, dass er ihn aus den Augen verloren hätte, am Bahnhof in Linz, dass der Bruder Zigaretten besorgen wollte, ein Mädchen, das würde er dem Vorgesetzten sagen, er habe ein Mädchen, das hatte er sehen wollen, bevor er wieder in den Krieg ging, a so a Trottel, würde Toni sagen, er wisse nicht, welches Mädchen, er solle ihm nur unter die Augen kommen, der Bruder, der pflichtvergessene, er könne es aber nicht glauben, dass sich der Bruder drücken wolle, nicht sein Bruder, nie und nimmer, warum sagte die Mutter nichts?

Loss mi dobleibm.

Toni sog die Luft ein, die Mutter schrie auf. Der Vater drehte sich um. Mit einem Schritt war er bei den Brüdern. Er packte Leonhard am Kragen seiner Uniform, die die Mutter gewaschen und gebügelt hatte, er schüttelte Leonhard, als wäre er ein Kind, ein junger Hund.

Jo spinnst jetzt gonz?, schrie er. Hams dia ins Hian einigschissn? Wos war denn dös?

Votta!

Nix Votta! Du gehst zruck.

Toni riss den Vater von Leonhard weg.

I geh jo, keuchte er. Moch da koane Soagn, i geh zruck. Aber losssts den Leonhard dahoam. Wegn mia is jo wuascht, oba da Leonhard, dea übalebt dös ned.

So is dös im Kriag, schrie der Vater, und jetzt außi mid eich.

Du woaßd as ned, das war Leonhard, ein gequältes Aufstöhnen, du woaßd ned, wias doat is, ia wissts ned, wos mia do dan …

I woa im Kriag!, fuhr der Vater auf. Erzöh ma nix. Ois wonn i ned wissad, wos a Kriag is.

Dös is koa Kriag mea, dös is …

Ös Hosenbrunza, ölendige, außi, sog i, außi ausm Hof!

Da stürzte Leonhard der Mutter zu Füßen. Er umschlang ihre Beine, er wühlte sein Gesicht in ihren Rock, loss mi dobleibm, Muatta, bitte.

Und weil sie sich nicht rührte, weil sie ihn nicht aufhob, weil sie ihn nicht in die Arme nahm, is jo guad, hätte sie das nicht sagen müssen, i loss di ned gehn; Mami!, rief er, lang verschollenes Kindheitswort, Mami, i bitt schen!

Die Mutter schluchzte auf, sie kniete nieder, sie umarmte Leonhard, klammerte sich an ihn, bis der Vater sie auseinanderriss.

I zoag eich on, schrie er. I zoag eich olle midanonda on.

Da ging eine Bewegung durch Leonhard. Er stand auf, er richtete seine Uniform, er sah zu Toni hinüber, und dann gingen die Brüder, ohne sich noch einmal umzusehen.

An dem Tag, an dem der Vater die Brüder in den Krieg zurückgeschickt hatte, hatte es kein Essen gegeben. Die Mutter hatte Wäsche gewaschen, den ganzen Tag Wäsche gewaschen, obwohl nicht Donnerstag gewesen war. Sie hatte Wasser erhitzt, die Wäsche eingeweicht, große Wäsche, kleine Wäsche, sie hatte Franz weggeschickt, loss mi, hatte sie gesagt, als er Holz bringen wollte, Wasser bringen wollte, loss mi. Sie hatte das Holz in die Waschstube geschleppt, Eimer mit Wasser, hin und zurück war sie vom Brunnen über den Hof in die Waschstube gegangen, keuchend, als hielte nur das sie aufrecht: dass sie Holz trug, dass sie Wassereimer schleppte.

Die Nachbarin hatte Franz und Elfi geholt, die oamen Buam, hatte sie gesagt, und Elfi war ganz klein beim Tisch gesessen, wo ist der Leonhard, wo ist der Toni, und Franz atmete die graue Luft, in die hinein die Brüder verschwunden waren.

Der Vater war mit Albert und Jersche heuen gegangen. Als sie von der Arbeit zurückkamen – es hatte ihnen niemand eine Jause gebracht, die Mutter hatte Wäsche gewaschen, in keuchender Verbissenheit, in keuchender Verzweiflung, und niemand hatte Franz gesagt, dass er Essen bringen sollte – als der Vater zurückkam, hatte er eine Flasche Schnaps genommen, auch die Wirtsstube war an diesem Tag geschlossen gewesen, und hatte in der stickigen Dämmerung der Stube sich betrunken.

Albert und Jersche hatten die Stallarbeit gemacht, Franz hatte ihnen geholfen, der Vater war in den Stall gekommen und hatte Jersche verprügelt, in einer stummen Wut, bis Jersche, der sich nicht wehrte, auf dem Boden lag, bis die Mutter kam und den Vater von Jersche wegzog, und schrie und schrie und schrie.

Am nächsten Tag kochte die Mutter wieder, sie tat ihre Arbeit wieder, aber wenn der Vater das Wort an sie richtete, antwortete sie nicht. Sie stellte die Schüsseln mit Knödeln, mit Kraut auf den Tisch, setzte sich aber nicht dazu, loss mi, sagte sie, wenn Elfi ihre Hand nehmen wollte.

Jetzt sei aber Schluss mit dem Theater!, schrie der Vater schließlich. Ob denn die Mutter glaube, er habe das gern getan, die Buben zurückschicken? Und ob sie denn wirklich glaube, sie hätten die Buben verstecken können? »Wehrkraftzersetzung!«, schrie er, und ob sie nicht wisse, was das heiße.

»Sie daschiassn di Buam und sie daschiassn uns!«, schrie er und ob es das sei, was die Mutter wolle.

Franz ging mit Elfi hinaus, die klammerte sich an ihn, die weinte, ob denn Leonhard und Toni erschossen würden? Aber nein, sagte Franz, aber nein.

»Oba du hättst«, schrie die Mutter in der Stube, »mia hättn«; »oba nix«, schrie der Vater, nix hätten sie tun können.

»Her auf zan flenna«, sagte er. Es sei jetzt so, so sei der Krieg und sie seien nicht die Einzigen, die ihre Buben im Krieg hätten.

In den Tagen, die dann noch kamen, trug die Mutter die Karten, die Briefe, die die Brüder geschrieben hatten, in der Schürzentasche mit sich herum, sie las die Briefe und wischte sich die Augen und steckte die Briefe in die Schürze zurück und holte sie wieder heraus, las sie und wischte sich die Augen. Die Zeitung verschlang sie nach Nachrichten aus dem Osten, aber wusste man denn, wo genau die Brüder lagen, und half es denn zu wissen, was in der Zeitung stand; am Vormittag ging ihr Blick auf die Straße, nach dem Briefträger, der brachte die Zeitung, und sonst nichts, nichts sonst, und war es nicht aber vielleicht ein Glück, dass er nichts sonst brachte, nur die Zeitung?

Franz war froh, dass der Lehrer ihn nach dem Unterricht zwei-, dreimal die Woche zum Dienst verpflichtete. Es tat ihm aber leid, dass er Elfi alleine ließ in dem zornigen Haus. Wenn er keinen Dienst hatte und wenn ihn der Vater aus der Arbeit entließ, dann ging er mit Elfi in den Wald, wo sie Verstecken spielten und Häuschen aus Moos und Zweigen bauten, und Lutz begleitete sie.

Wiad scho ois guad werdn, sagte er zur Schwester, wiast segn, boid sans wieda do, da Toni und da Leonhard, da Toni passt aufm Leonhard auf, wiast segn, da Toni losst dös ned zua, dass eana wos passiad, wiast scho segn.

Elfi ließ ihn, wenn sie zusammen waren, nicht mehr aus den Augen.

Gehst du a in Kriag?, fragte sie, und er schüttelte den Kopf.

I ned, Elfi, i bleib do, i bleib bei dia, vasprochn.

Der Sommer kam und ging wieder, Kampfflugzeuge flogen in großer Höhe aus dem Osten Richtung Linz – wie die Splitter der Flakgranaten surrend zu Boden fielen! –, von den Brüdern kam keine Nachricht. Die Schule fing wieder an, Elfi kam in die zweite Klasse, der Lehrer redete vom Bolschewismus, von Nibelungentreue, und dass es besser sei, bis zum letzten Mann zu fallen, als in Knechtschaft und Erniedrigung zu leben. Herberts Augen brannten.

Elfi sammelte rot glänzende Kastanien, sie malte Hakenkreuzfahnen aus und sie lernte, wie man einen Verband anlegte, halt still, sagte sie zu Franz, ich muss mich kon-zen-trie-ren. Septemberlaub loderte golden in der Herbstsonne.

Der Briefträger war in die Gaststube getreten. Er hatte gezögert, als er die Tür aufgestoßen hatte, er hatte die Kappe abgenommen, sein Blick war zur Mutter gegangen, die hinter der Ausschank stand, die Mutter hatte das Glas, das sie eben gefüllt hatte, weizengelbes Bier, die Mutter hatte das Glas, das vielleicht für den Vater gedacht war, der saß mit ein paar alten Männern am Tisch, einer hieb mit der Faust auf den Tisch und Gelächter wollte aufstieben, aber der Blick des Briefträgers ging zur Mutter, und das Gelächter erstarb. Die Mutter schrie, und das Glas fiel zu Boden, weißer Schaum und weizengelbes Bier, die Mutter schrie, ein Sessel polterte, der Vater war aufgesprungen und die alten Männer rissen immer noch die Münder auf, an denen ein Fetzen Gelächter hing. Vor ihm war ein Teller gestanden, mit den Resten des Essens, das er eben verzehrt hatte, eine Fliege saß auf dem Teller und tippte ihren Rüssel in die rotbraune Sauce und von der Decke hing ein Fliegenfänger und schwankte hin und her. Die Tür, die der Briefträger aufgestoßen hatte, stand offen und nichts bewegte sich als der Fliegenfänger mit den Fliegen, die waren schon lange tot, oder zappelten sie noch mit ihren Beinchen, ihren Flügeln, und dann stürzte der Vater hinter die Ausschank, die Mutter schrie, und der Vater zog die Mutter aus der Stube in den Gang, und die Tür schlug auf und zu und Franz sah, zwischen Auf- und Zuschlagen, wie der Vater der Mutter den Mund zuhielt, wie sie sich losmachen wollte, die weit aufgeschreckten Augen der Mutter, und dann stürzte sie zu Boden und dann sah er nichts mehr, weil die Tür jetzt geschlossen war, und ein alter Mann nach dem anderen räusperte sich, Münzen wurden auf den Tisch gelegt, einer trank noch sein Glas aus, dann gingen sie, einer nach dem andern, mit schweren Schritten, und der Briefträger kam auf ihn zu und legte den Brief auf den Tisch, den Brief, in dem stand, dass die Brüder gefallen waren, beide, Toni und Leonhard, am selben Tag, und die Fliege flog auf, und der Briefträger wischte sich über die Stirn; es war ganz still in der Stube, und dämmrig, nur eine Fliege summte, und hinter der Tür zum Gang hörte er die Mutter keuchen.

ASTRID

Täglich ging sie, fast absichtslos, in den Garten. Morgens, mittags, abends wanderte sie von Erdbeerpflänzchen zu Nesseln, von Klatschmohn zu Steinnelken, Karthäusernelken, Heidenelken, zu Rittersporn, der hoch aufschoss, im Juni würde er blau und prächtig blühen. Vergissmeinnicht nickten ihr zu und umsummt von Bienen und Hummeln blühte der Weißdorn in hellen Wolken, und Efeu rankte sich; *thou art an elm, my husband*, las sie, *I a vine*, und dass die Hasel ein Symbol war für Unsterblichkeit und Frühling und glückhaften Beginn.

Was sie denn immer da draußen suche, fragte Karin.

»Meine Ruhe«, sagte sie bissig und Karin grinste und Astrid schüttelte den Kopf.

Am Samstag war die Eröffnung der Shakespeare-Gartenausstellung. Und obwohl sie vorgehabt hatte, dabei zu sein, selbstverständlich würde sie dabei sein, schon, weil jede neue Ausstellung eine große Sache war, und auch, weil sie ja mehr oder weniger dem Anglisten zugesagt hatte zu kommen, und hatte sie sich nicht fast gefreut, den Herrn Anglisten wiederzusehen; war sie es ihm, war das so?, war sie es ihm nicht mehr oder weniger schuldig, oder nicht schuldig, aber es verstand sich doch eigentlich von selbst, Anteil zu nehmen, Interesse zu zeigen, sich am Erfolg zu freuen, er hatte sie so freundlich durch den Shakespeare-Garten geführt – als sie aufwachte, war ihr klar, dass sie nicht gehen würde. Sie starrte auf die Decke über ihrem Bett. Als lauerte eine Bedrohung, Todesdrohung.

Aber was konnte bedrohlich sein an einem duftenden bienendurchschwirrten Zauberblütengarten, an hoch aufragenden Ulmen und Buchen, am Dämmerschatten unter Haselbüschen?

Schierling und Bilsenkraut.

Die unvorstellbar langen Zeiträume seit dem Urknall. 13,8 Milliarden Jahre. Was aber war im allerersten Moment des Urknalls passiert?

»Zehn hoch minus dreiundvierzig«, sie erinnerte sich an den Studenten der Astrophysik, sie hatte ihn bei der Promotionsfeier einer gemeinsamen Bekannten getroffen; dass es kein Modell gab, hatte er gesagt, das erklärte, was in diesem unvorstellbar kleinen Bruchteil des Bruchteils eines Bruchteils einer Sekunde passiert war.

»Zehn hoch minus dreiundvierzig«, er hatte ein Brötchen balanciert.

Ein winziger, unvorstellbar dichter Punkt sei im kosmischen Nichts explodiert und habe aus einer ursprünglichen Singularität das Universum geboren. Das Universum, Materie und Zeit und Raum, die Naturgesetze. Das Nichts und das Etwas. Aus dem Nichts sei etwas geworden, wie wäre denn das vorzustellen, wie könnte ein menschliches Gehirn das begreifen?

Es gebe, hatte der Student der Astrophysik gesagt, in der heutigen Physik keine allgemein akzeptierte Theorie für das sehr frühe Universum und den Urknall selbst.

»Wie früh?«, hatte sie gefragt.

»Für eben diesen Zeitraum, zehn hoch minus dreiundvierzig. Für diesen Bruchteil einer Mikrosekunde gelten nicht die herkömmlichen Rechenmodelle«, niemand, hatte er gesagt, niemand könne derzeit hinter diesen Vorhang schauen.

Kein Hubble und kein Bubble half da, hatte sie in einer momentanen Aufsässigkeit gedacht, und gewünscht, dass es dem Menschen nicht gelingen sollte, ganz und gar unwissenschaftlicher Gedanke, dass es ihm nicht gelingen sollte, dieses Rätsel zu enthüllen. Was würde er tun, der Mensch, wenn auch dieses Rätsel gelöst wäre? Groben Unfug stiften doch jedenfalls.

Sie erinnerte sich nicht mehr an den Namen des Studenten der Astrophysik, aber sie erinnerte sich an seine Ohren, Segelohren, dünnhäutig und wie durchsichtig, und das Licht war durch seine Ohren geschimmert, daran erinnerte sie sich, und dass er immer etwas in der Hand zu halten schien, das seinem Griff entgleiten wollte, Brötchen, von denen Gürkchen fielen und Perlzwiebel, ein Maiskölbchen folgte; er hatte versucht, mit Dezenz und Anstand den Verzehr eines Lachsbrötchens, eines Speckbrötchens zu bewältigen, aber leise waren Gürkchen, Perlzwiebel, Maiskölbchen zu Boden gerollt.

Dass ihm, mehr als anderen, beim Versuch, belegte Brötchen zu essen, die Gravitation ein Problem zu bereiten schien, hatte er gemurmelt, und was sei der Mensch? Die tiefsten Geheimnisse des Universums seien ihm enthüllt, und doch gelinge es ihm nicht, ein belegtes Brot anstandslos und manierlich zu verzehren.

Kurz darauf war dieser selbe Student der Astrophysik ein weiteres Mal mit dem Gesetz der Schwerkraft in Konflikt geraten. Auf blankem Parkett wäre er beinahe gestürzt, samt Glas, das nicht mehr zu retten war, aber eine Kollegin hatte sich seinem Sturz entgegengestellt, hatte ihn gerettet, wenn auch nicht das Glas, bevor sein langer, ungelenker Körper, in einer Pirouette sich drehend, der Erde zugestrebt war, oh, wie Gesicht und Ohren des Studenten leuchteten in einem kräftigen Rot!

Schicksalhafter Beinahesturz: Der Student und die Kollegin hatten geheiratet, sie waren nach Amerika gezogen, forschten an einer renommierten Universität, wozu also ihr Spott, wozu die Erinnerung an leuchtende Ohren, es war doch dies ein gelungenes Leben, ein gelungener Lebensweg, auch wenn er vielleicht immer noch gepflastert war mit Gürkchen und Maiskölbchen und Perlzwiebeln.

Und war es möglich, das hämmerte in ihrem Kopf, war es möglich, dass an irgendeinem Tag, und warum nicht JETZT, an irgendeinem Tag alle die Materie, die aus dem Nichts entstanden war, wieder ins Nichts verschwinden würde, sich verdichten würde, sich zusammenpressen würde in eine Singularität und alles, was die Erde war und was auf der Erde lebte, und das Sonnensystem und alle die Galaxien da draußen, all der unendliche Raum JETZT verschwinden würde, von einer Mikrosekunde auf die nächste.

Das ginge aber doch, würde ihr jeder Astrophysiker erklären, das ginge doch gegen alle bekannten Gesetze.

Wenn aber das Universum entstanden war in einem Moment, der sich mit herkömmlichen Gesetzen nicht erklären ließ, warum sollte es nicht ebenso unerklärlicherweise auch verschwinden können, würde sie beharren, und wäre nicht dies auch die Lösung aller Probleme, die Lösung aller Ängste, individueller und gesellschaftlicher, umstandslos in einer Singularität wieder zu verschwinden, als hätte es das alles nie gegeben, nicht die Entstehung des Universums, nicht die Evolution von Leben über Milliarden Jahre hinweg, nicht die Evolution menschlichen Lebens, nicht alle die vielen vielen Leben auf dieser einen Erde, nicht ihr eigenes Leben, das nicht in den Griff zu kriegen war.

Feigling, schimpfte sie sich. Weil du zu feig bist, wünschst du gleich das ganze Universum ins Nichts, echt jetzt, und was bringt dir das?

Am Sonntag stand sie auf. Stichwahl, meldete ihr Handy. Ein Präsident war zu wählen, einer aus zweien, heute also richtig und endgültig. Sie duschte, sie frühstückte, sie ging wählen, sie putzte ihre Wohnung, als hinge ihr Leben daran. Irgendwann fiel ihr ein, dass auch heute der Garten bespielt wurde, mit Führungen, mit einem Theaterstück, dass auch heute der Herr Anglist wahrscheinlich, oder sicher, anwesend war. Dass sie doch heute, als wäre es ganz selbstverständlich, vorbeiradeln könnte; gestern war ich verhindert, könnte sie sagen, aber heute sei doch noch nicht zu spät, um ihm zu gratulieren zu dieser wunderbaren Sache, das habe sie ihm schon lange sagen wollen. Wissen Sie, könnte sie sagen, dass ich in den letzten Tagen morgens, mittags und abends durch Ihren Garten gewandert bin, und jeder Moment habe sie beglückt, immer auf andere Weise, so fein abgestimmt sei der Garten bepflanzt und so anregend seien die Tafeln gestaltet. Eine Frage habe sie noch, also viele eigentlich, aber ob er kurz Zeit für wenigstens eine Frage habe?

Sie sah auf das Wischtuch in ihrer Hand. Sie könnte das Tuch fallen lassen, sie könnte den Staub Staub sein lassen, sie könnte sich auf ihr Rad setzen, sie könnte – aber sie würde nicht. Warum? Weil die Welt, könnte sie sich antworten, in jedem Moment zu einer Singularität zusammenschrumpfen konnte, wozu also so tun, als wäre, was sie tat, von Bedeutung.

FRANZ

Das Hohle, in das man fiel, wenn man liebte.

Wo war Elfi gewesen, als der Brief kam? Sie war nicht neben ihm in der Gaststube gesessen. War sie bei der Nachbarin gewesen, war sie draußen gewesen, er hatte keine Erinnerung an sie. Er hatte an die Brüder gedacht, an Toni, an Tonis Härte, und dass er Leonhard beschützt hatte, so gut das ging in einem Krieg; er hatte an Leonhard gedacht, der eine Bäuerin hatte heiraten wollen, oder auf einem Schiff anheuern, ein Bauer bleiben oder ein Handwerk lernen. Leonhards Freundlichkeit fiel ihm ein, und dass er das doch von kaum jemandem gekannt hatte: Freundlichkeit.

Als risse ihm etwas große Brocken aus dem Leib, so war er in der Gaststube gesessen und eine Fliege hatte ihn umsummt, große Brocken, und es verschwand, was ihn umgab, die Stube, der Hof, das Dorf und alles, was draußen war, und auch er verschwand in einem fürchterlichen Schwarz, das auf ihn zurollte, ihn unter sich begrub; in seiner Kehle war ein Würgen, dass er hätte schreien mögen, aber er saß ganz still; wie lange saß er?

Wo war die Mutter gewesen? Der Vater war hinausgegangen, über seine Felder, seine Wiesen, durch seinen Wald war er gegangen, er war zurückgekommen. Er hatte Franz aus der Stube geholt, kimm her, aussa mid dia, er war mit Franz über den Hof gegangen, ohne ihn anzusehen, zwei Schritte vor ihm, die waren nicht aufzuholen, mit großen Vaterschritten war er in den Stall gegangen, in die Scheune, er hatte eine Handbewegung gemacht, die umfasste alles, was hier war und was draußen lag und ihm gehörte.

Ois deins, hatte er gesagt und war weggegangen, wohin?, und Franz war im Hof gestanden, Herbstlicht, etwas krümmte ihn zusammen, etwas zwang ihn zu Boden; keiner, der nach ihm sah.

Der alte Hofstetter kam mit seiner Frau, und Bärbi, die kleine Bärbi war mitgekommen. Bärbi war eine von Elfis zwitschernden kleinen Freundinnen und Elfi war mit Bärbi unter die Bäume gegangen, oder hatten sie zu den Kühen geschaut, dort war es warm und tröstlich, das Schnauben der Kühe, ihr Wiederkäuen. Die Hofstetterin hatte Franz übers Haar gestrichen, du armer Bub, die Mutter war wie versteinert gesessen. Die Hofstetterin hatte geweint, deiner lebt noch, hatte die Mutter gesagt.

Er habe noch zwei Kinder, hatte der alte Hofstetter zum Vater gesagt, der Vater hatte eine Handbewegung gemacht.

Was soll ich mit denen, hieß die Handbewegung; was sind mir die zwei; ich hab den Erben verloren, und den, der als Nächstes drangekommen wäre, was soll ich mit einem Zwölfjährigen, mit einem Mädchen; der tiefe Unwert, den Franz empfand.

Statt eines Begräbnisses gab es eine Trauerfeier vor dem leeren Grab. In fremder Erde, sagte der Pfarrer, und Franz wusste nicht, wie er sich die fremde Erde denken sollte, und der Gedanke überfiel ihn, wie denn die Brüder gestorben waren, erschlagen, erschossen, verbrannt, ihre armen zerfetzten Körper.

Wenn das Vaterland, sagte der Bürgermeister, solche Söhne hatte, die ihr junges Leben opferten, für einen großen, einen heiligen Zweck; dass das Opfer nicht umsonst war, sagte der

Lehrer, heiliges Blutopfer; Gott sei ihrer Seele gnädig, sagte der Pfarrer.

Die Zehrung fand in der Gaststube statt. Weil es sich so gehört, hatte der Vater gesagt. Rindfleisch, als wären sie mitten im Frieden. Nach der Zehrung saßen die Eltern in der Stube, tief erschöpft. Schließlich stand die Mutter auf und begann die Tische abzuräumen. Der Vater ging in den Stall, Albert und Jersche schlichen in die Stube, sie zogen ihre Kappen vom Kopf, verneigten sich vor der Mutter. Die Mutter sank aufschluchzend auf die Bank. Albert und Jersche stapelten das Geschirr, trugen es in die Küche, verneigten sich noch einmal und gingen hinaus, in den Abend, in den Stall, in ihre Unterkünfte. Elfi nahm Franz an der Hand und zog ihn auf den Friedhof und dort weinten sie, beide, vor dem leeren Grab.

Nachts lag er wach und sah zu den Betten, in denen Toni und Leonhard liegen sollten, schlafen sollten, um am nächsten Tag wieder aufzustehen und ihre Arbeit zu tun, Forstarbeit, Feldarbeit, Stallarbeit, ich will das doch gar nicht, sagte er zu den Brüdern, die nie wieder in den Betten liegen würden. Ich wollte Tischler werden, ich will das alles nicht, der Hof gehört dir, Toni, verzeih; als wäre er schuld am Tod der Brüder, als hätte er den Brüdern das Erbe gestohlen.

Die Hofstetters waren bei der Gedenkfeier gewesen. Bärbi hatte ihm ein Zuckerl zugesteckt, klebrig, das schmeckte nach Zitrone und nach Stofffasern und Kinderhänden. Herbert hatte die Hand zum Gruß hochgerissen; flennende Weiber, hatte er ihm zugezischt, und dass er ihn beneide, das hatte er gesagt, als sie sich in der Schule wiedersahen. Heldenbrüder!, und der Lehrer hatte ihn bestätigt. Welchen Wert hätte denn das Leben, hatte Herbert gesagt, mit brennenden Augen, wenn wir es nicht einsetzten.

Du bist so ein Trottel!, hatte Franz geschrien, als Herbert im Schulhof wieder damit anfing, Heldenbrüder!, Heiliges Opfer!, Führer und Vaterland!, er hatte die Tränen weggewischt, die ihm über das Gesicht rannen, und Herbert hatte ihn verständnislos angesehen, ich wäre stolz, hatte er gesagt, du solltest stolz sein!, und Franz hatte sich mit einem Schrei auf ihn gestürzt und auf ihn eingeschlagen, dass Herbert das Blut aus der Nase rann und erst aufgehört, als der Lehrer dazwischenging.

Stumm und verbissen arbeitete der Vater, stumm und verbissen arbeitete die Mutter, stumm und verbissen arbeitete Franz. Und dann war er an einem Tag nach Hause gekommen und hatte, wie er es immer tat, weil er wusste, dass Elfi auf ihn wartete, weil sie so traurig war, seit sie wusste, dass Toni und Leonhard nicht mehr kommen würden, und weil ihm etwas fehlte, wenn er nicht bei ihr war – er war nach Hause gekommen und hatte Elfi gesucht. Sie war unter dem Nussbaum hinter dem Haus gesessen, mir tut der Kopf weh, hatte sie gesagt, Fanzi, mir tut der Kopf so weh.

ASTRID

Am Sonntagabend rief Klaus an, rief der Franzopa an, rief sogar die Mutter an, was sagst zur Wahl?, ja!, sagte sie, großartig!, aber müssten sie nicht den nächsten Tag abwarten, um sich des Präsidenten auch wirklich sicher zu sein?

»Ach was!«, sagte Klaus. »Das bleibt so! Das kann nur noch besser werden! Und nächsten Sonntag gehen wir essen, in Lichtenberg, beim Holzpoldl, das muss gefeiert werden!«

Dass sie Klaus noch nie, außer nach Lorlis Geburt, noch nie so überschwänglich erlebt hatte, dachte sie.

Vielleicht sei, hatte er gesagt, dieses Land doch noch nicht ganz verloren, das sei doch ein Votum, das etwas bedeute, wenngleich er sich gewünscht hätte, dass das Ergebnis noch eindeutiger ausfalle, aber offenbar falle es vielen Leuten leichter, einen Rechtsextremen zu wählen als einen Grünen, und wenn er nicht heute so glücklich wäre, »glücklich!«, hatte er wiederholt, dann müsste er womöglich doch noch darüber nachdenken, wie sehr zum Immer-noch-Verzweifeln selbst dieses wunderbare Ergebnis sei, aber, er lachte, und wie selten hörte sie dieses Klauslachen, ganz ohne Zynismus, ganz ohne Skepsis, ganz ohne Zurückhaltung, heute wolle er sich nicht ärgern, heute wolle er einfach nur glücklich sein!

»Ja!«, sagte sie. »Es hebt sich etwas, oder? Eine Schwere.«

Wieder lachte Klaus. »Willst noch mit der Lorli reden?«

»Astrid!«, drängte sich das Kind herein. »Wir haben gewonnen! Ich hab ein Eis gekriegt, weil wir gewonnen haben! Und ein Schnitzel! Mit Pommes! Und einem Überraschungsei! Ich muss dir so viel erzählen, vom Kindergarten, und wir waren wandern, ich hab so viele Blumen gesehen, die hat die Mama alle fotografiert und du musst mir sagen, was das für Blumen sind, am Sonntag!, Astrid, ich muss jetzt ins Bett gehen, obwohl wir gewonnen haben, muss ich jetzt ins Bett gehen, ist das nicht gemein?«

»Wie war die Eröffnung?«, fragte Karin, als sie das Büro betrat.

»Welche Eröffnung?«

Karin verdrehte die Augen. »Die Eröffnung von der Shakespeare-Sache. Die Eröffnung des Gartens, den du letzte Woche mehrmals täglich besucht hast. Diese Eröffnung.«

»Ich war nicht.«

»Du warst nicht?«

»Nein, ich war nicht.«

»Und warum nicht?«

»Aber warum hätte ich gehen sollen? Ich hab den Garten schon gesehen. Und ich muss mich nicht mit Unmengen Leuten da durchwälzen.«

Karin fuhr ihren Computer hoch. »Vielleicht wäre es ja auch um was anderes gegangen.«

»Und zwar?«

»Wenn du das nicht selber weißt …«

Sie möge sie doch, hätte Astrid gerne gesagt, sie möge sie doch in Ruhe lassen mit ihren Andeutungen, mit ihren Verkupplungsversuchen. Was gehe es Karin an, hätte sie sagen mögen, wie sie, Astrid, ihre Wochenenden verbrachte, wie sie ihr Leben lebte, oder müsse sie sich hier rechtfertigen, wofür, dass ihr Leben leer war?

»Ich hab Angst gehabt.«

Karin drehte sich um.

»Du hast Angst gehabt? Aber wovor?«

Astrid zuckte die Schultern.

»Meine Güte«, sagte Karin. »Das sieht nach schwerer Krise aus.« Sie musterte sie. »Nach der Arbeit. Schlag ein Lokal vor. Das erfordert einen Mädelsabend. Keine Widerrede. Nach der Arbeit.«

Und also saßen sie nach der Arbeit in einem Gastgarten, und später an der Donau, das Wasser floss in schattiger Dämmerung und dann in blauer Nacht, und dann landeten sie noch in einem Tanzlokal, »aber ich kann nicht tanzen«, sagte Astrid, »Blödsinn«, sagte Karin, »jeder kann tanzen«, und tatsächlich, das stimmte!, und als sie, aber da musste es schon weit nach Mitternacht gewesen sein, wieder auf der Straße standen, unter einem großen silbrigen Mond, da schien es Astrid, es müsse ihr Leben nicht so bleiben: jämmerlich, und angstbesetzt, und leer.

Am nächsten Tag rief sie den Anglisten an.

»Wallner«, sagte sie, »Astrid Wallner, vom Biologiezentrum. – Wegen der Stadlerwiese … wir haben einmal geredet …«

»Ja«, sagte der Anglist, »richtig.«

»Wenn Sie noch Interesse haben …«

»Aber ja, sicher habe ich noch Interesse!«

»Ginge denn Samstag? Dieser Samstag?«

»Aber ja, das geht gut, großartig!«

»Bald in der Früh, um sieben? Am Hauptplatz?«

»Sieben in der Früh, am Hauptplatz.«

»Ja dann …«

»Ja dann!«

»Ich hab angerufen«, sagte sie zu Karin, »na siehst du«, sagte Karin, und dann verging die Woche. Zwischendurch ging Astrid im Shakespeare-Garten auf und ab, warum, vielleicht um sich zu erinnern, wie es gewesen war, mit dem Anglisten auf und ab zu gehen; am Freitagabend überlegte sie, ob sie nicht absagen sollte, plötzliche Verkühlung, Familienkrisen, einfach verhindert, wieso sollte sie sich erklären müssen – es würde aber der Anglist ihr nicht glauben und, noch schlimmer, Karin würde ihr nicht glauben, und was war schon dabei, einen Ausflug zur Stadlerwiese zu machen. Ohnehin war das eine in erster Linie berufliche Sache, berufliche Termine hielt man ein, Punkt.

Am Samstag kurz vor sieben in der Früh stand sie auf dem Hauptplatz, jemand winkte ihr von der anderen Seite zu, der Anglist, »ich nehm Sie mit«, rief sie über den Hauptplatz hinweg, »hat ja keinen Sinn, in zwei Autos zu fahren«, sagte sie atemlos, als er bei ihr angelangt war, er stieg ein und sie fuhr über die Nibelungenbrücke hinüber nach Urfahr und weiter hinauf ins Mühlviertel.

»Schade, dass Sie am Wochenende nicht da waren«, sagte er, da waren sie schon aus der Stadt hinaus. »Es war großartig!«

»Ich hab's gehört. Unmengen Menschen.«

»Ja. Unmengen.« Er sah aus dem Fenster. »Aber Sie nicht.«

Sie warf ihm einen schnellen Blick zu.

»Nein«, sagte sie, »ich ...«, sie sah auf die Straße, »aber wo doch ohnehin Unmengen Menschen ...«

»Hm.«

»Ich finde das schwierig, Unmengen Menschen ...«

»Ja.« Er runzelte die Stirn. »Das versteh ich.«

»Aber vielleicht ...«

»Vielleicht?«

»Vielleicht kommen Sie ja wieder einmal vorbei, zufällig, und vielleicht gehen Sie dann mit mir noch einmal durch? Nur so ...«

Wieder runzelte er die Stirn, das sah sie aus den Augenwinkeln.

»Sicher«, sagte er. »Gerne. Wenn ich wieder einmal zufällig vorbeikomme …«

»Ich hab Titanias Hügel gefunden«, sagte sie nach einer Weile. »Und alles, was dazugehört: die Weinrosen, Gänseblümchen, Geißblatt und Veilchen, aber nicht den Jasmin, da war kein Jasmin.«

Neuerliches Stirnrunzeln.

»Ja«, sagte er, »weil das bei Shakespeare nicht Jasmin ist. Bei Shakespeare ist es die Moschusrose, sweet musk rose, wo Titania ruht.«

»Es wächst sich alles wild zusammen«, sagte sie, da waren sie schon fast angekommen. »Das ist sehr schön.«

»Vierunddreißigtausend Quadratmeter Wiesenwesen«, sagte sie, als sie am Parkplatz ausstiegen. »Das ganz wahre und ganz echte Wiesenwesen erschließt sich einem in Wirklichkeit ja nur dann, wenn man stundenlang ausgestreckt inmitten blühender Wiesen liegt und in die Wolken schaut, dabei an einem Grashalm kaut, Bienen auf schwankenden Blütenköpfen beobachtet und sich von Zeit zu Zeit lästige Ameisen vom Leib pflückt.«

»Klingt gut«, sagte der Anglist.

»ABER: Das werden wir hier nicht tun.«

»Schade.«

»Ja, schade. Aber das hier ist ein Naturschutzgebiet und um Trittschäden zu vermeiden, um die Tierwelt und Pflanzenwelt möglichst wenig zu stören und sowieso, um ein Vorbild für allfällige sonstige Wanderer zu sein, bleiben wir auf dem Wanderweg.«

»Und dennoch wird sich mir das Wiesenwesen erschließen?«

Sie sah ihn an. Was sah sie? Ein freundliches Gesicht, das nicht schön war, einen Schimmer um die Augen und ein Funkeln darin, und wer brauchte schon ein schönes Gesicht, wenn er dieses Funkeln hatte, und diesen Schimmer. Sie sah von ihm weg auf das vor ihnen liegende Gelände.

»Das hängt von Ihnen ab. Vielleicht ist das ja auch eine lebenslange Aufgabe, wir machen hier einmal einen Anfang.«

»Also gut. Was muss ich wissen?«

Astrid holte Luft.

Artenreiches Quell-Anmoor mit angrenzendem Borstgrasrasen und benachbarter bunter Fettwiese, sagte sie, während sie auf den Wanderweg zugingen. Dass das Gelände besonders wertvoll sei durch eine Vielzahl unterschiedlicher, verzahnter Biotoptypen, durch Einzelgebüsche und Bäume, durch den dichten Bestand von Uferbegleitgehölzen und die kleinen, ufernahen Feuchtwiesen mit Hochstaudenfluren von Mädesüß und Sumpfkratzdisteln, die sich entlang des Grasbaches nach Norden hin erstreckten. Auch Wassergräben, die durch das Gebiet durchflössen, trügen zu einem feuchten Mikroklima bei, dieses habe Auswirkungen auf das gesamte Gebiet.

»Mädesüß«, sagte der Anglist. »Meadowsweet.«

Der Großteil der Fläche, fuhr Astrid fort, sei eine seit Jahren nicht mehr gedüngte, ehemals mehrschnittige Wiese, welche durch Aushagerung …

»Aushagerung?«, fragte der Anglist.

… also durch keine Düngergabe den Charakter einer Magerwiese annehme, wodurch die Anzahl an Blütenpflanzen steige. Man habe ein Grabensystem einstiger Wiesenbewässerung vorgefunden und teilweise – weil kulturhistorisches Zeugnis – teilweise rekultiviert. Neben den Quell-Überwässern der angrenzenden Hangwälder diene auch dieses Bewässerungssystem als Zulauf für den Schwellteich, der ein Lebensraumangebot für Amphibien, Libellen und eine Vielzahl im Wasser lebender Organismen sei.

»Schön!«, sagte der Anglist.

Im Süden des Areals, fuhr Astrid fort, gebe es den Braunseggensumpf, in dem seltene, hochgradig gefährdete Pflanzenarten vorkämen. Zudem sei entlang der Straße eine Baumreihe gepflanzt worden, Wildkirsche, Esche, Eberesche, Eiche, Bergahorn, Linde – sie wies nach links, wies nach rechts –, auch Hecken an der Nord- und Südgrenze des Areals – wieder wies sie mit großen Bewegungen in die Landschaft – erhöhten die Lebensqualität für Vögel, Säugetiere und Amphibien. Insgesamt sei die Wiesenlandschaft nicht nur ein Refugium für gefährdete Pflanzen- und Tierarten, sondern gleichzeitig auch ein Ausgangspunkt zur Besiedelung des Umlands durch unterschiedlichste Lebensformen.

»Randlinieneffekte«, sagte sie, ein wenig atemlos.

»Verstehe.« Der Anglist sah über die Tallandschaft, die vor ihnen lag. »Und jetzt«, sagte er, »und jetzt die Blütenpracht.«

Und dann gingen sie so nebeneinander her, der Anglist studierte die Informationstafeln, sah lange in die Weite, suchte in der Nähe, und Astrid erkannte und benannte oder sah in einem Pflanzenführer nach, »Mädesüß«, sagte sie, »blüht aber erst im Juni, Schmalblatt-Wollgras, Blutauge, Breitblatt-Fingerknabenkraut, Fieberklee, Sumpfveilchen«.

Der Anglist zeigte auf Schmetterlinge, auf Käfer, auf Libellen – dass hier, sagte Astrid, unzählige Hummeln und andere Wildbienenarten und Schwebfliegen, Wanzen und Spinnen, über dreißig Schmetterlingsarten und verschiedene Heuschrecken- und Ameisenarten heimisch seien.

»So eine Fülle«, sagte der Anglist.

»Ja, so eine Fülle.«

Eidechsen sonnten sich auf Steinen, ein Falke rüttelte in großer Höhe, und Schwarzstörche stakten durch sumpfige Wiesen, am Grasbach stand still ein Reiher. Und da und dort schwirrten Wasseramseln und Zilpzap und Zaunkönig und Rotkehlchen und Meisen. Durchs Wasser glitten Bachforellen.

Astrid packte ihre Jause aus. Weil der Anglist hungrig aussah, bot sie ihm ein belegtes Brot an.

»Ich hätte nicht gedacht, dass eine Wiesenbesichtigung so lange dauert«, sagte er kauend.

»Das war auch nur der Anfang«, sagte sie. »Wenn Sie diese Wiese wirklich kennenlernen wollen, müssen Sie sie wenigstens einmal in jeder Jahreszeit besuchen, noch besser mehrmals und immer wieder. Und Sie müssten die Veränderungen beobachten, die jahreszeitlichen Veränderungen, die Veränderungen über die Jahre hinweg. Sie müssten ein Verständnis für die ökologischen Systeme entwickeln, für die Abhängigkeit jeder kleinen Existenz vom Ganzen. Und umgekehrt. Und vielleicht müssten Sie, um diese Wiese zu verstehen, andere Wiesen kennenlernen, andere Ökosysteme, sie miteinander vergleichen …«

»Gerne«, sagte er. »Welche Wiese nehmen wir uns als nächste vor?«

Die Farbe seiner Augen wechselte, schien ihr, unter den Bäumen, durch die Sonnenflecken fielen, von Grau zu Braun zu einem hellen Grün, »fürs Erste beschäftigen Sie sich einmal mit dieser Wiese«, sagte sie und packte ihre Sachen wieder in den Rucksack. »Wenn Sie wollen, können wir dann noch zum Bodenlehrpfad nach Ottenschlag wandern.«

»Und einkehren«, sagte der Anglist erfreut.

Auf der Rückfahrt redeten sie nur wenig. Am Hauptplatz ließ sie ihn aussteigen.

»Danke für die Wiesenweisen«, sagte er. »Danke für den Tag.«

Sie nickte.

»Kann sein«, sagte er, »ich komme einmal zufällig bei Ihnen vorbei. Passt das für Sie?«

»Sicher«, sagte sie und startete den Wagen.

FRANZ

Wer außer ihm dachte noch an Elfi, so fuhr er hoch in der Mitte der Nacht. Fast alle, die sie gekannt hatten, waren tot oder hatten sie vergessen. Die Nachbarn, die Lehrerin, die Mitschülerinnen, erste Klasse Volksschule, ein paar Wochen in der zweiten Klasse, sie war doch nur eine Vorübergehende gewesen, wie hätte sie Spuren hinterlassen können in ihrem kurzen Leben. Bei mir, dachte er, bei mir, Elfi, hast du eine Spur hinterlassen, eine Spur der Liebe, eine Spur der Schuld.

Die zehrende Einsamkeit nach ihrem Tod. Er war übrig geblieben, allein, und als Einziger von sechs Kindern. Immer noch, wenn er hindachte, immer noch dieselbe zehrende, schwärende Einsamkeit. Manchmal schien ihn Elfi aus Margits Augen anzusehen. Doppelter Vorwurf, doppelte Schuld. Verzeih mir, müsste er sagen. Als gäbe es das: Vergebung.

»Ist alles gut, Opa?«, fragte Astrid, als sie ihn beim Holzpoldl begrüßte. »Du schaust ein bisschen blass aus.«

»Aber ja, alles gut. Ich hab nur schlecht geschlafen …«

»Nimmst du auch deine Tabletten?«, erkundigte sich Margit.

»Ich bin alt«, sagte Franz, »aber nicht blöd, ja, ich nehme meine Tabletten, und zum Sterben ist es auch noch nicht, also hört auf mit dem Theater!«

Und dann saß er, im Kreise der Familie, dachte er, im Kreis seiner kleinen Familie, zwei Kinder, zwei Schwiegerkinder, zwei Enkelkinder, immerhin ein dünner Faden, der ihn in eine Zukunft weitertragen würde, auch wenn er eines Tages nicht mehr da war. Aber wie viele könnten hier sitzen, wie viele müssten hier sitzen! Die Brüder wären vielleicht schon tot, aber ihre Kinder hätten leben können und wieder deren Kinder, und Elfis Kinder, wenn sie nicht krank geworden wäre, wenn sie nicht gestorben wäre, und die Kinder von Elfis Kindern, und Georg, das Georgli hätte Kinder gehabt, die wieder Kinder gehabt hätten, hätte er überlebt.

»Bist du traurig, Opa?«, fragte Lorli.

»Nein«, sagte er und wischte sich über die Augen. »Ich freu mich, dass wir beinander sind.«

Wie durch einen Nebel, wie durch einen Schleier lebte er in diesen Tagen, wem konnte er das sagen. Dass er nicht wusste, wenn er aufwachte, wo er war, und wann. Dass ihm die Jahreszeiten durcheinanderkamen. Ein eisiger Wind blies, schien ihm, obwohl doch bald Sommer war, durch seine Tage, durch seine Nächte. Was hörte er in seinen Träumen, in den Stunden zwischen Tag und Nacht und, wenn er nicht aufpasste, am helllichten Tag. Das Keuchen von rasselndem Atem, das Schleifen von Körpern, das Knirschen von Tritten im Schnee. Ich will nach Hause, Fanzi. I wü hoam.

Als Klaus sich neben ihn setzte, fuhr er hoch, als hätte ihn etwas erschreckt.

»Was sagst, Vater? Hättest du dir das gedacht? Fünfzig Komma fünfunddreißig Prozent. Darauf stoßen wir an!«

Er schob ihm ein Stamperl hin.

»Die Bärbi hätte sich gefreut«, sagte Franz. »Fünfzig Komma fünfunddreißig Prozent. Und über das hier. Dass wir zusammen sind, als Familie.«

Klaus grinste. »Und dass wir uns einmal nicht streiten.«

»Ja, darüber auch.«

Dass er sich vor Klaus fürchtete, dachte er, als verstünde er jetzt, auf einmal, was zwischen ihnen gestanden war, seit Klaus begonnen hatte, in der Vergangenheit des ganzen Landes zu wühlen, seit er ein Racheengel geworden war, der Geheimnisse nicht nur witterte, sondern auch aufdeckte, der den Dreck der Geschichte ans Licht brachte, vor dem eigenen Sohn fürchtete er sich, vor seiner Angriffslust, vor seiner Hellsichtigkeit, seinem Gerechtigkeitssinn, als wäre der Sohn die Zeitbombe und nicht das, was Franz sein ganzes Leben lang schon mit sich herumtrug.

Er räusperte sich. Klaus sah ihn an. Bärbis Augen. Er legte ihm die Hand an die Wange, zog sie rasch wieder zurück.

»Du bist ein guter Vater«, sagte er. »Ein guter Vater. Und du hast schon recht«, fuhr er schnell fort, bevor Klaus etwas sagen konnte, »du hast schon recht mit deiner Arbeit. Man muss über alles das reden. Für mich ist es schwer, darüber zu reden, kannst du das verstehen? Aber es ist gut, dass du das tust, ja, das ist gut.«

»Alles das«, sagte Klaus. Er drehte das Stamperl zwischen den Fingern. »Wenn du reden willst … ich bin da, Vater. Ich hör dir zu.«

Aber wie wäre das zu erzählen: Spuren im Schnee. Der Verrat an der Schwester. Als blickte er in einen tiefen Abgrund. Nur sein Schweigen bewahrte ihn vor dem Sturz.

Als sich dann alle von ihm verabschiedeten, war er sehr müde. Sterben, dachte er. Dass es eine Gnade wäre, sterben zu können, endlich, sich von der Last befreien zu können, der Last der eigenen Geschichte. Aber, das sagte jedenfalls Klaus immer, wer sich von der Vergangenheit befreien wollte, musste reden. Wie aber wäre darüber zu reden?

»Soll ich noch mitkommen, Vater?«, fragte Margit, als sie wieder in K. waren.

»Nein, nein«, winkte er ab. »Ich leg mich ein wenig hin.«

»Ich schau später vorbei.«

»Ist nicht notwendig, Margit. Wirklich nicht.«

Eine Vierjährige sah ihn an, als hätte sie schon lange ihr Urteil gefällt.

»Wenn ihr am Abend auf ein Glas Wein kommen wollt?«

Margit nickte. »Bis später also«, sagte sie.

»Ja. Bis später.«

In der Nacht wachte er auf. Lange sah er in die Dunkelheit. Dann stand er auf, zog sich an und holte die Blechkiste hervor, die er hinter seine Pullover und Westen geschoben hatte. Er setzte sich an den Küchentisch und öffnete die Kiste.

ASTRID

Heiteres Wiesenwesen, dachte sie. Als könnte das ein Teil von ihr sein. Heiteres Wiesenwesen, dachte sie immer noch, als sie die Familie in Lichtenberg zum Essen traf. Dass der Franzopa schlecht aussah, das drückte ihre Heiterkeit, dass er sich zum Herzen griff, dass er schlecht Luft bekam, »was ist mit dem Opa?«, fragte sie ihre Mutter, »er ist alt«, sagte die Mutter, »er hat einen schlechten Tag.«

Er schien sich dann aber doch zu erfangen, wie er mit Klaus saß, wie ihm Lorli die Blumenfotos zeigte, und auch die Mutter war freundlich, das war selten, was rührte das auf in ihr? Nachts träumte sie Apokalyptisches, die Auslöschung allen Lebens.

»Du wirst sehen«, hatte Karin gesagt, »morgen steht er schon da, zufällig, spätestens übermorgen«, das war jetzt drei Wochen her, oder schon fast vier und Karin redete mit ihr über alles Mögliche, aber nicht mehr über den Anglisten. Und jetzt stand er da, Freitagmorgen in der Früh, und sie konnte ihm nicht mehr ausweichen.

»Oje«, sagte er, weil sie ihn ausdruckslos ansah, »haben Sie denn meine Karte nicht bekommen?«

Karte?, sagte ihr Gesicht, welche Karte?

Er sei weg gewesen, sagte er, in England, wegen seines Buches, habe er ihr nicht erzählt, dass er diese Shakespeare-Sache – er wies auf den blühenden Junigarten – ausbauen wolle?, nein, sagte sie, ja, doch, ein Buch!, ein prächtiger Band sollte es werden, und dann habe er überraschend einen Termin bekommen, mit dem Top-Shakespeare-Experten, kurzfristigst, sagte er, er habe gerade noch Zeit gehabt, ihr eine Karte zu schreiben und das Flugzeug nach London zu erwischen. Und weil er dann schon drüben, also in England gewesen sei, habe er die Gelegenheit genützt und sich in den Archiven umgesehen, Gärten besucht, mit weiteren Experten geredet, und Expertinnen, und sich nach Fotografen umgesehen, unbedingt brauche er einen Fotografen, eine Fotografin, gestern sei er zurückgekommen, und ja, er habe ihr eine Karte geschrieben.

Was denn auf der Karte gestanden sei?

Sein freundliches Gesicht verzog sich, verlegen. Er murmelte etwas, das verstand sie nicht, er habe ihr nur sagen wollen, machte er einen neuen Anlauf, dass er verhindert sei, falls sie eventuell, aber möglicherweise sei das ja gar nicht der Fall gewesen, falls sie also rein zufällig auf sein zufälliges Erscheinen gewartet hätte. Was ja vielleicht gar nicht der Fall gewesen sei, »nicht mehr ist«, sagte er nach einem weiteren Blick in ihr Gesicht.

Sie zuckte die Schultern. Dass Karin sagen würde: Sei gnädig mit ihm, dachte sie und musste lachen, »doch«, sagte sie also, doch, auf so etwas in der Art hätte sie gemeint, hoffen zu dürfen.

Hoffen zu dürfen, dachte sie. Hätte sie gemeint, hoffen zu dürfen. Demnächst würde sie noch einen Knicks machen.

Was für ein schöner Zufall aber, sagte sie in die entstandene Stille hinein, dass er jetzt so unvermutet doch hier sei.

»Ja, nicht wahr?«, sagte der Anglist.

Und weil sie dann noch Zeit hatte, gingen sie miteinander, nebeneinander her von Beet zu Beet, und Astrid benannte die Blumen und Gräser und Kräuter und Bäume, ordnete sie Familien zu, ließ sich über ihre Wirkung aus, und der Anglist deklamierte Verse und übersetzte sie, »was meinen Sie«, fragte er, »ob das eine Öffentlichkeit interessieren könnte, das Nebeneinander von Literatur und Pflanzengeschichten, in einem Prachtband?«

»Aber ja doch«, sagte sie, »Unmengen von Menschen.« Sie sah auf die Uhr. »Ich muss dann …«

Sie ging ein paar Schritte, dann war er wieder an ihrer Seite.

Ob es denn vielleicht, sagte er und schien verlegen und als ränge er um Worte, ob es denn vielleicht einmal passend wäre … sie könnten doch einmal miteinander ausgehen, oder was denke sie?

»Ausgehen?«

Also, nach der Arbeit, zum Beispiel. Wo doch jetzt die langen lauen Abende kämen. Oder auch nur so dahinspazieren, an so einem langen lauen Abend.

»Dahinspazieren?«

Die Donau entlang. Den Pöstlingberg hinauf. Oder hinunter, nachdem man vorher mit der Bahn hinaufgefahren war. Oder auch woanders, sonst wo.

»Sonst wo.«

»Nur so zum Beispiel.«

Sie sah das Freundliche in seinen Augen.

»Ja«, sagte sie. »Das könnten wir doch tun.«

Ob sie ihm denn, und jetzt lächelte er, ob sie ihm denn ihre Telefonnummer geben wolle, dann könne er sie erreichen, für den Fall, dass …

»Eben«, sagte sie. »Für den Fall, dass …«, und er schrieb sich ihre Nummer auf und dann lächelte er noch einmal und dann ging er und oben empfing Karin sie mit hochgezogenen Augenbrauen: »Austausch von Nummern? Geht ja.«

Und diesmal ließ er sie nicht so lange warten. Schon am Abend rief er an; weil am nächsten Tag doch Samstag sei, sagte er, daran habe er am Morgen nicht gedacht, aber wo doch Samstag sei, habe sie vielleicht Zeit, besser Zeit als unter der Woche? Andererseits, sagte er, weil Astrid in eine Stille hinein dachte, was denn jetzt zu tun wäre, was vorzuschlagen wäre, wo man denn dahinspazieren könne, andererseits, sagte der Anglist in ihre Gedanken hinein, andererseits sei sie aber vielleicht gerade am Samstag mit anderen Dingen beschäftigt, keinesfalls habe er sie überfallen wollen … Aber offenbar habe er genau das gemacht, sie überfallen, dafür entschuldige er sich …

Sie habe, sagte Astrid jetzt in eine weitere Stille hinein, mit ihrer kleinen Cousine einen Spaziergang durch die Traunauen ausgemacht, aber danach, am späten Nachmittag, könne man ja auf ein Eis gehen. Oder so.

Am Samstag aß sie dann zweimal Eis, zuerst mit Lorli und dann auch noch mit dem Anglisten, dessen Lieblingssorten Schokolade und Erdbeere waren, und ein Hauch von After Eight; sie schlenderten ein wenig ziellos durch die Altstadt und endlich setzten sie sich, am Schlossberg angekommen, in einen Schatten unter Bäume und sahen auf die Stadt und Astrid erzählte von ihrer Cousine, und wo sie herkam, Installationen und Badelandschaften, sagte sie, »da muss man ja ein wenig seltsam werden«.

Wieso sie das sage?, fragte der Anglist; das denke sie sich so, und was ihn denn zu Shakespeare geführt habe; »aber die Liebe zur großen Emotion«, sagte der Anglist und lachte.

Und dann hatte sie das Gefühl, es sei jetzt genug und sie müsse, sofort, nach Hause, in die Sicherheit ihrer Wände, also sprang sie auf, »es tut mir leid«, sagte sie, »ich muss jetzt, sofort«, und lief beinahe den Schlossberg hinunter; »was ist jetzt?«, fragte der Anglist, und vielleicht aber verstand er, aber wie könnte er das verstehen, verstand er die Dringlichkeit ihres Aufbruchs, die unbedingte Notwendigkeit ihres Rückzugs;

»hören wir uns?«, fragte er, als sie in die Straßenbahn sprang, in der Sicherheit ihrer Wohnung erst endete ihre Flucht.

Jedenfalls und ohnehin würde das alles ein Ende nehmen. Alles das. Alles alles das. Ihr war, als drehte sich die Welt bereits beladen mit Toten, als wäre die Auslöschung schon über sie alle hereingebrochen, und vollendet.

Asseln und Ratten und Spinnen.

Ist alles in Ordnung bei Ihnen?, fragte der Anglist an. Dass er sich Sorgen mache. Sie antwortete nicht. Was ging es sie an, wenn einer sich Sorgen machte.

Ihre Karte ist gekommen, schrieb sie ihm aber, als sie am Ende der Woche, da war dann schon Juli, eine Karte in ihrer Post im Biologiezentrum fand. Mit Datum vom 31. Mai. *Herzlichen Dank.*

Was wir ersinnen, hatte er geschrieben, *ist des Zufalls Spiel. Nur der Gedank ist unser, nicht das Ziel.* Und dass der Zufall noch warten müsse.

Ihr Handy brummte.

Wie geht es Ihnen?

Sie dachte lange nach, dann schrieb sie: *Ich fahre nächste Woche nach Tirol. Wiesen schauen.*

Nicht viel Zeit verging, und er antwortete.

Wie schön! Werden Sie inmitten blühender Wiesen liegen und Wolken ziehen sehen?

Wieder dachte sie lange nach.

Ich melde mich, wenn ich zurück bin, schrieb sie endlich.

Versprochen?

Versprochen.

Und war es nicht seltsam, dass die wenigen Worte, die sie geschrieben, und die vielen Worte, die sie nicht geschrieben hatten, machten, dass ihr war, als gäbe es doch wenigstens in der Vorstellung so etwas wie den Wunsch zu leben?

FRANZ

5.5.1940

Liebe Mutter!

Die Kameraden schlafen alle. Wir haben bitter Schlaf nötig. Nur wollte ich Euch ein Lebenszeichen schiken. Habe mich nur durch Zigarretten wachgehalten. Hoffentlich schadet mir das rauchen nicht. Was soll man machen wen man so müde ist und wachen muß oder eben schreiben muß. Ihr macht Euch sonst zu große Sorgen. Mach dir keine Sorgen lb. Mutter mein Leben ist in Gottes Hand. Was macht die lb. Elfi? Du schreibst sie hat nach Toni und mir gefragt. Sage ihr ich denke jeden Tag an sie jeden Tag und Toni sicher auch. Habe Nachricht von Toni vieleicht kommen wir gemeinsam heim, der Vater wird uns brauchen im Sommer.

Danke für das Packet, habe den Speck mit den Kameraden geteilt wir sind ja gut versorgt aber der Gruß aus der Heimat tut wohl lb. Mutter. Dem Franz sage es ist anders als in seinen Geschichten am besten ist es daheim, das soll er nie vergessen. Grüße auch den Vater von mir.

Dein Sohn Leonhard

28.7.1941

Es war eine brenzlige Zeit die letzten Wochen. Wir marschieren und marschieren und marschieren, haben einen riesigen Wald vor uns. Aber der Sumpf, die Hitze darin und die Müken die können uns schon nicht umschmeißen.

Ein trauriges Bild wen man durch Rußland zieht. Bin von Polen schon alerhand gewöhnt aber so arm habe ich mir das land doch nicht vorgestellt. Die Wohnhäuser meist die Wände schief mit Pfosten gestützt. Die Dächer mit Stroh gedeckt, bei den Ställen scheint der Mond hinein. Da ist nur noch das Gerüst vorhanden. Vieh kaum vorhanden gewesen. Auch die Felder schlecht bestellt. Erst jetzt finden wir Haferfelder. Wie steht es den so mit der Ablieferungspflicht? Hier fressen die Mäuse alles auf zamt den Stroh. Gruß Toni

Osten, 15.1.1942

Liebe Mutter!

Jetzt würde ich halt gerne ins Holz fahren, denn jetzt müßte das holzfahren schön gehen, ist den der Vater schon ins holz gefahren und habt ihr den eine Hilfe? der lb. Franz kann doch noch nicht mit ins Holz fahren oder die lb. Elfi. Die warmen Sachen die du geschikt hast lb. Mutter sind angekommen es friert mich nicht mehr aber ich denke mir wie ich gerne ins Holz fahren würde auch wen es kalt ist und eine harte Arbeit. Und ich denke mir wie es warm ist in der küche und in der gaststube und die lb. Elfi sitzt beim Ofen und der lb. Franz was macht der lb. Franz? erzählt ihr raubersgschichten das sie sich fürchtet. Franz pass auf die lb. Elfi auf das sie sich nicht fürchtet!

Hier ist eine Kuh in eine granate hineingelaufen sonst hätte es uns erwischt. Der russe kennt kein erbarmen aber wir auch nicht.

Jetzt weis ich nichts mehr zu berichten lebet wohl euer Sohn Leonhard

25. August 1942

Liebe Mutter!

Unsere Gegend hier in der wir uns befinden ist zimlich hügelig und schön. Habe gestern sogar in einem nahen See baden können und dabei meine Wäsche gewaschen was sehr not tat den ich habe sie ja bereits 14 Tage auf dem Leib gehabt und eine 2. Ganitur konnte man ja nicht mitnehmen. Das Wetter ist hier sehr schön.

Liegen hier zimlich unbekleidet im Gras vor den Zelten und sind braun wie die neger. Hier ist die Getreideernte im vollen gange. Auch neue Erdäpfel werden schon ausgegraben. Nach den dortigen Verhältnisen ist hier der Ertrag natürlich nur gering. Es könnte bedeutend mehr herausgeholt werden. Unkraut ist reichlich dazwischen. Habe gestern auch die Russen beim dreschen mit dem Flegel beobachtet. Sie arbeiten tatsächlich wie die ersten Menschen. Schade das es hier kein Obst gibt. Nur in den Wäldern wimmelt es voller Heidelbeeren u. Preißelbeeren.

Ihr habt wohl die Ernte schon eingebracht wen ihr diesen Brief erhaltet u. der lb. Franz geht bald wieder in die Schule. Lerne brav Franz u. sei lieb zu deiner Schwester. Auch dem lb. Vater einen Gruß von Eurem Sohn Leonhard

Die Sachen sind für Euch. verbraucht sie!

19.11.42

Die Gegend ist sehr arm, doch haben die Bauern noch Viehzeug genug. Wir haben vorgestern, gestern und auch heute wieder Gänsebraten gehabt. Leben also sehr gut und können nicht klagen auch wandert manche Kuh u. manches Schwein in den Kochtopf. Einige Patisanen haben wir bereits zur Streke gebracht. Es gibt kein erbarmen. Die Landschaft ist teilweise recht schön, die Wälder im Schnee herlich. Wir tun was wir tun um die Heimat zu schützen. Es muss auch sein wen wir selbst leben wollen. Wen ihr disen Brief kriegt hat der Vater villeicht schon einen Christbaum aus dem Holz geholt. Gruß Toni

10.2.43

Liebe Mutter!

Nun bin ich heute gerade 40 Tage von zu hause fort. Es ist mir als wäre es gestern und oft als wärs vor einem Jahr gewesen. Die Kerzen haben gebrant und die lb. Elfi hat sich über ihre Puppe gefreut und der lb. Franz über das Taschenfeitl und ich mich das wir beisamen gewesen sind ist das den wahr gewesen? Liegt den noch Schnee bei Euch? Könnt ihr wen ihr den Brief erhaltet schon die frühjahrsaat ausbringen? Oder macht die lb. Elfi noch Schneemänner und der lb. Franz rodelt die Wiese hinunter?

Wen es möglich ist bitte ich Euch um Taback und Zigarretten. Sonst habe ich alles. Das Packet vom Onkel Rudolf ist nicht angekommen. Wer weiß wo es hängengeblieben ist. Noch eins. Wen ich in der nächsten Zeit nicht so oft schreiben kann. Keine sorge. Macht Euch keine sorgen. Es ist so das man nicht über alles sprechen kann Euch aber Sorgen macht und dabei harmlos ist.

Dem Franz sage einen lb. Gruß sage ihm er soll brav lernen es soll was rechtes aus ihm werden u. es muss ja auch der Krieg einmal ein ende haben bevor er zu den Soldaten muss. Auch der lb. Elfi einen lb. Gruß u. sage dem Vater es ist die Landwirtschaft hier zugrunde gerichtet das ist ein Elend. Ich hoffe bald wieder bei Euch zu sein vieleicht ja im Sommer in der früh ins heuen gehen das ist eine schöne Arbeit.

Grüße mir alle
Dein Sohn Leonhard

Osten, 16. Juni 43

Liebe Mutter!

Jetzt ist es ein paar Tage so heiß gewesen u. gestern u. heute haben wir wieder Regenwetter es ist dabei so naß und kalt das man auf Posten einen Mantel braucht. Vor ein paar tagen mußte ich einen Spähtrup mit machen es ist ganz gut abgelaufen. Und fest gestellt das dort ein Punker sich befindet. Und heute wollen wir ihn ausheben, vielleicht bekommen wir Urlaub, einen sonder Urlaub, wen er mit erfolg ist.

Wir sehen vile Bilder der Vernichtung und wo wir sind bleibt nicht viel es ist nicht schön was wir tun es muß aber sein sagt

Toni und sagen die anderen, es ist doch der Bolschewik wen der Bolschewick in die Heimat kommt dan ist es aus mit uns. Was wir hier tun. Denkt euch das schlimmste. Seid nicht traurig wen es mich erwischt ich kann mir gar nicht denken das es ein leben geben wird nach dem Krieg.

Nun muß ich heute schlißen auf ein gesundes wiedersehen u. vielle Herzliche Grüße sendet Euch alle Euer Leonhard. Und Gruß von Toni

14. Oktober 1943

lb. Mutter grüße den lb. Vater die lb. Elfi u. den lb. Franz das wir uns bald wiedersehen

Wir wollen aber die Tage die uns Gott schenkt nuzen und uns an allen schönen Dingen freun und auch anderen von diser Freude geben. Mache dir keine sorgen lb. Mutter schlimmer als es war kann es nicht werden und wen ich doch Unglük haben sollte dann seid nicht traurig. Ich möchte gerne leben bleiben.

Was Ihr mir ab und zu schiken könnt lb. Mutter sind ein paar Äpfel und bischen Marmelade.

Mit Toni kann ich über alles sprechen es ist gut das wir zusamen sind hoffe auch wir bleiben zusamen und kommen zusamen zurück lb. Mutter zu dir zum Vater zum lb. Franz u. zur lb. Elfi.

Und nun die anderen Sachen es lässt sich aber nicht sagen was wir tun

8.3. 44

Heute morgen um 4 aufgestanden und kaum war ich angezogen ist es schon losgegangen. Es ist bei uns gut gegangen. Haben den Russen wieder aus der Stellung getrieben und kaum verluste gehabt. Die Russen schon. Alles junge Burschen 15–16 Jahre alt, stur wie die Panzer, hören nicht auf Ruf noch sonst was. Laufen weiter stur. Man muß sie »umlegen«.

Das der Gruber gefallen ist habe ich nicht gewußt. Das ist hart hat er doch ein kleines Kind das den Vater nicht kennen wird. Der Krieg reißt immer größere Lüken. Der Schwager von der Mitzi ist gefallen war Bauer aus Engerwitzdorf so geht einer nach dem anderen. Leonhard läst euch grüßen er sagt zuhause wollen wir eine Freude haben aneinander. Das sagt Leonhard

Gruß Toni

ASTRID

Klaus' Zorn und Ärger nach der Aufhebung der Stichwahl waren einer kalten Entschlossenheit gewichen.

»Wir werden schon sehen«, sagte er, nachdem er Lorli ins Bett gebracht hatte und mit Astrid noch ein Glas Wein trank, »wir werden schon sehen, WER sich noch wundern wird!«

Dass er mit Freunden und Kollegen Aktionen plane, sagte er, »wir müssen noch viel sichtbarer werden!«, Veranstaltungen organisieren, Diskussionen auf der Straße führen, Videos drehen, »das hat ja schon vorher begonnen, das geht jetzt weiter«, schon länger stelle er, und nicht nur bei der Jugend, eine Lust am fröhlichen Aufständischen fest, das überrasche ihn, »wenn man bedenkt, dass wir Österreicher doch immer eine Neigung zum Autoritären hatten!«; eine Lust auch an spielerischer Teilnahme am Diskussionsprozess, »du musst auf Youtube gehen, das ist großartig, was die Leute machen«, Nestroy'sche Qualität, er habe fast vergessen, dass es ja auch das in der österreichischen Geschichte gegeben habe.

Astrid nickte. Ja, sie habe ein paar Videos gesehen, ihre Kollegin wolle sie dazu überreden, mit ihr auf die Straße zu gehen, zu werben, zu singen gar – »großartig!«, sagte Klaus, »sag mir, wenn ihr unterwegs seid, ich komme dazu!«.

Dass sie sich jetzt verabschieden könnte, dachte Astrid. Am Sonntag würde sie nach Tirol fahren, zwei Wochen Wiesenwesen, sie könnte das Gespräch mit Klaus dabei belassen, dass sie übereinstimmten in ihrer Empörung, dass sie übereinstimmten in ihrer Hoffnung und im Wunsch, etwas zu tun.

»Darf ich dich was fragen, Klaus?«

Klaus sah sie erwartungsvoll an. Sie schluckte. Sie holte Luft.

»Wieso nimmst du das so persönlich?«

»Die Wahl? Wieso ich die Wahl so persönlich nehme?«

»Nicht nur die Wahl. Gar nicht eigentlich die Wahl. Das alles. Du weißt schon. Alles das.«

Klaus Blick bohrte sich in ihre Augen.

»Das alles, also. Warum ich das alles so persönlich nehme?«

Astrid hielt seinem Blick stand. »Ja. Warum ist das für dich so eine persönliche Sache?«

Klaus spreizte die Finger, als müsste er etwas abwehren.

»Du meinst: Abgesehen davon, dass es mich trifft, da«, er schlug mit der Hand auf die Brust, »dass Millionen und Abermillionen Menschen im Krieg, der ein verbrecherischer Angriffskrieg war, gefallen sind, elendiglich verhungert und in Bombenangriffen umgekommen sind, und abgesehen von all den Tragödien, all den Verbrechen, die sich abgespielt haben, in Polen, in der Ukraine, in Weißrussland, in Russland, auf dem Balkan und weiß Gott wo noch: die Massenerschießungen, die Brandschatzungen, das Plündern und Vergewaltigen, das Versklaven, und abgesehen davon, dass Millionen Menschen in Konzentrationslagern ermordet wurden, ins Gas geschickt wurden, Menschen, die niemandem ein Leid zugefügt haben, junge und alte Menschen, Babys, Mütter mit ihren Kindern, und abgesehen von den Menschen, deren Arbeitskraft man ausgebeutet hat, bis sie endlich verrecken durften, und abgesehen davon, dass hier bei uns und in unserer direkten Nachbarschaft in den Lagern, in Schlössern und Spitälern Menschen ermordet wurden, weil man ihnen das Recht zu leben abgesprochen hat, und abgesehen davon, dass das UNSERE Leute waren, die das getan haben – warum ich abgesehen davon das Morden und Schlachten so PERSÖNLICH nehme?«

Als griffe sein Zorn sie körperlich an; sie hielt seinem Blick stand.

»Warum ist es für dich so persönlich?«

Klaus lehnte sich zurück. Sein Zorn, oder war es eine Verzweiflung, war verflogen. Er fuhr sich mit der Hand über die Stirn, »warum ist das für mich so persönlich?«

»Ich war vierzehn«, sagte er schließlich, »1986, das Jahr, in dem du auf die Welt gekommen bist, das Waldheimjahr ...«

»Das Tschernobyljahr«, sagte Astrid.

»Ich war in der Vierten, wir haben einen Geschichtelehrer gehabt, der hat mit uns den Nationalsozialismus durchgenommen, das war noch nicht unbedingt selbstverständlich, damals. Der ist mit uns nach Mauthausen gefahren, das war schon gar nicht selbstverständlich. Da hab ich das erste Mal von der ›Hasenjagd‹ gehört, von dem, was bei uns vor der Haustür passiert ist, vor der Haustür, Astrid. Ich habe es nicht gleich begriffen, aber irgendwann war mir klar, dass die Menschen, die da gelebt haben, bei uns oben, daheim, in und um Mauthausen, überall dort, wo Verbrechen geschehen sind, dass das dieselben waren, die damals gelebt haben, dieselben waren, die gewusst haben, was da passiert ist, dieselben auch waren, die weggeschaut oder mitgemacht haben, die Menschen erschlagen haben, erschossen haben, die von all dem profitiert haben, auch vom KZ, vom ganzen System. Ich kann dir nicht sagen, was das mit mir gemacht hat, wo mich das getroffen hat. HIER!«, er schlug sich auf die Brust.

»Über Jahre habe ich mit diesem Gefühl gelebt: Aber die Mörder sind da! Ich lebe unter Mördern. Ich habe sie mir angeschaut, alle, die vom Alter her gepasst haben, ich habe gesehen, wer mit wem im Wirtshaus beim Stammtisch sitzt, wer das Maul aufgerissen hat, dann wieder, dass ja nicht alles so schlecht war, dass es doch hätte gut gehen können, wenn nur nicht die Sache mit den Juden gewesen wäre, diese lästige kleine Sache mit den Juden, und auch die wäre in Ordnung gewesen, wenn es nur niemand gewusst hätte, wenn man es hätte vertuschen können – dein Großvater, der Hermann, weißt du nicht mehr, wie er geredet hat? Und nicht nur, wenn er zu viel getrunken hat! Ich bin durch das Dorf gegangen und habe mich bei jedem, der in einem gewissen Alter war, gefragt: Warst du dabei? Was hast du getan? Was habt ihr getan?«

Er schenkte sich Wein nach, schob aber dann das Glas weg.

»Es war nicht vorbei. Für mich war es immer, als wäre ›das alles‹ nicht vorbei, als ginge es immer noch fort und fort und fort. Ich hab mich so … schmutzig gefühlt. Und als müsste ich, wenn sich schon sonst niemand schuldig fühlt, die Schuld auf mich nehmen. Nein,« sagte er, als Astrid ansetzte, etwas zu sagen, »ich weiß schon, dass ich keine Schuld habe, aber die Verantwortung, die Verantwortung, die ich habe, weil ich von da herkomme, wo ich herkomme, diese Verantwortung habe ich mir auferlegt, die Verantwortung für das, was wir mit dieser Vergangenheit machen, und die Verantwortung für das, was wir in unserer Gegenwart machen.«

Er sah Astrid an.

»Ich habe ein Kind, Astrid. Manchmal liege ich wach und denke, was, wenn das Lorli passiert wäre? Was, wenn Lorli, meine süße Lorli, das hätte erleben müssen? Was, wenn die Zeiten wieder so werden – aber die Zeiten sind so, immer sind die Zeiten so, dass irgendwo selbst Kinder das erleiden müssen, was Menschen anderen Menschen antun, das unerträglich Böse.«

Klaus stand auf. Er öffnete das Fenster und sah hinaus, auf den Baum, der vor dem Fenster stand, Sommernachtluft.

»Wir sind nicht frei von der Geschichte«, sagte er, »aber wir sind ihr auch nicht ausgeliefert.«

FRANZ

»Ich kenne die Briefe, Vater.«

Franz sah auf das Bündel vergilbter Briefe, das zwischen ihm und Klaus auf dem Küchentisch lag.

»Ich habe sie gefunden, da war ich vierzehn, oder fünfzehn, ich habe aber die Schrift nicht lesen können.«

»Lies sie jetzt.«

»Ich habe sie gelesen.«

»Du hast sie gelesen? Wann?«

»Da habe ich schon studiert, ich habe mich erinnert, da waren doch diese Briefe, Soldatenbriefe.«

»Du weißt, was drin steht? Und hast nie was gesagt? Du?«

Klaus verzog das Gesicht. Er sah auf die Briefe, er sah auf seine Hände, er sah seinen Vater an.

»Die Mutter hat mich erwischt, wie ich sie gelesen habe. Dass es mich nichts angeht, hat sie gesagt. Dass es mich doch etwas angeht, habe ich gesagt. Wenn du so weit bist, hat sie gesagt, wirst du sie mir zeigen. Oder ich warte, bis du tot bist, dann kann ich damit tun, was ich will.«

»Vielleicht hätte ich sie ja verbrannt? Daran hast du doch sicher gedacht …«

»Ich bin froh, dass du das nicht getan hast. Und ich bin froh, dass ich nicht warten muss, bis du gestorben bist, Vater.«

»Dann weißt du ja …«, Franz wies auf die Briefe, seine Hände zitterten, »dann weißt du ja, was du wissen wolltest. Dass sie Verbrecher waren, meine Brüder, Kriegsverbrecher, Mörder, das steht doch in diesen Briefen, oder nicht?«

Dass Klaus die Hoffnung in seinen Augen sehen musste,

auf die hatte er aber kein Recht. Er wusste, dass die Hoffnung ihn trog. Und dass doch einmal ein Ende sein musste mit den Lügen.

Klaus nahm die Briefe. Er las sie. Er legte sie zurück. Einen Moment lang ruhte seine Hand auf ihnen.

»Ich weiß es nicht, Vater. Was ich herauslese: Dass Leonhard – es ist ihm wichtig gewesen, dass sich niemand Sorgen macht. Er hat Heimweh gehabt. Er wäre lieber zu Hause gewesen. Es hat Zeiten gegeben, da war der Krieg vielleicht nicht ganz so schlimm, nicht ganz so unerträglich, und es hat andere Zeiten gegeben, über die konnte er nicht reden, aber er konnte auch nicht ganz verschweigen, was ihn belastet hat. Und dass Toni der Härtere war. Dass Toni versucht hat, die Notwendigkeit der Grausamkeit zu behaupten.«

Er suchte in den Blättern.

»Einige Partisanen haben wir bereits zur Strecke gebracht ... schlimmer, als es war, kann es nicht werden ... es ist nicht schön, was wir tun, aber es muss sein ... Was wir hier tun. Denkt euch das Schlimmste. – Wo die beiden waren, im Osten – das war ein schmutziger Krieg und sie waren, das muss man schon so lesen, in schmutzige Sachen verwickelt. Wo ihre persönliche Schuld war – das kann ich nicht sagen, Vater.«

»Der Leonhard ...«, sagte Franz, und jetzt kamen ihm Tränen, das wollte er nicht, »der Leonhard ...«

Wie sein Herz flatterte, wie er die Angst des Bruders wieder spürte, die graue Luft, die sie geatmet hatten, im Hof, an einem kühlen Sommermorgen, vor so vielen Jahren.

»Der Leonhard wollte nicht zurück in den Krieg. Aber der Vater hat ihn nicht dableiben lassen. Er hat ihn zurückgeschickt. Den eigenen Sohn zurückgeschickt. Dass er ihn anzeigt, hat er gesagt, dass er uns alle anzeigt, wenn wir den Leonhard bleiben lassen, wenn wir ihn verstecken ...«

Klaus beugte sich vor. »Sie hätten euch alle erschießen können dafür, das weißt du?«

»Aber müsste nicht ein Vater ...«, Franz suchte das Gesicht seines Sohnes, »müsste nicht ein Vater seine Kinder beschützen wollen? Müsste er das nicht? Hätte er nicht ...«

Klaus nahm die Hände des Vaters in seine Hände.

»Vielleicht«, sagte er nach einer Weile, »vielleicht hat er das versucht. Vielleicht hat er keine andere Möglichkeit gesehen, um euch zu schützen. Dich, deine Mutter, deine Schwester ...«

Franz zog die Hände zurück. Seine Stimme war hart.

»Es ist das auch nicht alles, was du wissen musst.«

»Was noch, Vater?«

»Februar 1945, Mühlviertel, was sagt dir das?«

»Die Jagd auf die entflohenen Häftlinge?«, sagte Klaus. »Wieso ...«

»Was weißt du darüber, sag es mir.«

Klaus fixierte seinen Vater. Er rieb sich die Schläfen, dann sagte er langsam: »In der Nacht vom ersten zum zweiten Februar kam es in Mauthausen zu einem Massenausbruch aus dem Block zwanzig, in dem sowjetische kriegsgefangene Offiziere kaum eine Chance zu überleben hatten. Es ... Vater, wieso reden wir über diese Menschenjagd?«

»Red weiter. Was weißt du?«

Nach einem langen Blick auf den Vater fuhr Klaus fort: »Es ist den Häftlingen gelungen, den elektrisch geladenen Stacheldraht und die Lagermauer zu überwinden. Viele Flüchtende sind schon nach wenigen Metern zusammengebrochen oder sie sind im Kugelhagel der Wachmannschaften gestorben, vierhundert ... ungefähr vierhundert Personen sind entkommen. Der Lagerkommandant ... der Ziereis ... hat eine Großfahndung eingeleitet ... SS, Gendarmerie, Wehrmacht, der Volkssturm und Zivilpersonen haben sich daran beteiligt. Es ...

es war eine Treibjagd, eine Menschenjagd, der nur ein paar wenige entkommen sind, elf Überlebende, vielleicht ein paar mehr. Kaum jemand hat geholfen, nur ganz wenige haben die Flüchtenden versteckt, die Familie Langthaler ist die bekannteste, ein paar Zwangsarbeiter haben zwei Häftlinge versteckt, noch ein paar Familien …«

Er sah den Vater an.

»Wieso reden wir darüber?«

»Was weißt du noch?«

Klaus schloss die Augen. Als er sie wieder öffnete, war eine Härte in seinem Blick.

»Wer von den Flüchtenden aufgegriffen wurde, wurde ermordet, an Ort und Stelle, oder zurück ins KZ gebracht und dort ermordet. Und nicht nur die SS hat gemordet. Ein … ein Gemischtwarenhändler aus … aus Schwertberg hat sieben im Arrest eingesperrte Geflohene herausholen lassen und hat sie erschossen, einen nach dem anderen, im Blutrausch. Ein anderer hat einen der Häftlinge mit … mit einem Taschenmesser erstochen, man hat sie erschossen und erschlagen, wo man sie gefunden hat, es war ein Blutbad und ein großes Morden. Auch bei uns hier sind die Ermordeten gelegen. Wieso reden wir darüber, Vater?«

Die Kirchturmuhr schlug, graue Luft, dachte Franz, sein Leben lang Lawinen und graue Luft.

»Sie sind zu uns gekommen«, sagte er schließlich. »Sie wollten den Vater holen, dass er mitmacht, weil er ja Jäger war, weil er sich damit ausgekannt hat, weil er ein Gewehr gehabt hat. Der Vater hat aber nicht aufkönnen, das ist ihm vom Krieg geblieben, vom ersten Krieg. Sie wollten mich mitnehmen, seids narrisch, hat die Mutter gesagt, verschwindets vom Hof. Es war Lichtmess und ich hätt ministrieren sollen, du gehst keinen Schritt hinaus, hat die Mutter gesagt. In der Früh hat die Mutter dem Vater erzählt, was los ist. Der Vater hat sein Gewehr geholt und ist hinaus. Wo gehst hin?, hat die Mutter geschrien. Du kommst mit, hat er zu mir gesagt, und wenn der Vater was gesagt hat, hat es keine Widerrede gegeben, also bin ich mit. Wir … wir sind über den Baderberg gegangen, unter den Bäumen, am Straßenrand sind die Toten gelegen … wir sind weiter in den Wald, der damals noch uns gehört hat, der Vater ist so schnell gegangen, ich bin kaum nachgekommen, so sind wir durch den Wald gelaufen. Und dann …«

Sein Blick flog zu Klaus, der saß regungslos.

»Dann ist da einer gestanden, im dünnen Gewand, und halb erfroren, barfuß, er hat was gesagt, das hab ich nicht verstanden, der Vater hat auf ihn angelegt, er hat geschossen, der Mann ist in den Schnee gefallen, er war tot. Mein Vater, dein Großvater, ist ein Mörder, ich war dabei, ich hab es gewusst, ich hab nie was gesagt.«

Große Vaterschritte. Zwischen den Bäumen war Nebel gelegen, schlanke Stämme, die himmelwärts strebten, ihre Kronen verschwanden im Grau. Unter ihren Schritten hatte der Schnee geknirscht, harscher, gefrorener Schnee. Sein keuchender Atem, als sie durch den Wald liefen, Franz zwei Schritte hinter dem Vater, lange Vaterschritte, Wild, das aufschreckte, aufstob, Spuren, die Franz sich enträtselte, Fuchs, Hase, Reh, eine Maus, Raben. Dann die anderen Spuren. Und wie der Vater sich bückte, seine Finger in die Spur legte, wie er schnaubte und der Spur folgte, das Gewehr im Anschlag. Der Baum, zu dem die Spur führte, blutige Spuren im Schnee; einer hob die Hände, einer sagte etwas, einer fiel, als raschelten Blätter. Die Stille an einem Wintertag in einem Wald vor mehr als siebzig Jahren.

Was ihn nicht mehr losließ, in all den Jahren nicht: Der Vater musste gewollt haben, dass geschah, was am Ende geschah. Warum?

Und warum hatte er Franz mitgenommen. Um ihm etwas zu demonstrieren? So ist das Leben, so ist die Welt, erbarmungslos. So bin ich, dein Vater, mitleidlos, war es das gewesen: Auch du fällst unter mein Recht?

Der Vater hatte nicht gezögert, als da einer aufgetaucht war, blau vor Kälte, zitternd vor großer großer Kälte und Todesnot, er hatte auf den Fremden angelegt, er hatte geschossen und ihn getroffen, mitten ins Herz. Er war auf den Toten zugestapft, erlegtes Wild, er hatte sich über ihn gebeugt, kein Zögern; was war im Gesicht des Vaters gewesen, eine tiefe Befriedigung, vielleicht, als hätte er Ruhe gefunden, in diesem Moment.

Jäger waren übers Land gezogen, Menschenjäger, in lang gezogenen Reihen; der Vater war allein in den Wald gegangen. Hatte er gewollt, dass er einem begegnete, auf dem eigenen Grund, dem er in die Augen schauen konnte, dem er das Leben nehmen konnte, er allein, als hätte er eine persönliche Sache auszutragen? Als wäre, was er tat, sein Recht. Wie konnte es aber sein Recht sein, wie konnte das sein Recht sein, diesen erbarmungswürdigen Menschen hinzurichten?

Es waren diese Fragen nicht zu lösen, bis heute nicht.

Geh!, hatte der Vater gesagt, mit einer Handbewegung hatte er ihn fortgeschickt. Die Mutter war im Hof gestanden, sie hatte nichts gefragt, er hatte nichts gesagt. Dass es nicht geschehen war, hatte er das gedacht? Wie konnte das geschehen sein, ein nebellichter Wald, das Knirschen von Schritten im Schnee, dröhnende Stille?

Als der Vater nach Hause kam, als er das Gewehr im Kasten verstaute, und die Mutter stand im Gang, wo war Franz gewesen, dass er das beobachtet hatte, der Vater nickte der

Mutter zu, die Mutter schlug die Hände vor den Mund, hör auf zu flennen, hatte der Vater gesagt, und später war er wieder gegangen, oder hatte er eingespannt und war davongefahren?; als Franz, es kümmerte sich doch keiner um ihn, Tage später noch einmal in den Wald gegangen war – war es denn wirklich geschehen? –, hatte er eine Schleifspur gefunden, er hatte eine Stelle gefunden, nahe den Gleisen, da war frische Erde aufgeworfen und mit Laub und Zweigen bedeckt worden; der Vater hatte noch weniger als drei Monate zu leben.

»Vater?«

Franz sah auf.

»Hast du das, all die Jahre … hat das denn irgendwer gewusst?«

So müde. So entsetzlich müde fühlte er sich. Nichts hatte sich geändert.

»Es ist genug«, sagte er.

»Vater …«

»Die Bärbi«, als stäche jemand tief in seine Brust, »die Bärbi hat es gewusst. Deine Mutter hat alles gewusst.«

»Und du … wie …«

»Es ist genug.« Er stand auf, als tastete er sich durch ein großes Dunkel. »Ein anderes Mal, Bub. Wir reden ein anderes Mal weiter.«

ASTRID

Mit Butz und Stingel, mit Stumpf und Stiel, das war so ein Spruch vom Hermanngroßvater gewesen. Der Hermanngroßvater war die letzten Kriegsmonate zu Hause gewesen. Heimatschuss, hatte er gesagt und es bedauert; er hatte nicht heimgewollt, er hatte an der Front bleiben wollen, da, wo ein deutscher Mann hingehörte in der Stunde der Not; es wäre, so schien es Astrid, wenn sie ihn reden gehört hatte, es wäre der Krieg auch anders ausgegangen, wäre er nur dabei gewesen, bis zum Schluss, er, und nicht die anderen. Schlappschwänze, rückgratlose widerwärtige Feiglinge – wenn der Großvater sich in eine Erregung redete, pfiff sein Atem, das war Astrid unheimlich gewesen, als steckte noch ein anderer drin im Großvater, der pfiff bis in ihre Träume hinein.

Manchmal hatte der Großvater Besuch bekommen, alte Männer, kahlköpfig, rotnasig, mit trüben Augen, die legten knochige Altmännerhände auf ihre Wange oder zogen an ihren Zöpfen, bis sie sich die Zöpfe abschnitt; ein Kaugummi, hatte sie zu ihrer Mutter gesagt, da sei ein Kaugummi in ihren Haaren gewesen, das müsse einer der Buben in der Schule gewesen sein.

Der Bodensatz des Bösen, dachte sie, während sie Richtung Tirol fuhr, war es das, was sie umgeben hatte, in ihrer Kindheit, und eine Todesdrohung, stumpf, dumpf, verstörend, wie hätte sie die verstehen können?

Der Hermanngroßvater war Jäger gewesen, auch daran erinnerte sie sich wieder, und wie er nach Hause gekommen war, nach einer Jagd. In seinem Gewand hing der Nebel, und etwas anderes, er lachte, in der Hand hielt er einen abgebalgten Hasen, einen Fasan. Der Großvater schien zu wachsen, wenn er auf die Jagd ging; »Hasen jagen«, sagte er, händereibend, sein Auge blitzte und sein Lachen war süffig.

Ihre Gedanken flogen zu Klaus, der fast wie ein älterer Bruder gewesen war, und trotzdem wie einer, vor dem sie sich verstecken musste, weil sie sich vor allem und allen verstecken musste, vor den knotig blauadrigen gefleckten Altmännerhänden, den scharf sezierenden Augen der Mutter, der Scheu des Vaters, der Traurigkeit vom Franzopa. Und vor Klaus, der etwas zu fordern schien, immerzu, der in einer Unruhe war und in einer Ungeduld, so wie die ganze Familie, ständig und immerzu, in Alarmbereitschaft gewesen war.

Eine Zeit lang, hatte Klaus gesagt, habe der spätere Schwiegervater seiner Schwester eine Faszination auf ihn ausgeübt. Hermann hatte die Bubenfußballmannschaft trainiert und ihn, Klaus, für seine Geschicklichkeit mit dem Ball, für seinen Mut, seine Kraft gelobt – das habe er vom Vater nicht gekannt: Lob. Heraushebung. Anerkennung. Keine Angst vor dem Feind!, hatte Hermann gebrüllt und Klaus hatte sich erhoben gefühlt; »erhoben«, hatte er wiederholt und den Kopf geschüttelt.

Hermann sei so anders als der Vater gewesen. Nichts Trauriges, nichts Zurückweichendes, und wenn man ihm in die Augen sah, dann habe man ihm gewachsen sein wollen. Ihm gefallen wollen. Ihm entsprechen wollen, selbst wenn …, wieder hatte Klaus den Kopf geschüttelt.

Vielleicht habe er sich so einen Vater gewünscht: einen mit einer lauten Stimme. Einen, der einen vorantrieb und mit einer Begeisterung ansteckte. Einen, mit dem man ein Geheimnis teilen konnte.

»Er ist mit mir in den Wald gegangen«, hatte Klaus gesagt. »Er hat mir gezeigt, wie man mit einem Gewehr umgeht, er hat mir das Schießen beigebracht. Dem Vater habe ich nichts davon gesagt.«

Aber später habe er sich gefragt, was für eine Erziehung das denn gewesen sei. Zu Geheimnissen vor den Eltern anleiten. Mit harter Hand leiten, die harte Hand selbst ausprobieren lassen, und was das geheißen habe für die Schwächeren unter ihnen.

»Als hätte er die Führerreden auswendig gelernt«, hatte Klaus gesagt, das habe er aber erst viel später erkannt. »Alle die Sprüche: kämpfen und erobern, Entbehrungen auf sich nehmen, nie zusammenbrechen, flink, zäh, hart sein«, und so habe er, Klaus, sein wollen, eine Zeit lang. Die Scham sei später gekommen, als er begriffen hatte, woher das kam und wohin das geführt hatte.

Eigenartigerweise habe er daraufhin eine große Wut auf den Vater entwickelt, »nicht auf Hermann, auf den Vater!«, der doch nichts davon gewusst hatte, vor dem er »alles das« geheim gehalten hatte.

»Eine so große Wut! Als wäre er schuld an dem, was der Hermann mit uns angestellt hat, und in einem Aufwaschen auch noch schuld an überhaupt allem, was die Nazis angerichtet haben.«

»Aber …«, hatte Astrid eingeworfen.

»Ich weiß«, hatte Klaus gesagt. »Das weiß ich doch.«

Am späten Nachmittag kam sie in Innervillgraten an. Sie bezog ihr Zimmer, das war hell, mit Blick auf Berge, auf grüne Hänge, dann lief sie noch herum, durchs Dorf, einen Hang hinauf, ein Stück in einen Wald hinein, der Geruch harziger Nadeln und prickelnder Hitze; die lange Fahrt aus den Muskeln kriegen, Klaus und seine Erzählung und ihre Erinnerungen aus dem Kopf kriegen; später, als ein Gewitter krachte und Regengüsse vom Himmel schwallten, schrieb sie Listen, und Blitze zuckten und Donnerschläge ließen das Zimmer erbeben, Trostlisten von Tälern und Dörfern und Bergketten, von Almen, von Schluchten und Seen; bevor sie sich von Klaus verabschiedet hatte, hatte sie noch einen Blick in Lorlis Zimmer geworfen: Das Kind lag auf dem Rücken, die Arme hochgeworfen, die Decke weggestrampelt. Klaus hatte Lorli zugedeckt und seine Liebe war ganz unverhüllt in seinem Gesicht gestanden.

FRANZ

Das Helle, Schimmernde, das in seinem Leben gewesen war, vor langer Zeit. Da war eine Wiese. Da war ein Mädchen. Tanzte das Mädchen in der Wiese, setzte es sich ins Gras, pflückte es Gänseblümchen, Margeriten, Glockenblumen, und hob es jetzt den Kopf und das helle Licht strahlte um sein Haar, etwas fuhr in seine Brust, eine Freude, so groß, dass sie wehtat.

Er war nach Hause gekommen, von der Schule, von einer Arbeit im Wald, oder war er, immer noch als Jungvolkjunge, auf staubigen Landstraßen marschiert, immer noch marschiert zum größeren Ruhm des deutschen Volkes, des Deutschen Reiches, er war nach Hause gekommen, müde, seitdem der Brief gekommen war, dass die Brüder tot waren, als Helden gefallen waren und nicht mehr nach Hause kommen würden, nie wieder, seitdem war eine Müdigkeit in ihm und eine Schwere, die ließ sich nicht abschütteln, nicht bei der Arbeit und nicht beim Marschieren, aber sicher war er doch nach Hause gekommen mit Geschichten, die er Elfi erzählen wollte, Jungvolkjungengeschichten, Waldgeschichten, Geschichten von Kuhfladen. Er war nach Hause gekommen und hatte, wie er es immer tat, und hatte Elfi gesucht. Sie war unter dem Nussbaum hinter dem Haus gesessen, mir tut der Kopf weh, hatte sie gesagt, Fanzi, mia tuad da Kopf so weh.

Als sie wieder gesund war – gesund! – war sie eine andere Elfi geworden. Hirnhautentzündung, hatte der Arzt gesagt, derselbe, der sie behandelt hatte, als sie als Baby fast gestorben wäre.

Dass er nichts tun könne. Dass man beten müsse. Wieder war Franz in die Kirche gelaufen, bitte!, bitte bitte bitte.

Noch ein Krüppel, hatte der Vater gesagt, als das Fieber gesunken war und Elfi das erste Mal aufstehen durfte, als sie alle sahen, dass Elfi eine andere Elfi geworden war.

Ihr Gesicht war verzogen, der rechte Mundwinkel hing nach unten und ein Auge schloss nicht mehr ganz. Sie hörte schlecht und Franz verstand nicht, oder wollte nicht verstehen, was sie sagte, so undeutlich kamen die Worte, so weggewischt war ihre Sprache. Sie weinte viel und klammerte sich an Franz und ihre Bewegungen waren seltsam, als fuchtelte sie immer etwas weg.

Wird sie wieder ganz?, hatte Franz die Mutter gefragt, die, seit die Brüder gefallen waren, kaum mehr sprach, die nicht weinte, aber ihre Augen waren gerötet, ihr Gesicht fleckig, und ihre Stimme, wenn sie doch einmal etwas sagte, war rau, und nicht mehr die Stimme der Mutter.

»Nein«, hatte die Mutter gesagt. »Die Elfi wird nicht mehr. Gewöhn dich dran.«

Die mitleidigen Blicke der Nachbarn, wenn sie Elfi sahen. Was müssen wir uns die Idiotin anschauen, sagte Herbert und wieder hatte Franz ihn verprügelt, aber nicht – auch das würde er später Bärbi erzählen – aber nicht, weil Herbert seine Schwester »Idiotin« genannt hatte, sondern weil er selbst diesen Gedanken nicht aus dem Kopf kriegte: Elfi war eine Idiotin eine Idiotin eine Idiotin geworden.

Wir können sie nicht mehr in die Klasse nehmen, sagte die Volksschullehrerin, mit aufgerissenen Augen, nach der ersten Woche, die Elfi wieder in der Schule gewesen war. Sie könne nicht mehr, was sie schon gekonnt hatte. Lesen, rechnen, schreiben, als hätte sie es nie gelernt. Was solle sie mit ihr anfangen? Sie störe die anderen Kinder. Sie verstöre die anderen Kinder. Immer diese Geräusche! Sie müssten Elfi zu Hause halten.

Wenn Franz ihr einen Bleistift in die Hand drückte – es musste doch wieder besser werden mit Elfi, sie konnte doch so nicht bleiben! –, also drückte er ihr den Bleistift in die Hand, den sie aber nicht halten konnte mit ihren verkrampften Fingern; er stellte ihr Rechenaufgaben, die allereinfachsten Rechenaufgaben, eins und eins, zwei und drei, und sie wurde zornig und schrie und die Mutter sagte: Lass sie in Ruh, sie wird nicht mehr, also lass sie wenigstens in Ruh.

Der Lehrer stellte wieder Rechenaufgaben: Wenn die Betreuung eines Idioten am Tag soundsoviele Reichsmark kostet, und er sah Franz an, ein Schaden am Volkskörper, sagte er, und Franz dachte an Elfi, die zu einem Schaden am Volkskörper geworden war; red gscheid, fuhr er Elfi an, wenn er wieder zu Hause war, obwohl er wusste, was sie wollte: Geh mid mia aussi, gemma in Hof, spü mid mia.

Weil sie einmal allein auf die Straße geschwankt war und nicht mehr heimgefunden hatte, und weil die Mutter sich nicht dauernd um Elfi umschauen konnte und der Vater hatte seine Arbeit und Franz war in der Schule, die Dirn war schon lange weg, also hatte der Vater Elfi am Küchentisch angebunden, wo sie sich anludelte und angackte, sie hatte geschrien, hell und hoch, dass man sie bis auf die Straße hörte, vielleicht, hatte der Doktor gesagt, vielleicht gebt ihr sie doch in eine Anstalt.

»Ich geb mein Kind in keine Anstalt«, hatte die Mutter gesagt.

In Linz, sagte der Doktor und putzte umständlich seine Brille, in Linz gebe es die Heil- und Pflegeanstalt Niedernhart.

»Zu den Idioten?«, hatte die Mutter gefragt. »Zu den Deppen?«

»Es ist eine Heil- und Pflegeanstalt, Frau Kaltner«, hatte der Arzt gesagt. Da wäre die Elfi doch gut aufgehoben. Es sei immer wer da, der auf sie aufpasse, da könnten die Eltern ganz ruhig sein. Sie wäre gut versorgt. Und nicht weit weg von daheim. Die Eltern könnten sie besuchen, so oft sie wollten.

»Ich geb mein Kind in keine Anstalt.«

»Alsdann«, der Arzt hatte dem Vater zugenickt, »ich kümmere mich um die Formulare.«

Hatte Franz eine Erleichterung gespürt, dass er die Schwester nicht mehr würde sehen müssen, so, wie sie jetzt war?; dass er nicht mehr ihr Trenzen und ihr Schreien hören musste, nicht mehr ihr in die Augen sehen musste, die ihn anflehten, Fanzi!, als wäre sie immer noch die, die sie gewesen war?; dass er ihr nicht mehr die Spucke abwischen musste und nicht das tränende Auge, war er also erleichtert gewesen?

Und was war das gewesen, das ihn zu zerreißen schien, wenn er alleine war, nachts, wenn keiner da war, der ihm etwas anschaffte, keiner, der ihn zwang, seine Gedanken auf etwas anderes zu lenken als auf das, was Elfi geworden war; was war das, das ihn würgte und zusammenkrümmte, von innen her fraß ihn etwas auf. Er dachte an Leonhard und was Leonhard getan hätte, er hätte die Schwester nicht weggeben wollen. Aber ich kann ja aufpassen, hätte er gesagt. Er hätte Elfi zum Lachen gebracht; er hätte sie auf seinem Rücken reiten lassen, er hätte eine Lösung gefunden. Es wäre für ihn Elfi keine andere gewesen.

Er war aus der Schule nach Hause gekommen. Die Mutter war in der Küche gestanden. Es war so ruhig gewesen. Kein Schnaufen, kein Weinen, keine Elfi. Nur Lutz, der etwas zu suchen schien, winselnd.

»Wo ist die Elfi?«, hatte er gesagt und in diesem Moment gewusst, dass alles falsch war. Er war durchs ganze Haus gelaufen, hatte jede Tür aufgerissen, er war in den Stall gelaufen, er hatte hinter dem Haus gesucht, unter den Bäumen – es regnete, sicher hätte die Mutter Elfi nicht erlaubt, allein draußen im Regen zu sein, aber wo war sie?

»Der Vater hat sie weggebracht«, hatte die Mutter gesagt und ihm einen Teller Suppe hingestellt. »Es ist besser so.«

Er war aus der Küche gestürzt, in den Regen hinaus, irgendwohin hinaus, »hör auf zu trenzen«, sagte der Vater, als er zurückkam, »es ist besser so.«

Mit der Mutter hatte er Elfi besucht. Es war kalt gewesen und Elfi hatte nur dünne Sachen angehabt. Sie war sehr blass gewesen, sie hatte gehustet und erst als Franz ihr ein Lied vorgesungen hatte, war ein kleines Lächeln über ihr Gesicht gehuscht.

»I wü hoam, Fanzi, moch, dass i hoam konn«, sie war, schwankend, vor ihm gestanden und hatte ihn mit ihrem schiefen Auge angesehen und eine Welle von Liebe hatte ihn überschwallt.

»I red mim Votta«, hatte er gesagt, aber es war zu spät gewesen.

Als sie, ein paar Tage später, wieder nach Linz gefahren waren, um Elfi nach Hause zu holen, »aber hat man Ihnen nichts gesagt?«, hatte einer barsch auf ihre Fragen geantwortet, »der Brief hätte Sie doch schon erreichen müssen«, Elfriede Kaltner sei vor einer Woche an Lungenentzündung verstorben.

In den Tagen und Wochen, die kamen, war es Franz, als müsste auch er weg sein, verschwunden sein, gestorben sein. Wie konnte er schlafen, wenn Elfi doch tot war, wie konnte er aufwachen, wie konnten die Tage vergehen? Wie und womit er die Tage füllte, das wusste er nicht; mit Arbeit, mit noch einmal Arbeit, mit irgendwo stehen, mit irgendetwas anschauen und er wusste nicht, wie er dahin gekommen war und wusste nicht, was es war, das er anschaute. Er ertrug es, dass die Eltern, die keine Kinder mehr hatten, nur noch ihn – und welchen Wert hätte er für sie haben können? –, dass die Eltern an ihm vorbei und durch ihn hindurchsahen, als gäbe es auch ihn schon nicht mehr; dass die Eltern selbst wie tot waren, dass sie alle tot waren, wie war das zu ertragen; in seinen Träumen suchte er Elfi, aber er hatte sie verloren, für immer, und aus eigener Schuld.

ASTRID

Manchmal, dachte sie, würde sie ja gerne die Natur als Idylle wahrnehmen können. Das Blau, das Grün, das Gelb, das Rot und Violett gedankenlos bewundern können, das Schwirrende, das Springende, Schleichende, Schwimmende, das Kriechende und das Fliegende still verzückt beobachten können. Manchmal würde sie gerne davon absehen können, dass die Natur per se nicht idyllisch war – was wäre das für eine Idylle, wo es ums Fressen und Gefressenwerden ging, wo täglich das Überleben im Mittelpunkt allen Tuns stand –, und manchmal würde sie gerne die Rolle des Menschen bei der Abschaffung jeglicher Idylle vergessen können. Aber wie wäre davon abzusehen möglich?

Am letzten Abend ihres Urlaubs blätterte sie in ihrem Skizzenbuch. Arnika, Eisenhut, Fingerkraut, gelb und hellviolett glänzend, Alpenrosen und Johanniskraut, schmalblättrige Weidenröschen am Wegrand und gelber Steinbrech, blaue Schusternägel im Fels. Sie erinnerte sich an die Worte des Rangers, dass sich die Hochgebirgsregionen so schnell veränderten wie noch nie – auch die, in die der Mensch noch nie einen Fuß gesetzt hatte.

Früh am Morgen, noch im Dunkeln fuhr sie los. Der Sonnenaufgang stimmte sie wehmütig; als sie in einer Raststation Pause machte, wäre sie am liebsten gleich wieder geflohen: viel zu viele Menschen, viel zu viel Essen, viel zu viel Anstrengung in den Gesichtern der viel zu vielen Menschen. In der Stadt dann war es unerträglich, was machte sie hier? Kühles Wasser, rauschende Wälder, ein Bergsee, die schöne Hitze über Almmatten – im Rückblick also die Idylle. Sie stellte die Wäsche zu, trotz der Hitze schlüpfte sie in ihr Laufgewand, mit dem Rad fuhr sie dahin, wo die Stadt aufhörte, und lief und lief und lief; wieder zu Hause verdunkelte sie das Zimmer, sie schlief unruhig, bis der Wecker sie aufschreckte.

Mit dem Anglisten traf sie sich am nächsten Tag.

Ich bin wieder da, hatte sie ihm geschrieben.

Das ist schön, hatte er geantwortet. *Kann ich Sie sehen?*

Wann?

Heute?

Ob er sie nach der Arbeit abholen wolle? Und mit ihr nach Elmberg hinauffahren wolle, da gebe es doch immerhin Hügelähnliches, sie habe eine Sehnsucht nach Weite und Höhe und Grün, das sei in der Stadt doch nicht zu finden.

»Sie schauen aus«, hatte er gesagt, als er sie begrüßte, »als hätten Sie viel Schönes gesehen.«

Sie waren nebeneinanderher gegangen. »Jetzt ist es besser«, hatte sie nach einer guten Stunde gesagt. »Ich bin's nicht mehr gewöhnt, nicht zu gehen.«

Sie waren weitergegangen, langsamer jetzt, und sie hatte vom Grün und Blau und Violett erzählt, von Wasser, das über Felsen schoss, von Adlern und Gämsen, von Murmeltieren und von Bienen. Wenn man wolle, hatte sie gesagt, könne man glauben, es sei dort alles noch in Ordnung.

»Aber das ist es nicht?«

»Ganz und gar nicht.«

Dass man, sagte sie, so nicht weitermachen könne, dass doch sofort da und da und da reagiert werden müsse und das global und mit äußerster Dringlichkeit. Was alles geändert werden müsse, schleunigst in Angriff genommen werden müsse, dass es so nicht weitergehen könne, nicht mit dem Konsum, nicht mit der Ausbeutung des Südens durch den Norden, nicht mit der Zerstörung der Landschaft auf so vielen Ebenen, dass man – »aber wer ist man?«, rief sie, »doch wir alle, jeder Einzelne, und die Politik, die Wirtschaft, der Verkehr, die Landwirtschaft, das Bauwesen, einfach ALLE UND ALLES, verstehen Sie?«

Der Anglist runzelte die Stirn.

Dass er doch sicher nicht darüber mit ihr habe sprechen wollen, dachte sie. Wozu sich mit all dem Elend auch noch privat beschäftigen müssen. Wozu sich der deprimierenden Wahrheit stellen, wenn man selber, aller Wahrscheinlichkeit nach, noch halbwegs gut davonkam. Dass er sich da aber täusche, würde sie ihm sagen, triumphierend womöglich, dazu sei er zu jung, wenngleich er älter war als sie, aber nicht so viel älter, also sei er zu jung, um glauben zu können, das alles betreffe ihn nicht. Triumphierend würde sie ihn darauf hinweisen. Und das würde es dann wohl gewesen sein, mit netten Treffen, mit Nachrichten, die mehr verschwiegen als aussprachen, mit angenehm nebeneinanderher gehen.

»Was?«, sagte sie scharf.

Er schüttelte den Kopf. »Ich denke nur grad, wie schwierig es ist, alles umzustellen. Die eigenen Gewohnheiten zu verändern. Und erst das ganze System. Als würde irgendwer gerne Annehmlichkeiten aufgeben. Und das wird ja wohl sein müssen?«

»Ja. Das wird wohl sein müssen.«

Auf der Rückfahrt war der Anglist schweigsam. Na also, dachte Astrid. Aber was sollte wiederum sie mit einem anfangen, der nichts mit ihr anzufangen wusste. Seltsam nur, dass der Gedanke schmerzte.

»Vielleicht«, sagte er, als er sie noch zu ihrem Rad begleitete, und die Luft roch süß, Rosen und noch etwas, »vielleicht fahren wir das nächste Mal mit dem Rad wohin, oder öffentlich, wenn's leicht geht, wäre Ihnen das recht? – Und vielleicht«, fuhr er fort, »vielleicht könnten wir zu den Vornamen übergehen? Schön langsam? Was meinen Sie?«

»Ja«, sagte Astrid. »Schön langsam. Sicher.«

»Werner«, sagte der Anglist und streckte ihr die Hand hin.

Am Mittwoch lag eine Karte in ihrem Postfach im Biologiezentrum.

Ist denn eine Postkarte klimafreundlicher als eine elektronische Nachricht? Und wollen wir am Wochenende etwas unternehmen? Vielleicht telefonieren wir ja?

Dass er das Du vermied, fiel ihr auf. Dass er aber mit Werner unterschrieben hatte.

Also rief sie ihn an. Schwieriges am besten gleich hinter sich bringen. Es war aber nur die Mailbox dran. Eine halbe Stunde später rief er zurück.

»Werner«, sagte sie, als sie abhob. Karin hob die Augenbrauen.

Wegen der Klimafreundlichkeit, sagte sie, das lasse sich sicher herausfinden. Nachhaltiger sei eine Postkarte aber jedenfalls. Vielseitig verwendbar. Als Lesezeichen. Als Ankerpunkt auf dem Pinnbrett. Als …

Ankerpunkt?

Dramatischer Sonnenuntergang. Der hänge jetzt vor ihren Augen.

»Ankermäßig?«

»Genau.«

Dann ein Schweigen, aber nicht unangenehm. Karin warf ihr Blicke zu. Astrid ging auf den Gang hinaus.

»Es ist schön, dich zu hören«, sagte er schließlich.

»Ich sag ja gar nichts.«

»Das höre ich aber auch.«

Sie lachte.

»Ich würde gerne etwas mit Ihnen ... also mit dir unternehmen«, sagte sie. »Sie ... du ... Sie sind mir noch so ›Sie‹ – ist das ein Problem?«

»Nein«, sagte er. »Kein Problem.«

Radfahren, die Donau entlang, darauf einigten sie sich. Und ins Wasser springen, irgendwo unterwegs.

»Ich freu mich«, sagte er, bevor sie das Gespräch beendeten.

»Werner also!«, sagte Karin, als sie wieder im Büro war.

Am Samstagvormittag hatte sie einen Workshop, Leben im Teich. Lorli hockte mit anderen Kindern am Teichrand, beobachtete Frösche und Fische und Wasserläufer, Wasserschnecken und Libellen, sie untersuchte das Leben, das vielfältige Leben in einem Wassertropfen unter dem Mikroskop, Grünalgen, Wimpertiere, Wasserflöhe, und Amöben, die flossen so vor sich hin, Glockentierchen an Algenfäden; danach fuhren Astrid und Lorli mit Trixi und Klaus nach K.

»Man sieht dich ja gar nicht mehr«, sagte die Mutter, sie schien es aber nicht böse zu meinen; der Vater wollte alles von ihrem Urlaub wissen, welche Wanderwege, welche Berge, welche Almen; der Franzopa, das tat ihr weh, nickte und lächelte, etwas schien ihn aber zu beschweren, und Klaus war seltsam ruhig, kein Streit, kein aufstachelndes Wort; wenn er den Franzopa ansah, war eine Bewegung in seinem Gesicht. Sie fühlte sich ausgeschlossen, und es waren doch alle freundlich zu ihr. Unter den Augen der anderen verschwinden. Oder verschwanden die anderen vor ihren Augen; es schien ihr das eine oft gemachte Erfahrung zu sein.

Vielleicht sollte sie das Treffen mit dem Anglisten – und warum musste sie ihn wieder in die Distanz rücken? – das

Treffen also absagen. Ohnehin würde sie sich nicht bewähren, das musste man doch, immerzu, sich bewähren, es war das aber nichts, das sie konnte, selbst wenn sie es wollte.

Am Abend schrieb ihr der Anglist eine Nachricht: *Morgen also. Ich freue mich.*

Das würde man schon sehen, dachte sie, wie trotzig, ob er sich auch morgen noch freuen würde; aber immerhin, gestand sie sich schließlich zu, konnte man einen Tag miteinander verbringen.

Er hob die Hand, als er sie sah. In seinem Gesicht war etwas sehr Helles, das stellte sie noch fest, bevor sie bei ihm war; er sagte: »Hallo«, er sagte: »Schön«, sagte: »Dann fahren wir doch gleich los, oder?«, und dann fuhren sie, einträchtig!, dachte sie, nebeneinanderher. Es war früh am Morgen, da ging das noch, nebeneinander fahren. Sie redeten nicht viel, manchmal nickte er oder nickte sie zum Fluss hin, der glitzerte im Morgenlicht, zu einem blühenden Uferrand, zu vorbeiziehenden Weiden und Erlen, die ihre Schatten warfen. An einem Kiesstrand machten sie Halt, sie tranken Kaffee aus der Thermoskanne, sie tauschten ihre Brote, »ich mag das, mit Ihnen da so sitzen«, sagte Astrid, und erschrak, weil sie das nur hatte denken wollen, »mit dir«, sagte sie schnell, »mit dir da so sitzen«.

Die Donau floss träge vorbei und Werner erzählte von seiner Familie, Vater VOEST-Arbeiter, Mutter Verkäuferin, dass er der Älteste von vier Geschwistern sei, drei Schwestern nach ihm, die Jüngste, Nachzüglerin, mache heuer Matura; eine Zeit lang habe er befürchtet, den Draht zu ihr zu verlieren, von ihr mehr als Kontrollorgan wahrgenommen zu werden als als Bruder, das habe sich aber wieder gelegt. Dass er jahrelang im Ausland gelebt habe, auch deswegen sei der Kontakt zur jüngsten Schwester beinahe abgebrochen. England, Kanada,

USA, Australien, »freischaffend, mehr oder weniger«, journalistische Tätigkeit, Übersetzerarbeit, »und einfach so Jobs«, das sei eine große Freiheit gewesen, jederzeit gehen zu können, wenn man das wolle.

»Und jetzt?«, fragte Astrid.

»Jetzt«, er ließ einen Stein übers Wasser springen, sechs-, siebenmal, »jetzt bin ich hier.«

Er drehte sich zu ihr um; dass sie ihn fragen müsste, wie das bis jetzt so gewesen war, mit Beziehungen, warum er allein war, in keiner festen Bindung – oder war er das und sie wusste es nur nicht? –, »fahren wir noch ein Stück?«, sagte er und legte die Decke zusammen und packte seine Sachen ein.

Und doch musste man sich bewähren, dachte Astrid, als sie dann hinter ihm her fuhr, und sein Rücken schien ihr abweisend zu sein und sein Schweigen bedrohlich; und wie müsste man denn sein, um das zu verhindern, abweisende Rücken, bedrohliches Schweigen, unerbittliche Grenzen?

Werner drehte sich zu ihr um. Vor ihnen tat sich eine Bucht auf.

»Das wäre doch ein schöner Platz zum Baden. Was meinst du?«

Eine plötzliche Scheu, aber sich im Bikini zeigen; auch die verflog. Das Wasser war kühl; sie schwammen ein Stück hinaus, sie trieben ein Stück donauabwärts und mühten sich, wieder zurückzuschwimmen, sie lagen in der Sonne, im Schatten, Astrid blinzelte ins Blätterdach einer Erle und in den Himmel, der blau durch schwarze Blättermuster gleißte. Werner stützte sich auf seinen Ellbogen und sah sie von der Seite an. Und du?, würde er jetzt fragen, wie ist das mit dir?, wie wäre aber ihre Menschenscheu zu erklären?

Er sagte aber nichts, sah sie nur an, lächelte dann, als hätte er sich eine Frage beantwortet – wie lautete die Frage?

Abends kamen sie wieder in der Stadt an. Nibelungenbrücke, zu viele Menschen, eine Unruhe, die Astrid erfasste. Wie verabschiedete man sich, was bedeutete dieser Tag, was bedeutete die Unruhe, aber die kannte sie doch, von immer schon, was sollte sie also bedeuten – »alles gut?«, fragte Werner.

Ja, nickte sie und schob das Aufschwallende weg.

»Ich möchte Sie gerne wiedersehen«, sagte sie. »Dich. Dich gerne wiedersehen.«

Wie hatte sie nur meinen können, er sehe nicht gut aus.

»Telefonieren wir?«

»Oder wir schreiben Postkarten.«

»Bis bald also.«

Bis bald, dachte sie, als sie nach Hause fuhr. Bis bald, dachte sie, als sie durchs offene Fenster in die Sommernacht horchte, und bis bald, dachte sie, als sie am nächsten Tag aufwachte, bis bald bis bald bis bald.

FRANZ

Und dann: die letzten Kriegstage. Der Volkssturm, zu dem der Lehrer sie verpflichten wollte. Loss mein Buam in Ruah, hatte der Vater gesagt; und Franz hatte da auch dem Lehrer schon lange nicht mehr vertraut. Herbert, der einmal sein Freund gewesen war, erhängte sich in der Volksschule, sein schmaler Körper in der Uniform auf dem rumpelnden Wagen.

Wusste er denn, oder vermutete er, und ab wann war aus Vermutungen ein Wissen geworden, wenn es denn ein Wissen gegeben hatte: dass Elfi ermordet worden war. Hatte es Sätze gegeben, geflüsterte Nachbarinnensätze, die ihm die Wahrheit hätten sagen können, oder gesagt hatten; Lehrersätze, triumphierende, und schlecht gespieltes Mitleid; Arztsätze, dass es doch besser sei, für alle Beteiligten, eine Erlösung für das Kind, Gnadentod; ein Satz der Mutter und das Schweigen des Vaters: Aber hast du es gewusst?

Die schwarze Welle der Schuld, die ihn auslöschen wollte: Sie hatten Elfi ihren Mördern ausgeliefert. Er hatte Elfi nicht vor ihren Mördern bewahrt.

Und dann noch: Der Vater, der, als es hieß: Die Russen kommen!, sein Gewehr genommen hatte, der wortlos aus dem Haus gegangen war; hatte die Mutter gewusst, was geschehen würde, sie hatte den Vater nicht aufgehalten. Es schien ihm, es sei alles gewusst worden, oder nichts. Es sei gewusst worden, dass geschehen würde, was geschehen war. Oder nicht gewusst worden, wie hätte man das wissen können? Alles oder nichts wissen: der Tod der Brüder, Elfis Sterben, der Mord im Wald und dass der Vater im Wald gefunden wurde – ein Jagdunfall, hatte der alte Hofstetter gesagt und das war es geblieben, wenngleich doch der Mai kein Jagdmonat war, aber wer hätte sich darum gekümmert, am Kriegsende, und wo dann im Dorf das Sterben recht eigentlich erst begann. In der Wirtsstube war ein Keuchen und Stöhnen gewesen, harter rasselnder Atem, papierdünne Haut über Knochen gespannt, als wäre er jetzt, endgültig, in einem ewigen Sterben eingeschlossen, so schien es Franz, der keinen Gedanken mehr hatte, keinen einzigen, außer der Wahrnehmung des allgegenwärtigen Todes.

Waldzeiten, Wiesenzeiten, Feldzeiten. Blaue Schattenzeiten, das war doch einmal gewesen, und als wäre er im Körper ganz voll gewesen von den Hügeln und ihrem Licht. Eine Freude war in ihm gewesen, die war aus den Hügeln gekommen, aus den Wiesen und dem Wasser, aus dem Korn, das wuchs, aus Sonne und Regen und Schnee. Einmal hatte, was ihn umgab, von seinem Schrei widergehallt, einmal war er über die Hügel gelaufen, als wäre er eins mit ihnen, einmal war es so gewesen.

Reglos stand er im Hof. Er hörte die Hühner glucken, die Katze zog um seine Füße, eine Zwetschke fiel vom Baum. Vor ihm flammte der Himmel auf. Als stünde Lutz im Schatten der Bäume, als lachte jemand, ein weißes Kleid schimmerte dort, so nah. Vom Horizont her kam der Briefträger auf ihn zu, der weiße Staub der Straße; war er zu Fuß oder schob er sein Rad, die Kappe schief auf den Kopf gesetzt, ein Wind ging durch die Felder und Ähren wogten, blaugrün und golden wogten die Ähren; der Vater war mit den Brüdern auf dem Feld, roter Mohn leuchtete am Feldrain, vom Baum fiel eine Zwetschke.

ASTRID

»Schreck dich nicht, Astrid«, hatte der Vater gesagt. »Der Opa ist im Krankenhaus.«

Nein, er wisse nichts Genaues, mehr wisse er nicht. Die Nachbarin habe den Großvater in der Früh im Hof gefunden, sie wüssten nicht, wie lange er dort gelegen sei; die Rettung habe ihn nach Linz gebracht. Das Herz, nehme er an, Franz habe doch in letzter Zeit immer wieder geklagt.

»Kannst du ins Krankenhaus fahren, Astrid? Zu den Lieseln? Ich erreiche den Klaus nicht und die Margit, die Mama, sie ist ... sie hat mich nicht mitfahren lassen, aber sie braucht jetzt jemanden, bitte Astrid ...«

Die Mutter stand am Fenster, mit geradem Rücken, und sah hinaus. Als sie sich umdrehte und Astrid sah, war etwas Feindseliges in ihrem Gesicht.

»Was machst du da? Wieso bist du nicht in der Arbeit?«

»Ich hab mir freigenommen.«

»Ich brauch dich nicht. Und du kannst sowieso nichts tun.«

Eine Krankenschwester eilte vorbei, ein alter Mann schlurfte aus einem Zimmer, bog um die Ecke, das Geräusch der schlurfenden Schritte.

»Was ist mit dem Opa? Wie geht's ihm?«

Die Mutter schüttelte ungeduldig den Kopf. »Als ob mir schon wer was gesagt hätte. Wenn du mich nur nervös machen willst, kannst du gleich wieder fahren.«

Astrid kniff die Augen zusammen. Sie atmete langsam aus, sie setzte sich auf einen der Sessel, die am Gang standen. Das

Handy in ihrem Rucksack vibrierte. Eine Nachricht von Werner, was sollte sie jetzt damit.

»Und schalt dieses blöde Ding ab. Als ob ich nicht schon Ärger genug hätte.«

Ärger also. Astrid machte den Mund auf, um etwas zu entgegnen, überlegte es sich aber anders. Der starre Rücken ihrer Mutter. Der Linoleumboden, helles Türkis. Die brütende Hitze draußen, schläfrig machende Wärme herinnen, Rock und Bluse ihrer Mutter passten nicht zusammen. Die Mutter hielt den Kopf so hoch, und so starr, dass Astrid davon Genickschmerzen bekam. Dann schnelle Schritte auf dem Flur. Räder, die quietschten. Stimmen.

»Opa!«

Der Großvater öffnete die Augen, als er an ihnen vorbeigefahren wurde, er hob die Hand, »vielleicht erfahre ich dann endlich«, sagte die Mutter, aber da hatten Schwester und Ärztin den Großvater schon ins Zimmer gebracht und die Tür geschlossen.

»Seit Stunden …«, sagte die Mutter und sank dann, als wäre etwas in ihr gebrochen, auf den Sessel neben Astrid nieder.

»Soll ich …«

Die Mutter hob die Hand. Ruhig, hieß das. Sag nichts. Lass mich in Ruh.

Den Atem anhalten, die Welt wegdrücken, alles, was protestieren wollte, wegdrücken. Schwarze Wellen, die kamen aus der Mutter, von sich fernhalten. Eine Erschöpfung, war die in ihr oder war sie in der Mutter, war sie, immer schon, zwischen ihnen gewesen?, eine Erschöpfung überkam Astrid, dass sie sich gerne hingelegt hätte, den Kopf in den Schoß der Mutter legen, als ginge das.

Dann stand die Ärztin vor ihnen. Sie setzte sich neben die Mutter, sie nickte Astrid zu.

»Wir behalten Ihren Vater noch bei uns«, sagte sie. Anzeichen von leichter Unterkühlung – »da müssen wir aufpassen, dass keine Lungenentzündung daraus wird«, auch seien die Untersuchungen am Herzen noch nicht abgeschlossen, die gute Nachricht aber sei, dass Herr Kaltner keinen Herzinfarkt erlitten habe. Aller Wahrscheinlichkeit nach liege eine Funktionsstörung des Herzmuskels vor, die oft nach großen emotionalen oder körperlichen Belastungen auftrete. Diese Störung könne aber behandelt und auch wieder geheilt werden.

»Hat denn Ihr Vater in letzter Zeit einen Verlust erlitten?«

»Die Oma ist gestorben«, sagte Astrid. Plötzlich schossen ihr Tränen hoch. »Das hat ihn schon einsam gemacht.«

Was sie damit jetzt sagen wolle?, fuhr die Mutter hoch. Dass sie sich zu wenig um ihren Vater gekümmert habe?

»Aber nein«, sagte Astrid. »Gar nicht.« Die Oma fehle ihm halt. Das sei eben so.

Das Wichtigste, sagte die Ärztin, das Wichtigste sei, ihn jetzt zur Ruhe kommen zu lassen. Aufregungen von ihm fernzuhalten. Vonseiten des Krankenhauses gebe es für den Patienten auch das Angebot, mit Therapeuten zu reden, um möglichen psychischen Ursachen auf den Grund zu gehen.

Die Mutter lachte hart auf. »Na viel Vergnügen! Mein Vater und reden!«

Die Ärztin hob die Augenbrauen.

»Sie können jetzt den Patienten sehen. Fürs Erste aber nur ganz kurz. Der Patient braucht jetzt viel Ruhe.«

»Bring mir das Foto«, hatte der Großvater gesagt, als sie sich zu ihm gesetzt hatte.

Und jetzt stand Astrid im Schlafzimmer des Großvaters. Auf der Seite des Großvaters war die Bettdecke zurückgeschlagen, Tuchent und Polster auf der Seite der Großmutter waren bezogen, in ihrem Kopfpolster war eine Vertiefung, als hätte jemand hier sein müdes Haupt gebettet. Müdes Haupt, dachte Astrid, und wischte sich Tränen aus den Augen. Auf dem Nachtkästchen auf der Großvaterseite stand ein Bild der Großmutter, die saß in der Sonne, auf der Hausbank, eine Katze auf dem Schoß, die schien unter den guten Omahänden zu schnurren, und lächelte den Betrachter an, als wollte sie ihm sagen: Schön, dass du da bist. Setz dich zu mir, erzähl mir was.

»Bring mir das Foto«, hatte der Großvater gesagt.

»Welches Foto?«

»Die Elfi, bring mir das Foto von der Elfi.«

Sie hatte einen Blick mit der Mutter gewechselt.

»Ich weiß von keinem Foto von der Elfi.«

»Nachttischschublade«, er hatte sie wie entschuldigend angesehen. »Bitte.«

Astrid zog die Lade des Nachtkästchens auf. Taschentücher, ein Fieberthermometer, Hustenzuckerl, ein Brief, den hatte sie ihm aus Wien geschrieben, *wenn ich heimkomme, Opa, erzähle ich dir alles, was ich hier lerne,* eine Kerze und Zündhölzer, Kapseln aus Mariazell, mit der Gottesmutter drinnen, ganz hinten ein Kuvert, in dem steckte die Parte, *unsere liebe Elfi, zu früh vom Herrgott abberufen,* und ein Foto, ein Mädchen, vielleicht fünf oder sechs Jahre alt, in einer Wiese unter einem Baum.

»Auf eigene Verantwortung!«, hatte die Schwester gezischt, als sie Klaus, die Mutter und Astrid am Abend in das Zimmer des Großvaters ließ.

Der Großvater setzte sich im Bett auf. Seine Hände zitterten, als er das Foto nahm. Vorsichtig strich er über das Bild, über sein Gesicht liefen Tränen.

»Das ist die Elfi«, sagte er. »Ich hätte euch schon längst von ihr erzählen müssen.«

Danach fuhren sie zu Klaus. Die Mutter saß wie versteinert, Klaus schüttelte nur immer den Kopf, »aber damit habe ich nicht gerechnet«, sagte er, »damit nicht«.

Dass sie den Großvater nie so gesehen hatte, dachte Astrid. Noch nie jemanden so gesehen hatte. In so einer Erschütterung, in so einer schmerzenden Durchlässigkeit, die ihr das Herz abwürgte.

»Der arme Opa!«, sagte sie.

Die Mutter schnaubte.

Trixi öffnete ihnen die Tür. Neben ihr stand Lorli, schon im Pyjama.

»Muss der Opa sterben?«

Klaus kniete sich zu ihr. »Aber nein.«

»Warum hast du geweint?«

Klaus hob Lorli hoch. »Der Opa hat uns etwas erzählt, das ist sehr traurig. Aber es geht ihm gut. Er muss noch ein paar Tage im Krankenhaus bleiben, dann darf er wieder nach Hause.«

»Wann kann ich den Opa sehen?«

»Vielleicht schon morgen, Lorli. Jetzt geh schlafen, Süße. Die Mama bleibt bei dir … wir müssen … wir müssen noch reden, verstehst du?«

Lorli umarmte Klaus, flüsterte ihm etwas ins Ohr, sah ihn fragend an, er nickte, drückte ihr Gesicht an seine Brust, dann hüpfte sie davon.

»Gute Nacht!«, sagte sie und, zu Trixi gewandt: »Können wir noch ein wenig vom Opa reden?«

»Und was«, brach es aus der Mutter heraus, »was sollen wir jetzt damit anfangen? Wozu erzählt er uns das? Sollen wir ihn jetzt bemitleiden, oder was?«

»Spinnst du jetzt komplett, Margit?« Klaus schloss die Wohnzimmertür. »Der Vater erzählt uns … erzählt uns … und du …«

»Was, und ich? Was soll ich mit den alten Geschichten? Das ist über siebzig Jahre her, und auf einmal muss er darüber reden? Auf einmal soll ich mir Gedanken darüber machen, wie es ihm geht, weil er vor siebzig Jahren seine Schwester im Stich gelassen hat?«

»Es geht doch hier nicht um dich, Margit!«

»Nein, natürlich nicht. Wann wäre es schon je um mich gegangen! Aber dass der Vater selbst schuld ist ...«

»Er war ein Kind!«, schrie Astrid. »Woran soll er schuld sein? Er hat nicht die Entscheidungen getroffen! Und wie hätte er wissen können, was mit Elfi passieren wird!«

Die Mutter fasste Astrid ins Auge, als hätte sie gerade erst entdeckt, dass sie auch da war.

»Du natürlich! Immer auf der Seite deines Großvaters! Du hast aber schon gehört, was er gesagt hat: Er hat Elfi im Stich gelassen. Noch bevor sie in die Anstalt gekommen ist! Er hat sie im Stich gelassen und er hat mich im Stich gelassen, aber das hat ja noch nie jemanden interessiert.«

»Es geht doch hier nicht darum, auf wessen Seite wir sind, Margit! Und was soll das überhaupt heißen, er hat dich im Stich gelassen? Wo hat er dich im Stich gelassen?«

Die Mutter lachte auf. »Ja eben. Das will ja keiner wissen. Das hat ja nie einer wissen wollen. Was glaubst du denn, wie das war? Der heilige kleine Georg war tot und dann bin ich gekommen, das hat ihn aber nicht interessiert. Niemanden hat es interessiert, dass ich da war! Und ihn am allerwenigsten! Alle haben sie immer nur vom ›armen kleinen GEORGLI‹ geredet! Als ob ich gar nicht da wäre, so ist das gewesen. So ist das immer gewesen! Aber das weißt du ja nicht, wie du gekommen bist, war es anders. Du warst dann endlich der Ersatz für den Georg, aber ich ...«

Klaus sah seine Schwester an. »Das tut mir leid«, sagte er leise.

»Als hätte ich da was davon.«

»Es geht aber jetzt gerade nicht um dich«, sagte Astrid. »Es geht um den Opa und es geht um die Elfi.«

»Jetzt auf einmal!«, fuhr die Mutter auf. »Jetzt auf einmal die Aufregung, wozu? Auf einmal kriegt er Herzgeschichten, weil vor siebzig Jahren seine Schwester gestorben ist? Auf einmal wird er mitteilungsbedürftig? Wie ich ein Kind war, habe ich darauf gewartet, dass er mir von der Elfi erzählt! Jetzt interessiert mich das nicht mehr!«

»Was heißt das jetzt wieder«, sagte Klaus. »Wie du ein Kind warst … Hast du das gewusst?«

Die Mutter verdrehte die Augen. »Ja sicher habe ich das gewusst. Du nicht?«

In Astrids Brust zog sich etwas zusammen. Klebriges Schwarz, das aus der Mutter zu ihr überschwappte, schwarze Wellen, und ein Wortschwall, der sie unter sich begrub.

Die Mutter habe es gewusst, die Nachbarin, die alte Resl, habe es gewusst und die Hofstetterin, manchmal hätten sie geflüstert, und immer seien sie verstummt, wenn der Vater dazugekommen sei. Niemand habe auf Margit geachtet, weil ja nie jemand auf sie geachtet habe, weil sie ja unsichtbar gewesen sei, immer schon, also habe sie gehört, was geflüstert wurde und worüber geschwiegen wurde. Das arge Geheimnis. Der arme Vater. Die arme Elfi.

Sie habe Mitleid mit dem Vater gehabt – »Mitleid!«, wieder lachte die Mutter auf –, sie habe ihn, jetzt schluchzte sie, trösten wollen vielleicht, als hätte sie ein Trost für den Vater sein können, sie sei doch da, habe sie gedacht, auch wenn Georg tot war, auch wenn Elfi tot war, sie, Margit, sei doch da, wenn er das nur sehen könnte; so ungefähr musste sie sich das gedacht haben.

»Dass er MICH ansieht«, sagte die Mutter. »Dass er sieht, ich bin da.«

Klaus machte eine Bewegung, die Mutter hob die Hand, lass mich, rühr mich nicht an.

Einmal sei sie mit dem Vater auf dem Friedhof gewesen, fuhr die Mutter fort. Das sei nicht oft vorgekommen, immer sei es doch so gewesen, als wollte sich der Vater von ihr fernhalten, als wollte er nicht in ihre Nähe kommen, als wollte er nichts von ihr wissen, wieso sei sie also mit dem Vater, und nur mit dem Vater, auf dem Friedhof gewesen? Sie seien vor dem Grab gestanden und da habe sie den Vater gefragt – es sei aus ihr herausgeschossen, sie habe nicht vorgehabt, ihn das zu fragen, aber dann sei es eben passiert –, ob es denn stimme, habe sie den Vater gefragt, dass die Elfi umgebracht worden sei. Der Vater habe zu zittern begonnen, ganz schrecklich habe der Vater gezittert und sie angesehen, dass sie gemeint habe, er werde sie schlagen, sie habe große Angst gehabt.

Nie wieder, habe er gesagt, nie wieder sagst du etwas über die Elfi. Nie wieder auch nur ein Wort, hast du das verstanden.

»Und jetzt will er reden?«

Es war weit nach Mitternacht, als Astrid nach Hause kam, in ihren Träumen brannte die Erde.

Nur weil sie dem Großvater versprochen hatte, zu kommen, schaffte sie es, am nächsten Morgen aufzustehen. Die Nachrichten auf ihrem Handy – Werner, den sie gestern hätte treffen sollen – ignorierte sie, das waren Nachrichten aus einer anderen Zeit, aus einem anderen Leben.

Im Krankenhaus traf sie ihren Vater, der war aber schon wieder auf dem Weg nach Hause. Der Mutter, Margit, gehe es nicht gut, es gebe da wohl einiges aufzuarbeiten. Dann kamen Klaus und Trixi und Lorli und sie gingen zu viert zum Großvater hinein.

»Nur kurz«, sagte die Schwester, »er hat eine schlechte Nacht gehabt.«

Der Großvater lächelte, als er Lorli sah, die sich zu ihm aufs Bett setzte, ihm eine Zeichnung erklärte, die sie für ihn gemacht hatte, »Frösche«, sagte sie, »und Kröten, Opa! Soll ich dir erklären, was der Unterschied zwischen Fröschen und Kröten ist?«

Das Opagesicht sah grau aus, und er wich den Blicken von Klaus und Astrid aus. Nach zehn Minuten kam die Krankenschwester und überwachte den schnellen Rückzug der Besucher.

»Es ist gut«, sagte Klaus zu seinem Vater, »hörst du, alles ist gut«, und Astrid sah, dass er Tränen in den Augen hatte. Ihr strenger Onkel, mit Tränen in den Augen, ihr unerbittlicher Onkel, der weinte.

Und dann fiel sie und fiel und fiel. Und war allein in einer Welt, die sich selbst abschaffte.

FRANZ

Eines Tages hatte der alte Hofstetter gesagt: »Du woaßt oba scho, dass die Bärbi di mog.«

Da war er schon der Bauer gewesen, die Mutter hatte noch gelebt, und Schuld und Einsamkeit schmerzten ihn bis in die Knochen. Wie also hätte er daran denken können, jemand anderen, eine wie Bärbi in sein Leben zu nehmen. Es sollte auch, was seine Familie gewesen war, mit ihm zu Ende gehen, das schien ihm die richtige Lösung.

»Ah geh!«, hatte er zum Sepp gesagt, der hatte den Kopf gewiegt.

»Donn moch hoit d'Augn auf!«, hatte der Sepp gesagt und tatsächlich, es schien ihn Bärbi, wenn sie mit ihrem Vater und ihrem Bruder und der Mariedl bei der Ernte aushalf, wenn er sie am Sonntag vor der Kirche sah, wenn der Sepp ihn mitnahm auf den Hofstetterhof, um den Most zu verkosten, um das Geselchte zu probieren oder die Krapfen, Bärbi sah ihn anders an als alle anderen Menschen. Sie war nicht mehr – aber wann war das passiert? – nicht mehr das Mädchen mit den Zöpfen, nicht mehr das Mädchen mit der Schürze, das mit Elfi zu den Kühen gegangen war, das mit Lutz gespielt hatte, aber ihre Augen, schien ihm, wenn er jetzt schnell zu ihr hinschaute und wieder wegschaute, ihre Augen hatten ihn immer schon so angesehen, wie sie es jetzt taten, anders als andere.

»Kimmst zum Kaffee?«, hatte der Sepp gesagt; sie waren in der Stube gesessen, der Sepp und seine Frau, und der junge Sepp mit seiner jungen Frau, und die Mariedl und die Traudl, Bärbi hatte eingeschenkt und als sie an ihm vorbeiging, war es, als legte sich die Luft, die um sie war, ganz leicht auf seine Schultern. Und dann, wie war das gegangen, waren die anderen verschwunden, in die Küche, in den Hof, und nur noch Bärbi und Franz waren am Tisch gesessen und ihm war der Atem eng geworden, aber dann hatte Bärbi gesagt: »Woi ma ned aussigehn?«, und er war froh gewesen, dass sie an die Luft gegangen waren, nebeneinander, aber ohne, dass eins das andere berührt hätte, es war ihm ungewohnt, allein mit einem Mädchen, einer jungen Frau zu sein.

In einem Bogen waren sie schließlich zur Gusen gekommen und endlich auf einem umgestürzten Baumstamm am Ufer der Gusen gesessen. Er hatte an alle Sommertage gedacht, seit seiner Kindheit all die Sommertage, und Sonnenflecken waren über Bärbis Gesicht gehuscht, über ihr Haar, das sah er, weil er schnell hinschaute und wieder wegschaute, helle Sonnenflecken auf braunem Haar. Bärbi hatte die Hände im Schoß liegen, und den Kopf hatte sie geneigt, als horchte sie, aber auf was horchte sie?, und dann sagte Franz, aus heiterem Himmel, dachte er später, und tatsächlich war ja der Himmel so blau und so heiter gewesen, vielleicht hatte der Himmel, der heitere, den Satz aus Franz herausgezogen.

»Und tatst mi du heiratn a woin?«, fragte also Franz. Ob sie ihn denn auch heiraten wolle. Ohne dass vorher auch nur ein einziges Wort gefallen wäre, dass sie an ihm oder er an ihr Gefallen gefunden hätte etwa, dass es möglicherweise eine Ahnung von Zuneigung zwischen ihnen geben könnte, kein Wort und keine auch noch so kleine Geste hatte angekündigt, was Franz gesagt hatte, aus der Beengung seines Herzens und seines Hirns heraus: »Und tatst du mi heiratn a woin?«

Dann war eine Stille gewesen, eine große Stille, in Franz' Schädel und in seiner Brust, und auch außen, rund um ihn, war die große, sehr große Stille gewesen, als bewegte sich nichts mehr, als atmete nicht das kleinste Wesen, als wären Welt und Leben zum Stillstand gekommen.

Dass er Leonhard gebraucht hätte, dachte Franz. Leonhard hätte ihm das beibringen können, wie man sich freundlich machen konnte, freundlich machen für das Mädchen, das einem gefiel; selbst Toni hätte ihm etwas beibringen können, dass man einem Mädchen ein Tuch mitbrachte, zum Beispiel, oder Schokolade, eine Kette vielleicht, oder dass man mit ihr ins Kino ging, ein paarmal vielleicht mit ihr ins Kino ging, tanzen ging, dass man mit ihr redete, ganz vertraut, bevor man ihr einen Heiratsantrag machte; und war das überhaupt ein Heiratsantrag gewesen, den er da gemacht hatte? Selbst der Vater hätte ihm was beibringen können, über Reihenfolgen, was man zuerst machte und was dann, und jetzt würde Bärbi aufspringen, sie würde ihm eine Ohrfeige geben, sie würde, was könnte sie noch tun, ihn auslachen, natürlich, zuerst eine Ohrfeige, dann auslachen, das würde jetzt wohl geschehen und sie hätte ganz recht, wenn sie das tat, und es würde jetzt dann auch endgültig Schluss sein mit der Freundschaft zu den Hofstetterischen.

Und dann lachte Bärbi, und das Wasser gurgelte wieder, und ein Specht klopfte wo, er wartete auf die Ohrfeige, zuerst das Lachen, dann die Ohrfeige, aber Bärbi schien ihn nicht ohrfeigen zu wollen; sie nahm seine Hand in ihre Hand, die war hart und schwielig von der Arbeit, »jo«, sagte sie, »freili«.

Und wieder wusste er nicht, was zu tun war. Er zwang sich, Bärbi anzuschauen, freundliche blaue Augen, und Fältchen um ihre Augen, die waren da, weil sie lachte, und die Sonne warf Glanzlichter in ihr Haar, und Bärbi sagte: »Soi mas glei dem Votta sogn oder wüllst nu woatn?«

»Glei«, hatte er genickt und also waren sie aufgestanden und Bärbi hatte über ihren Rock gestrichen und als sie das steile

Ufer hinaufgeklettert waren, hatte er ihr die Hand hingehalten, obwohl Bärbi keine Hand brauchte, die sie über einen steilen Hang hinaufzog, sie war ein Bauernmädchen und kam über jeden Hang hinauf und hinunter, allein, aber sie hatte seine Hand genommen und nicht mehr ausgelassen, bis sie vor ihrem Vater gestanden waren.

»Votta«, hatte Bärbi gesagt und der Sepp hatte ihn angesehen und ihm schien, er hätte im Gesicht vom Sepp eine Freude gesehen und eine Traurigkeit, gleichzeitig, und dann hatte Bärbi ihn geschubst, wie sie ihn in all den Jahren, die kamen, schubsen würde, weil er etwas sagen sollte, etwas tun sollte, das er vergessen hatte, und sie würde ihn erinnern, mit einem Schubser, aber was war es, das er sagen wollte, sagen musste; auf dem Heimweg hätten sie Zeit gehabt, sich das zu überlegen, hätte er Zeit gehabt, aber sie hatten nicht geredet auf dem Heimweg, sie hatten einander nur an der Hand gehalten und das schien ihm genug zu sein, mehr musste doch jetzt gar nicht sein. Er war ganz schwach gewesen, vor Glück und Elend gleichzeitig, aber mehr Glück, viel mehr Glück, und jetzt stand er vor Bärbis Vater, jetzt stand er vor dem Sepp, »mia woin heiratn«, sagte er, und wiederholte: »Mia woin heiratn, Sepp«, und weil er plötzlich Angst bekam, der Sepp könnte dagegen sein, was wäre dann, »wonns da recht is«, hatte er also hinzugefügt, wie erschrocken, und Bärbi hatte seine Hand gedrückt und ohne dass er sie ansehen musste, hatte er gewusst, dass sie lachte, und dass ein Kranz von Fältchen um ihre Augen war, so lachte sie.

Und der Sepp hatte den Kopf geschüttelt, dass Franz erschrocken war, wie sollte er in das alte Leben zurück, von dem er beim Aufstehen noch nicht gewusst hatte, dass es sich heute ändern würde, unwiderruflich.

»Ihr sads ma zwoa«, hatte der Sepp gesagt und seine Frau gerufen und die Mariedl, die Traudl, den jungen Sepp und dessen Frau, die alle nicht überrascht waren, die alle aussahen, als hätten sie gewusst, dass es heute so weit sein würde, aber wie hätten sie das wissen können, es hatte doch Franz bis vor einer halben Stunde selbst noch nicht gewusst, dass er sich an diesem Tag verloben würde, denn das war er ja nun wohl: verlobt. Der Sepp hatte Schnaps eingeschenkt, sie hatten angestoßen, die Hofstetterin hatte geweint; vielleicht hatte sie an Herbert gedacht, der auch schon hätte verheiratet sein können, der schon Vater hätte sein können, wenn er nicht verzweifelt wäre am Zerscherben seiner Welt.

Am Abend, es war ein lauer blauer Sommerabend gewesen, und Bärbi war mit ihm zu seinem Hof mitgegangen, und nachdem sie seiner Mutter gesagt hatten, dass sie heiraten würden, »im Frühling«, hatte Bärbi gesagt, »damids di nu a weng an mi gwehnst«, hatte sie gesagt, als wäre sie die Schwierige, und nicht er; sie hatten ein Glas Most auf die Hochzeit getrunken und er hatte Bärbi wieder auf den Hofstetterhof zurückgebracht und war dann allein zurückgegangen, in dieser sanften, stillen blauen Sommernacht.

Und so war es dann gewesen: Sie hatten sich aneinander gewöhnt, gut aneinander gewöhnt. Er hatte das Reden wieder gelernt, nicht wie früher und nicht mit allen, aber wenigstens mit Bärbi hatte er reden können, und mit den Hofstetterischen; und manchmal schien ihm, dass Bärbi sein Wunder war, was wäre denn ohne sie aus ihm geworden. Sie war an seiner Seite gewesen, auch als er nicht an ihrer Seite war, nach Georgs Tod, als nichts mehr für ihn existiert hatte, auch da war sie an seiner Seite geblieben. Was wäre aus ihm geworden, ohne sie.

»Oba i hob di imma woin«, hatte sie gesagt, als er sie einmal gefragt hatte, wieso sie sich denn für ihn entschieden hatte. »I hätt koan ondan woin, imma nua di.«

Ganz wirr war ihm gewesen, in den Monaten bis zur Hochzeit, ganz unwirklich. Dass es das für ihn geben sollte: das Glück, Bärbi an seiner Seite zu haben. Das Glück, eine junge Frau zu haben, die mit ihm den Hof führte, die ihn erlöste aus der jahrelangen Stummheit. Das Glück auch, wieder eine Familie zu haben, Schwiegereltern, die ihm wie Eltern waren, das Glück, Bärbis Geschwister zu seiner Familie zählen zu können, plötzlich einer zu sein, über den mit Stolz gesagt wurde, unser Schwiegersohn, unser Schwager, mein Mann.

Das Glück auch, das darin lag, dass ihn jemand ansah, mit einem Kranz von Lachfältchen um die Augen. Das Glück, eine Hand zu halten, sich hinneigen zu dürfen in eine Wärme, in einen Duft, und später auch noch alles andere.

Georgs Tod zog ihn aus der Welt und es dauerte lange, bis er zurückfand, zu Bärbi zurückfand auch, aber obwohl es dann anders war, als es vorher gewesen war, wurde es wieder gut zwischen ihnen.

Trittsiegel. Und Spuren im Schnee. Schneefall, der kein Ende nahm. Vögel flogen auf, nimm mich mit, hatte er zum Vater gesagt. Über einen Steinboden schwappte Wasser und die Mutter stand im Dunst und Haarsträhnen lösten sich unter ihrem Kopftuch, der Wille des Vaters färbte die Äpfel rot. Ein Zuckerhut in blaues Papier gedreht, tschinbumm, sagte der Vater und der Kaiser lächelte auf ihn herab. Wie die Milchkannen schepperten! Ein Hase schrie in Todesangst und etwas schimmerte, perlmuttweiß, auf mürben, brüchigen Blättern. Grün streckten sich die Hügel unter vielen Himmeln.

»Warum den Walter?«, hatte er Margit gefragt. »Warum willst du ausgerechnet den Walter heiraten? Der Hermann war ein Nazi. Der Hermann ist immer noch ein Nazi. Ich brauch keinen Nazi in der Familie. Warum also ausgerechnet der Walter?«

Die Augen einer Vierjährigen.

»Wir haben was gemeinsam, der Walter und ich«, hatte sie gesagt, mit verschränkten Armen, mit geschürzten Lippen. »Und deswegen gehören wir zusammen.«

Er hatte seine Tochter angesehen, die Fremde, die seine Tochter war.

»Na«, hatte er schließlich gesagt, weil sie auf die Frage zu warten schien. »Was habt ihr gemeinsam?«

Sie musterte ihn, als versuchte sie, ihn zu ergründen; dass er sich vor ihrem Blick verschließen musste, hatte er gedacht.

Etwas wie ein Seufzen brach ihr Schweigen.

»Wir haben keinen Vater gehabt«, hatte sie gesagt und sich aufgerichtet. »Das haben wir gemeinsam. Deswegen gehören wir zusammen: Wir haben beide keinen Vater gehabt.«

Bärbi hatte Walter aufgenommen, als gäbe es da keinen Nazivater im Hintergrund. Bärbi und Klaus waren, als dann das Baby, als Astrid da war, bei Margit und Walter ein- und ausgegangen, als wäre das ganz normal: dass man, einfach so, schnell vorbeischaute, dass man Kuchen brachte und Eintopf und Speck und Eier, dass man das Kind herzte und küsste.

Franz war nur, wenn es sich nicht vermeiden ließ, im Haus gewesen, in dem dann seine Tochter wohnte, im Hermannhaus, wie er es für sich nannte, beim Nazi, wie er manchmal zu Bärbi sagte, die fuhr ihm über den Mund, »es geht nicht um den Hermann, es geht um die Margit«, aber er hatte es vermieden, solange Hermann lebte, aus eigenem Antrieb dieses Haus zu betreten. Auch dachte er, dass Margit ihn nicht würde sehen wollen. Was hatten sie beide zu reden, nichts, so schien ihm, und wie wäre das Schweigen zu brechen, das wusste er nicht.

Wenn sie, an einem Sonntag vielleicht oder weil es etwas zu feiern gab, Margits oder Walters und dann Astrids Geburtstag, Ostern und Weihnachten, wenn er und Bärbi und Klaus also zum Essen oder zum Kaffee eingeladen waren, ertrug er es, dass er Hermann im Flur begegnete, dass er mit ihm an einem Tisch saß, er ertrug sein Gerede, Walter zuliebe, weil er bei Walter eine Scham sah, die er nicht hätte haben sollen.

»Mia san oiwei do«, hatte er kurz nach der Hochzeit zu Walter gesagt, »schau vorbei, mia gfrein uns!«, das schien Walter etwas zu bedeuten, am nächsten Tag schon war er gegen Abend im Hof gestanden, etwas verlegen, störte man denn, und wie erklärte man, dass man hier stand, wie begann man ein Gespräch, Bärbi hatte ihn entdeckt und hereingewinkt, »nur kurz«, hatte Walter gesagt, und war auch bald wieder gegangen, »die Margit wartet auf mich«, er war aber wiedergekommen, in all den Jahren immer gerne zu ihnen auf den Hof gekommen.

Dass sie, hatte Franz gedacht, mit der Zeit für Walter so etwas wie Ersatzeltern geworden waren, das hatte ihn tief gerührt, dass aber Margit, seine Tochter, immer noch verwaist war, er hatte keinen Weg gefunden, das zu ändern.

Walter hatte bei seinen Besuchen oft Astrid mitgenommen, die blieb dann manchmal noch bei den Großeltern, wenn Walter wieder nach Hause ging, und später lief sie den kurzen Weg auch schon alleine.

»Opa!«, rief sie, wenn sie ihn sah, »Opa, gemma aussi!«, und also begleitete sie ihn in den Stall, auf die Felder, sie saß mit ihm auf dem Traktor oder marschierte neben ihm her, wenn er im Ort etwas zu erledigen hatte, und manchmal sagte Bärbi: »Heit bleibst oba amoi bei mia!«, und dann saß Astrid am Küchentisch und zeichnete oder sie half beim Keksausstechen, beim Eierfärben, beim Erbsenpflücken, beim Erdbeerenkosten, und Franz dachte an seine Mutter, die war, damit hatte er nicht gerechnet, als Georg auf die Welt gekommen war, zwei Jahre lang noch einmal beinahe glücklich gewesen.

Schnee, der fiel. Grauer Granit und weiß gekalkte Mauern. Ein Mädchen mit den Augen eines anderen Mädchens. Es gab etwas, das er ihr sagen musste.

Jemand beugte sich über ihn. Aber er kannte dieses Gesicht. Er tastete nach dem Gesicht seiner Tochter.

»Meine Liebe«, sagte er. »Aber meine Liebe.«

ASTRID

Die Erde war ein verdorrter Planet, von Wirbelstürmen umgetrieben, und Sand sprang über den Boden und flog übers Meer, und Staub kroch, als dunkle Wand, die bis zu den Wolken ragte, über die Kontinente, und Hagel fiel, groß wie Eier, vom Himmel, und was noch wuchs, brannte nieder oder wurde von Regenfluten, von Schlammfluten begraben, und die Meere überschwemmten die Küsten, und was grün gewesen war, wurde rot, oder braun, und gelb und grau, Endzeitfarben, und kein Leben war mehr und die Erde war wüst und leer.

Es klingelte unten an der Haustür. Astrid vergrub den Kopf unter ihrem Kopfpolster, das Klingeln hörte auf. Dann klopfte jemand an ihre Wohnungstür und klingelte und klopfte, bis sie endlich die Tür aufriss.

»Was?«, fauchte sie. »Und was machst du hier?«

»Ich hab mir Sorgen gemacht«, sagte Werner.

»Brauchst du nicht.«

Werner stand da und rührte sich nicht.

»Ich lebe«, pfauchte sie. »Du kannst wieder gehen.«

»Ich habe was zu essen mitgenommen. Für den Fall, dass du noch nicht gefrühstückt hast. Oder zu Mittag gegessen hast … lässt du mich herein?«

Sie trat zur Seite. Werner stellte seinen Sack mit Einkäufen auf den Tisch. Er räumte Sachen aus und in den Kühlschrank ein, er faltete den Papiersack zusammen, dann drehte er sich zu ihr um, sie wünschte, er würde gehen.

»Wie geht es deinem Großvater?«

»Und woher weißt du …«

»Karin.«

Sie wich seinem Blick aus, sie hob die Schultern, ließ sie fallen.

»Er hat eine Herzmuskelanstrengung.«

»Ist das schlimm?«

»Ich weiß nicht. Die Ärztin sagt, dass nicht. Also, das kann man heilen, sagt die Ärztin.«

»Das ist gut.«

Wieder hob sie die Schultern, ließ sie fallen.

»Das ist doch gut, oder?«, fragte Werner. Seine Stimme schien von weit her zu kommen; hätte sie sich gerne in diese Stimme verkrochen oder musste sie sie stumm machen, auslöschen. »Oder?«, fragte Werner.

»Aber das ist es nicht«, sagte sie unter großer Anstrengung. »Das ist es nicht.«

»Was ist es dann?«

Sie schüttelte den Kopf.

»Sag, was ist es dann?«

»Der Opa …«

Ihre Stimme schrumpfte zu einem Flüstern, »der Opa«, flüsterte sie, und ihr Blick ging aus dem Fenster hinaus ins Grüne, »der Opa hat eine Schwester gehabt, die Elfi. Die Elfi ist im Krieg gestorben, das hat der Opa immer gesagt, dass die Elfi im Krieg gestorben ist. Es war Krieg, hat er gesagt, und im Krieg wird gestorben, das ist halt so, hab ich immer gedacht.«

Werner stand irgendwo links von ihr und sie sah aus dem Fenster, das sie putzen müsste, da waren Schlieren, und hinter den Schlieren war ein Sommerhimmel, über den fein gefaserte Wölkchen flogen, getrieben von einem Wind, der in den Bäumen wühlte und in den Büschen.

»Es war aber so: Die Elfi hat eine Hirnhautentzündung gehabt und danach ist sie nicht mehr richtig gesund geworden. Sie ist … sie ist nach Niedernhart gekommen und dort …«

Ein heller Sommerhimmel, Wölkchen, und ein Sommerwind, der fuhr durch Baumkronen; es war Winter gewesen, als Elfi starb, es war kalt gewesen, Schnee war gelegen, sieben Sommer hatte Elfi erlebt, im siebten Winter war sie gestorben, »… und dort haben sie sie umgebracht.«

Sie drehte sich zu Werner, der stand jetzt ganz nah. Etwas verzog ihr Gesicht zu einer schrecklichen Grimasse.

»Sie ist sieben Jahre alt geworden, die Elfi, nicht mehr als sieben Jahre.« Die Luft schien ihr auszugehen, und draußen fuhr ein Wind durch die Bäume. »Die Elfi war sieben!«

Werner machte eine Bewegung, sie schüttelte den Kopf.

»Sie war ganz allein.«

Fasrig weiße Wölkchen, und Schnee und grauer Nebel, Kälte.

»Sie muss so schreckliche Angst gehabt haben. So schreckliche Angst.«

Sie rieb sich übers Gesicht. Sie war aus ihrem Körper herausgefallen, als sie aufsah, war da Werner; sie hatte vergessen, dass er da war.

»Ich muss …«, sagte sie. »Ich muss …«

Sie ging in ihr Schlafzimmer, sie schlüpfte in ihre Laufsachen, immer noch Werner.

Was sah sie in seinem Gesicht?, wieder schüttelte sie den Kopf, die Tür fiel hinter ihr ins Schloss und sie lief die Stiegen hinunter und hinaus in den Sommerabend, und lief und lief und lief.

Als sie zurückkam, war sie so müde, dass sie nur ein paar Bissen von dem aß, was Werner zubereitet hatte.

»Schlaf jetzt«, sagte er. »Ich ruf dich morgen an.«

Am nächsten Tag besuchte sie nach der Arbeit den Großvater im Krankenhaus. Eine Abordnung der Hofstetters saß bei ihm; und Klaus und Trixi und ihre Mutter.

»Der Patient braucht RUHE!«, sagte die Krankenschwester kopfschüttelnd. »Das ist ja das reinste TOLLHAUS!«

»Aber mein Vater braucht jetzt auch die Familie.« Die Mutter sah die Krankenschwester streng an. »Viel mehr als die Ruhe.«

Sie beugte sich über ihren Vater, schüttelte das Kopfkissen auf und setzte sich wieder. Als dann das Abendessen gebracht wurde, brachen die Hofstetters auf, auch Astrid verabschiedete sich.

»Vielleicht darf ich morgen schon heim, oder übermorgen ...«, sagte der Großvater.

»Soll ich dich abholen, Opa, und hinaufbringen?«

»Das ist lieb, aber das macht die Margit, ist schon alles ausgemacht.«

»Kommst du mit?«, fragte Astrid ihre Mutter.

»Ich bleib noch ein wenig sitzen, wenn es dir recht ist, Vater?«

»Sehr recht«, sagte der Großvater, »sehr recht.«

Vor dem Krankenhaus wartete Werner. Als hätte er das immer schon getan, nahm er Astrids Hand in seine Hand, und Astrid sagte: »Wenn der Opa wieder zu Hause ist, musst du ihn kennenlernen, willst du?«

»Zuerst deinen Großvater, und dann alle anderen.«

»Und die Hofstetterischen.«

»Die Hofstetterischen also – muss ich mich da fürchten?«

»Kann sein«, sagte Astrid. »Aber nur ein wenig.«

Der Großvater kam nach Hause; es wurde Herbst, die Blätter des Spitzahorns färbten sich rot, es wurde Winter, ein Bundespräsident wurde gewählt.

»Vielleicht darf man doch noch hoffen«, sagte Klaus und Lorli zeichnete Bilder: Wie sie und ihre Eltern und Astrid und Werner und Karin und Karins Freund auf der Straße und in der Straßenbahn gesungen hatten, für den Präsidenten.

»Das bist du«, sagte sie zu Astrid, »und das ist der Werner«, zwei, die sich an der Hand hielten.

»Bist du mit dem Werner verliebt?«, fragte Lorli und legte den Kopf schief und Astrid murmelte etwas und Trixi sagte, »aber das siehst du doch, Lorli, lass die Astrid in Ruh!«.

Die Mutter lächelte jetzt manchmal. Und manchmal weinte sie.

Die Mutter ließ es zu, dass jemand sie in den Arm nahm. Manchmal sogar Astrid.

Im Geschäft putzte jetzt die Frau Schneider, die auch in anderen Geschäften putzte. »Ich schau lieber zum Vater hinüber«, sagte die Mutter, »als dass ich da meine Zeit vertu.«

Zu Hause standen die Schuhe immer noch aufgereiht, aber es kam vor, dass Dinge nicht gleich weggeräumt wurden, Häferl, Gläser, Zeitungen. Wenn im Geschäft nicht viel los war, ging die Mutter jetzt öfter zum Großvater hinüber. Sie tranken einen Kaffee miteinander oder sie saßen auf der Hausbank, sie redeten oder sie redeten nicht, und irgendwann stand der Großvater auf, »alsdann«, sagte er, und dann machten sie einen Spaziergang, oder sie besuchten die Gräber am Friedhof.

»Aber ihr seid gar nicht so seltsam, wie du immer tust«, hatte Werner gesagt, als er ihre Familie kennengelernt hatte, und ob sie schon bereit wäre, seiner – allerdings höchst seltsamen! – Familie vorgestellt zu werden.

An einem Oktobermorgen, es war kühl und neblig in der Früh, am Nachmittag leuchtete das Herbstlaub gelb und rot, fuhr

Astrid mit Klaus zur Wagner-Jauregg-Klinik. Sie stellte zwei Vasen mit Blumensträußen vor die Gedenktafel, die an die hier und in Hartheim ermordeten Menschen erinnerte.

»Der ist vom Fanzi, Elfi«, sagte Astrid. »Und der von mir.«

Es fiel ihr schwer, Elfis Gesicht, das sie von dem einen, dem einzigen Foto kannte, heraufzubeschwören. Es fiel ihr schwer, sich irgendetwas vorzustellen von dem, was in diesem Gebäude geschehen war. Mordpfleger und Mordpflegerinnen. Mordärzte. Die vielen vielen Ermordeten.

Dass er die Sterbescheine der Heil- und Pflegeanstalt Niedernhart durchgesehen hatte, sagte Klaus. Er hatte Elfis Namen nicht gefunden.

»Was heißt das?«, fragte Astrid.

»Ich werde weitersuchen«, sagte Klaus.

Sie fuhren nach Hartheim, Klaus führte sie durch das Gelände, durch das Schloss. Hier und hier waren die Busse gestanden, die die zur Vernichtung vorgesehenen Menschen angekarrt hatten, Männer und Frauen aus Heil- und Pflegeanstalten, Kleinkinder, Kinder, Jugendliche, KZ-Häftlinge.

Hier war der Ankleideraum gewesen, hier die Fotokammer, der Aufnahmeraum, die Gaskammer. Jeder Eingelieferte wurde auf der Brust mit der laufenden Nummer bestempelt. Wer Goldzähne oder eine Goldbrücke hatte, wurde am Rücken mit einem Kreuz bezeichnet. Der jeweilige Arzt leitete das Gas in die Gaskammer ein. Durch ein Guckloch konnte man die Vorgänge im Gasraum beobachten. Nach etwa eineinhalb Stunden wurde die Gaskammer entlüftet, dann begann die Arbeit der Brenner. Das Wegbringen der Toten vom Gasraum in den Totenraum, so die Aussage eines Brenners, war eine sehr schwierige und Nerven zermürbende Arbeit. Es war nicht leicht, so der Heizer, die ineinander verkrampften Leichen auseinanderzubringen und in den Totenraum zu schleifen.

Im Totenraum wurden die Leichen aufgeschichtet. Daneben befand sich die Heizanlage, dort wurden die Toten verbrannt. Nachdem die Leichen verbrannt waren, wurden die Knochenreste, die durch den Rost des Ofens gefallen waren, in eine Knochenmühle gegeben und dort zu Pulver vermahlen. Asche und Knochenmehl füllte man in Säcke und brachte sie zur Donau; weil aber die Bevölkerung beunruhigt war, Asche und Knochenreste auf dem Weg, erfolgte die Entsorgung der Asche später im Schlossgarten. Einen Teil der Asche sandte man in Urnen an Angehörige, sterbliche Überreste, für jeden Toten, so der Heizer, waren etwa drei Kilo berechnet. Aber wie viel wogen Jugendliche, wie viel wogen Kinder?

Kurz vor Weihnachten, an dem Tag, der in der Parte als Elfis Sterbetag angegeben war, las der Pfarrer eine Messe für Elfi, für Toni und Leonhard, für den Urgroßvater, für den Toten im Wald. Nach der Segnung des Familiengrabes gingen sie zum Grab des Toten im Wald und zu den anderen Gräbern.

»Gehören die auch zu uns?«, fragte Lorli.

»Ja«, sagte der Großvater, »die gehören auch zu uns.«

FRANZ

In der Stube war der Tisch gedeckt. Astrid und Werner waren da, Klaus, Trixi und Lorli waren da, und ein paar von den Hofstetterischen.

»Den Geburtstag richte ich dir aus«, hatte er zu Margit gesagt. »Du machst gar nichts. Du kommst und lässt dich feiern, willst du das?«

Und Margit, seine Tochter, hatte genickt, und gelacht, als müsste sie alles Lachen nachholen, das sie ihr Leben lang versäumt hatte, so lachte seine Tochter, Margit, jetzt manchmal.

Und jetzt kamen Margit und Walter, und Gläser wurden gefüllt und gehoben und Margit stieß mit allen an, lachend und weinend zugleich, und dann aßen sie und abwechselnd kümmerte sich wer anderer darum, Essen aufzutragen, nachzuschenken, abzuräumen, und jetzt standen alle auf, »ein wenig die Beine vertreten«, sagte Josef, und die Kinder spielten rund ums Haus Verstecken und die alte Mariedl stand mit Lukas bei den Hühnern, und andere standen am Zaun und zeigten da und dort in die Landschaft hinein, und Astrid ging mit Werner und Josef zur Wiese hinunter, Margit und Walter schlossen sich ihnen an.

»Wir gehen zu deiner Wiese, Opa!«, rief Astrid. »Magst nicht mitkommen?«

»Geht's nur«, winkte er ab, »ein anderes Mal!«

Er ging zum Nussbaum hinüber, er legte die Hand auf den rissigen Stamm. Klaus kam zu ihm unter den Baum.

»Die Margit ist glücklich«, sagte Klaus.

Kinderstimmen schrillten, wie Schreie von Vögeln, und Klaus räusperte sich.

»Ich glaube, ich habe die Familie gefunden. Die Familie von dem Toten im Wald.«

»So«, sagte Franz.

»Was soll ich jetzt tun, Vater? Du musst mir sagen, was ich tun soll.«

»Was du tun sollst? Aber du weißt, was du tun musst, Klaus.«

Graue Wolken zogen rasch über den Himmel, es würde wohl bald regnen.

»Dann fahre ich dorthin, Vater? Und rede mit seiner Familie? Und erzähle ihnen alles?«

»Ja«, sagte Franz. »Erzähl ihnen alles.«

Klaus sah den Wolken nach, er schien auf etwas zu horchen. Er nickte.

Und jetzt stand er alleine unter dem Nussbaum. Ein Wind strich durch die Zweige.

»Es gibt Studel, Fanzi«, rief eine helle Mädchenstimme. »Fanzi, es gibt Studel.«

ASTRID

Als wäre sie an den Ursprung der Zeit gelangt. Sternenstaub, giftige Gase, die Höllenzeit der Erde, die wüst war und leer und unwirtlich. Irgendwann LUCA, Urahn, dachte sie, einzellig, wässrig, von einer Lipidmembran umgeben, entstanden auf dem Grund der Tiefsee, in der Hitze hydrothermaler Quellen, und dann und dann und dann, als explodierte das Leben, aus sich selbst heraus, Bakterien, Pilze, Pflanzen, Tiere.

Was erkannte sie im Wirbel der Vorfahren: Algen, und Geißeltierchen, Schwammartige, Wurmartige, Mollusken; Würmer und Schwämme und erste Wirbeltiere, Gliederfüßer, Trilobiten, gefährliche Jäger und stachelbewehrte Beutetiere. Vorfahren von Tintenfischen und Kraken schwammen vorbei, riesige Seeskorpione, am Grund des Ozeans schwankten Seelilien.

Und dann. Und dann und dann und dann spross auch Leben auf dem Land, entlang flacher Küstengebiete, Sporenpflanzen, Samenpflanzen, Farne und Schachtelhalme, und Bäume wuchsen, hoch, und riesige Wälder entstanden, und Fische jagten im devonischen Meer, mit kräftigen Kiefern. Insekten wuchsen zu gigantischer Größe heran, giftige Tausendfüßer machten Jagd auf kleinere Insekten, und riesenhafte Kakerlaken und spinnenartige Lebewesen bewohnten den Waldboden. Eine Riesenlibelle stand, schwirrend, in blauer Luft.

Tiere mit vier Gliedmaßen krochen aus dem Wasser an Land und entwickelten sich zu Amphibien, zu Reptilien, kleine, krabbelnde, echsenartige Tiere. Nadelhölzer, Zypressen und Kiefern spendeten Schatten und endlich: die Vorfahren der Vögel, die Vorfahren der Säugetiere.

Und dann: Verdunkelte sich die Sonne, ein Massensterben begann. Was blieb, besiedelte aufs Neue den fast leeren Planeten. Und endlich, im feuchten, freundlichen Klima des Jura schossen palmenähnliche Bäume hoch und Farne, ein Ginkgoblatt fiel zu Boden. Magnolien, Feigenbäume, Sassafras bedeckten die Erde, und Dinosaurier stapften vorbei und Wespen, Ameisen, Käfer krabbelten und schwirrten, Archaeopteryx spannte seine Flügel, bunt schillerndes Federkleid. Ein kleines, pelziges Tier, einer Spitzmaus ähnlich, brachte sich in Sicherheit.

Und schneller und immer schneller drehte sich die Spirale des Lebens. Immer noch Dinosaurier, Staub aufwirbelnd, gepanzert, stachelbewehrt, gehörnt, bis auch sie verschwanden; nun donnerten Huftiere über Steppen, blühende Gräser und Blumen erschienen, Gänseblümchen!, und Bienen, Halictus, dachte Astrid, als hätte sie einen frühen Freund gefunden.

Affen stoben kreischend in Horden vorbei, sich auf die Brust trommelnd, mit klugen traurigen Augen. Eine Säbelzahnkatze, Smilodon, schlich ihnen nach und Riesenhyänen. Ein Urhirsch neigte sein mächtiges Geweih. Zuletzt der Mensch, aufrecht gehend, ein Werkzeug in der Hand, eine Familie von Menschen, die den Weg ging, den all die anderen gegangen waren, alle die Ahnen. Ein Mädchen drehte sich um und sah Astrid an.

ANHANG

In Schloss Hartheim ermordete Kinder und Jugendliche, soweit deren Daten ausfindig gemacht werden konnten:

Ackermann Albert 16 Jahre · Ackermann Moric 18 Jahre · Adelmann Stefanie 14 Jahre · Adlberger Josef 17 Jahre · Aigner Franz 12 Jahre · Alexiejnko Iwan 18 Jahre · Altherr Irene 12 Jahre · Amslinger Friedrich 17 Jahre · Ancans Antos 18 Jahre · Anderlitzka Friedrich 17 Jahre · Andziak Felix 19 Jahre · Anreiter Helga 18 Jahre · Antosiewice Stanislava 15 Jahre · Aschurkin Iwan 19 Jahre · Auer Alois 14 Jahre · Auer Ferdinand 18 Jahre · Auer Gerhard 9 Monate · Babajew Grigorij 19 Jahre · Bachmayer Karl 19 Jahre · Bahlke Heinz 13 Jahre · Baidon Ägydius 8 Jahre · Bailat Pierre 18 Jahre · Ballhause Heinz 17 Jahre · Baradawtschikow Grigorij 15 Jahre · Baratynskij Balach 19 Jahre · Bartol-Garcia Miguel 18 Jahre · Batschajew Aleksander 19 Jahre · Bauch Franz 16 Jahre · Bauer Erich 15 Jahre · Bauer Johanna 14 Jahre · Bauernfreund Elfriede 12 Jahre · Baum Horst 17 Jahre · Baumöhl Andras 17 Jahre · Baur Johanna 17 Jahre · Beck Fritz 17 Jahre · Bedenik Irma 8 Jahre · Bednar Heinrich 17 Jahre · Bednyj Grigorij 18 Jahre · Beheim Peter 7 Jahre · Behofsics Nikolaus 5 Jahre · Bellak Alfred 19 Jahre · Bendler Johann 10 Jahre · Benedek Sandor 16 Jahre · Benedikt Franz 15 Jahre · Benesch Josefine 16 Jahre · Benkö Hans 15 Jahre · Benkö Hilda 18 Jahre · Beran Rudolf 17 Jahre · Bergemeier Leonhard 15 Jahre · Berger Alois 16 Jahre · Bergmeister Grete 14 Jahre · Berkovits Zoltan 18 Jahre · Berl Wilhelm 15 Jahre · Bertoletti Mario 19 Jahre · Bews Nikolaj 18

Jahre · Bickel Sandor 18 Jahre · Bieber Georg 19 Jahre · Bielow Wladimir 16 Jahre · Bielski Stanislaw 19 Jahre · Binder Ernestine 15 Jahre · Binswanger Hildegard 14 Jahre · Birnbauer Emil 14 Jahre · Bluh Otto 16 Jahre · Bock Anna 18 Jahre · Böckl Johann 19 Jahre · Bogg Ida 18 Jahre · Böhm Fritz 9 Jahre · Böhm Paul 18 Jahre · Bornett Heinz 15 Jahre · Brandl Franz 9 Jahre · Braunsberger Hermann 13 Jahre · Breitbarth Horst 18 Jahre · Brenk Valentin 17 Jahre · Bretterklieber Josef 8 Jahre · Bromet Luis 19 Jahre · Bronski Josef 19 Jahre · Brumen Janez 10 Jahre · Brumen Strecko 11 Jahre · Bubela Benedikt 18 Jahre · Buchmair Herta 16 Jahre · Bulenko Wasilij 19 Jahre · Bundschuh Marie 18 Jahre · Burgstaller Anna 17 Jahre · Burgstaller Erwin 15 Jahre · Bursik Martha 14 Jahre · Buxbaum Wilhelm 12 Jahre · Caillaut Andre 19 Jahre · Cantini Fiorenzo 19 Jahre · Capka Ludmilla 8 Jahre · Carmona-Rivera Juan 16 Jahre · Cecchi Mario 18 Jahre · Chaminade Jean Rene 17 Jahre · Charatalilo Grizko 19 Jahre · Chlond Alfrs 18 Jahre · Choinaky Joseph 17 Jahre · Chouzenoux Michel 19 Jahre · Ciabatti Maggiorano 17 Jahre · Ciesielski Andreas 19 Jahre · Ciric Svetomir 18 Jahre · Ciuzynski Czeslaw 19 Jahre · Constantini Robert 18 Jahre · Coopmann Juda 19 Jahre · Cuk Vida 10 Jahre · Dacosta da Fonseca Jakob 19 Jahre · Dankelmaier Helmut 7 Jahre · Dannhofer Rudolf 14 Jahre · Daschkowskij Jurij 19 Jahre · Dausek Margarethe 15 Jahre · David Fritz 18 Jahre · Davidovits Chaim 19 Jahre · Decker Antonie 12 Jahre · Deimel Konrad 5 Jahre · Deininger Norbert 17 Jahre · Delic Dusanka 17 Jahre · Dempfle Maria 15 Jahre · Denlöffel Franziska 15 Jahre · Deutsch Joszef 17 Jahre · Dipotsch Johann 8 Jahre · Djuric Pero Mils 19 Jahre · Dolak Felix 12 Jahre · Dolezal Karoline 17 Jahre · Dolezal Ladislaus 18 Jahre · Dolgij Nikolai 19 Jahre · Dressler Harry 16 Jahre · Dsehmil Ali 17 Jahre · Eberhart Josef 13 Jahre · Eberle Genovefa 14 Jahre · Eder Johann 16 Jahre ·

Edler Gertrude 18 Jahre · Ehringer Eckardt Wilfried 5 Jahre · Eichwald Heinz Paul 11 Jahre · Eidlisz Sandor 19 Jahre · Einhorn (Vorname unleserlich) 17 Jahre · Eisdorfer Mano 17 Jahre · Eisenberger David 18 Jahre · Eisenrauch Berta 17 Jahre · Eisl Franz 9 Jahre · Endres Hildegard 15 Jahre · Engel Zoltan 18 Jahre · Engelstädter Margot 11 Jahre · Erath Veronika 11 Jahre · Ernicke Herbert 12 Jahre · Faderler Auguste 13 Jahre · Fähnrich Franz 14 Jahre · Farkas Imre 17 Jahre · Fasching Aloisia 13 Jahre · Faustian Maria 17 Jahre · Fayon Albert 10 Jahre · Feldmann Endre 17 Jahre · Fensl Margarethe 17 Jahre · Feringer Bruno 15 Jahre · Fest Johann 13 Jahre · Fichtinger Friedrich Josef 14 Jahre · Finana-Nava Rafael 17 Jahre · Finsterbauer Erwin 12 Jahre · Fischer Fülop 17 Jahre · Fischer Josef 18 Jahre · Fischer Maria 15 Jahre · Fischer Werner 13 Jahre · Flinta Jewgenij 18 Jahre · Formann Karoline 15 Jahre · Forsthofer Ingeborg 11 Jahre · Frank Arnold 8 Jahre · Freistetter Josefa 13 Jahre · Freudenschuss Erna 15 Jahre · Friedländer Maximilian 18 Jahre · Frischherz Josef 10 Jahre · Fritzen Gerd 6 Jahre · Fritzsch Herbert 13 Jahre · Fuchs Jakob 16 Jahre · Fuchs Maria 13 Jahre · Fürlinger Rosina 6 Jahre · Fürst Ernst 16 Jahre · Fürst Kurt 16 Jahre · Fuxjäger Hildegard 9 Jahre · Gah Anton 18 Jahre · Gal Tomasz 16 Jahre · Galyschew Leonid 18 Jahre · Gamauf Marie 11 Jahre · Ganz Abraham 18 Jahre · Garke Maria 17 Jahre · Gasiorowski Georg 18 Jahre · Gasparri Silvano 16 Jahre · Gassner Stefanie 15 Jahre · Gegg Theodor 15 Jahre · Gelb Ernö 19 Jahre · Gemperle Hedwig 17 Jahre · Genner Elisabeth 13 Jahre · Gerasimow Pawel 19 Jahre · Geuze Ilse 10 Jahre · Glaubinger Theresia 12 Jahre · Gleixner Irmgard 16 Jahre · Glück Sandor 19 Jahre · Glück Vilmos 17 Jahre · Gnipa Dimitrij 18 Jahre · Goldberg Jehuda 14 Jahre · Goldberger Sandor 17 Jahre · Goldstein Tibor 18 Jahre · Göpfert Josefa 14 Jahre · Gottlieb Karl Heinz 14 Jahre · Gozzi Paul 16 Jahre ·

Gracia Casabona Lorenzo 18 Jahre · Grafeneder Leopold 9 Jahre · Greiner Arpad 17 Jahre · Gressel Erich 14 Jahre · Greunz Anna 12 Jahre · Griesser Anna 15 Jahre · Griffel Max 18 Jahre · Grissinger Helga 7 Jahre · Gross Johann 11 Jahre · Gross Karl 14 Jahre · Grosser Christine 15 Jahre · Grosz Ferenc 19 Jahre · Grozdanic Ilija 17 Jahre · Gruber Josef 14 Jahre · Gruber Otto 17 Jahre · Grünblatt Ernö 17 Jahre · Grundböck Josef 15 Jahre · Grünfeld Jan 18 Jahre · Grünspan David 19 Jahre · Grünwald Margarete 15 Jahre · Günzl Otto 18 Jahre · Gutmann August 11 Jahre · Haas Amalie 16 Jahre · Haberl Josef 17 Jahre · Hager Josef 9 Jahre · Haider Hugo 9 Jahre · Haidler Otto 16 Jahre · Hajdasz Felix 18 Jahre · Haller Rudolf 14 Jahre · Halpert Marton 17 Jahre · Halpert Zoltan 16 Jahre · Hammerschmiedt Hildegard 18 Jahre · Handel Johann 16 Jahre · Handl Anna 17 Jahre · Handlgruber Aloisia 16 Jahre · Hartner Sophie 15 Jahre · Haslinger Franz 14 Jahre · Häusler Herbert 12 Jahre · Heimberg Artur 15 Jahre · Heinlein Margarete 17 Jahre · Heller Raimund 15 Jahre · Henoch Gerhard Walter 6 Jahre · Hern Chaim 18 Jahre · Herskovics Ernö 18 Jahre · Herskovic Hermann 16 Jahre · Herskovits Klara 16 Jahre · Herzog Peter 12 Jahre · Hierzer Franz 12 Jahre · Hillebrand Josef 11 Jahre · Hirsch Jenö 18 Jahre · Hirsch Mihaly 19 Jahre · Hochleitner Theresia 16 Jahre · Hödel Anatol 18 Jahre · Hödl Margareta 13 Jahre · Hofbauer Lizzi 14 Jahre · Höfele Agnes 7 Jahre · Hofer Konrad 17 Jahre · Hoffelner Johann 15 Jahre · Hoffmann Erwin 8 Jahre · Höfler Regine 16 Jahre · Höglinger Hermine 5 Jahre · Hoiss Paul 7 Jahre · Holl Maria 5 Jahre · Hollaus Leonhard 17 Jahre · Holler Martha 7 Jahre · Holly Kurt Julius 17 Jahre · Holzer Marie 16 Jahre · Holzschuh Karl 18 Jahre · Hontscharuk Iwan 18 Jahre · Höpflinger Willy 6 Jahre · Hopp Johann 18 Jahre · Horn Ferdinand 17 Jahre · Hornegger Katharina 18 Jahre · Horvath Georg 19 Jahre · Hribar Kurt 14

Jahre · Hroch Hedwig 18 Jahre · Huber Karl 11 Jahre · Huber Rupert 17 Jahre · Hübler Walter 13 Jahre · Hübner Johanna 17 Jahre · Hummer Maria 17 Jahre · Hunger Manfred Hans 4 Jahre · Ilnikar Anton 16 Jahre · Inna Stanislaw 17 Jahre · Iro Aloisia 17 Jahre · Irschik Rosa 13 Jahre · Isper Martha 3 Jahre · Iwanczuk Jan 19 Jahre · Izsak Arnold 18 Jahre · Jablonski Felix 19 Jahre · Jäger Ludwig 18 Jahre · Jakisch Hermine 8 Jahre · Jakob Lazar 18 Jahre · Jakobi Ernö 18 Jahre · Jakobovits Lazlo 17 Jahre · Jakowlew Wiktor 17 Jahre · Janek Roman 19 Jahre · Jankula Gertrude 4 Jahre · Jantscher Anton 14 Jahre · Jaszavics Elias 17 Jahre · Jerina Rafaela 16 Jahre · Jewtuch Wasilij 17 Jahre · Jogl Franz 7 Jahre · Joszef Miksa 19 Jahre · Jug Karl 17 Jahre · Juillard Maurice 19 Jahre · Junger Mor 18 Jahre · Jungwirth Barbara 18 Jahre · Kafko Marie 15 Jahre · Kahlhammer Maria 10 Jahre · Kain Karl 13 Jahre · Kantereit Erika 7 Jahre · Kappel Alois 15 Jahre · Kaps Neza 14 Jahre · Kapusta Johann 17 Jahre · Karas Therese 12 Jahre · Karnassnig Frieda 12 Jahre · Karnicnik Jozef 10 Jahre · Käse Bernhard 7 Jahre · Kastner Erich 13 Jahre · Kastner Erwin 13 Jahre · Kastner Ilse 15 Jahre · Katschal Rudolf 6 Jahre · Katz Joszef 14 Jahre · Katzensteiner Florentine 12 Jahre · Kaufmann Ire 15 Jahre · Kemptner Marie 13 Jahre · Kerschner Josef 12 Jahre · Kessler Anton 17 Jahre · Kindler Georg 19 Jahre · Kirchberger Walter 16 Jahre · Kitlar Michail 17 Jahre · Kitzberger Anton 10 Jahre · Klammer Maria 11 Jahre · Klaudenfeld Alfred 11 Jahre · Kleeberger Ludwig 15 Jahre · Kleesattel Friedrich Karl 16 Jahre · Klein Alfred 16 Jahre · Klein Franz 18 Jahre · Klein Georg 17 Jahre · Klein György 16 Jahre · Klewtzow Nikolaj 17 Jahre · Klima Franziska 18 Jahre · Knauer Heinrich 18 Jahre · Knaus Moritz Emil 17 Jahre · Kneissl Alfred 8 Jahre · Knötig Karl 8 Jahre · Kobel Karolina 19 Jahre · Koblowsky Leopold 13 Jahre · Koch Dagobert 16 Jahre · Koch Josef 14 Jahre · Köck Elfrieda

11 Jahre · Kocmid Hermann 14 Jahre · Kohn Tibor 16 Jahre · Koller Martha 14 Jahre · Koncar Marija 11 Jahre · König Anna 16 Jahre · Köppe Gerhard 17 Jahre · Kornacki Mieczyslaus 19 Jahre · Kornilow Wasilij 19 Jahre · Koselskij Alexandr 19 Jahre · Kösner Johann 19 Jahre · Kossetitzky Otto 17 Jahre · Kosteletzky Josef 3 Jahre · Kostler Marie 17 Jahre · Kostritzkij Michail 18 Jahre · Kovar Emma 8 Jahre · Kowarz Auguste 14 Jahre · Kowschun Petro 19 Jahre · Krajnc Ferdinand 7 Jahre · Kramer Heinrich 19 Jahre · Krasmienko Viktor 19 Jahre · Kratochwil Johann 18 Jahre · Kratochwil Margarethe 16 Jahre · Kreczek Anna 16 Jahre · Krenn Aurelia 15 Jahre · Kristandl Franz 8 Jahre · Kriz Gertrude 18 Jahre · Krynitzkij Walentin 18 Jahre · Krzic Rudolf 10 Jahre · Kubacki Wladimir 17 Jahre · Kucera Markus 17 Jahre · Kudermann Wladimir 18 Jahre · Küffner Emma 14 Jahre · Kurz Ferdinand 17 Jahre · Kustor Anna 12 Jahre · Lackner August 17 Jahre · Ladujak Jovan 16 Jahre · Lahmer Johann 11 Jahre · Lamprecht Franz 17 Jahre · Landsteiner Alma 11 Jahre · Lasch Elsa 12 Jahre · Lathard Edmond 18 Jahre · Laur Stanislaus 19 Jahre · Lazar Lajos 19 Jahre · Lebovics Herman 15 Jahre · Lebovits Rezsa 18 Jahre · Lebovitz Mendel 19 Jahre · Lehmann Hildegard 14 Jahre · Lehner Anna 12 Jahre · Leidlmaier Hermann 11 Jahre · Leiminger Anna 7 Jahre · Leithenmüller Aloisia 4 Jahre · Leitner Christine 7 Jahre · Leitner Herbert 7 Jahre · Lemberger Isaak 19 Jahre · Lenk Leopoldine 9 Jahre · Lenk Rudolf 9 Jahre · Leopold Deszö 18 Jahre · Lewtschuk Wasilij 19 Jahre · Lex Rosa 14 Jahre · Liebermann Sandor 17 Jahre · Lisienko Sergiej 19 Jahre · Lisztman Filip 19 Jahre · Liwerski Boleslaus 19 Jahre · Löffler Leopold 12 Jahre · Löfler Erwin 17 Jahre · Löschenbrand Franz 5 Jahre · Ludl Edgar 8 Jahre · Lukas Alfons 17 Jahre · Lukaschewitsch Konstantin 19 Jahre · Lummer Johann 15 Jahre · Lutzenko Wladimir 19 Jahre · Mach Franziska 7 Jahre ·

Machocki Mieczyslaw 19 Jahre · Mader Karl 16 Jahre · Mahl Madlon 15 Jahre · Mähr Erwin 19 Jahre · Mahrenberger Josef 18 Jahre · Maicen Katharina 5 Jahre · Maier Ernst 15 Jahre · Maierhofer Max 9 Jahre · Maihser Leopold 9 Jahre · Mandl Anna 8 Jahre · Mann Friedrich 15 Jahre · Marburger Johann 15 Jahre · Marianski Peter 19 Jahre · Markovits Joszef 19 Jahre · Markowicz Dersö 19 Jahre · Markstein Oswald 13 Jahre · Markus Samuel 18 Jahre · Marmonow Eugeniusz 18 Jahre · Maroszek Richard 18 Jahre · Martinetz Hubert 16 Jahre · Masson Hans Georg 15 Jahre · Mathe Elfriede 18 Jahre · Matwejew Jewgenij 16 Jahre · Matzka Leopold 11 Jahre · Mauracher Franz 18 Jahre · Maurer Johann 18 Jahre · Mayer Rupert Adolf 8 Jahre · Mayershofer Josef 17 Jahre · Melaschko Wasilij 17 Jahre · Melnik Sergej 18 Jahre · Mentl Johann 12 Jahre · Menzel Franz 16 Jahre · Mermelstein Vilmos 19 Jahre · Michel Erna 18 Jahre · Michelberger Maria 18 Jahre · Michelitsch Gerda 14 Jahre · Mielcic Radovan 17 Jahre · Mihaly Eneasz 17 Jahre · Miklas Josef 18 Jahre · Miksa Joszef 19 Jahre · Miladic Milivoj 16 Jahre · Millwisch Marie 14 Jahre · Mittelberger Erna 15 Jahre · Mitteregger Anna 10 Jahre · Mitterecker Franz 10 Jahre · Mittermüller Franz 9 Jahre · Mladenow Basilius 12 Jahre · Mogilow Wladimir 19 Jahre · Mohoric Sergij 5 Jahre · Möhsl Josef 9 Jahre · Molling Ludwig 8 Jahre · Molterer Hildegard 13 Jahre · Mormilo Fiodor 19 Jahre · Moros Petro 17 Jahre · Morozow Grigorij 19 Jahre · Mörz Therese 16 Jahre · Moser Margarethe 14 Jahre · Mosina Zvonimir 7 Jahre · Mötzl Gustav 17 Jahre · Mucek Karl 13 Jahre · Muck Kurt 13 Jahre · Müller Johann 16 Jahre · Müller Herbert 7 Jahre · Müller Rudolf 10 Jahre · Müllner Franziska 16 Jahre · Müllner Walter 14 Jahre · Nabok Anatolij 17 Jahre · Naboka Boris 17 Jahre · Nakeneczni Eugen 18 Jahre · Nalibaika Iwan 17 Jahre · Naminski Bogdan 19 Jahre · Napieraj Czeslaus 18 Jahre · Naranowitsch Jewgenij

15 Jahre · Natterer Loisi 16 Jahre · Nauleinen Iwan 19 Jahre · Nedaschkowskij Iwan 18 Jahre · Nedeljkovic Miodrag 18 Jahre · Nejedly Franz 14 Jahre · Neppel Leopold 12 Jahre · Nesterez Nicolai 18 Jahre · Neugebauer Viktor 16 Jahre · Neulinger Erwin 19 Jahre · Neuman Hendrik 16 Jahre · Neumann Erich 13 Jahre · Neumann Ferenz 18 Jahre · Neumann Hannelore 4 Jahre · Neuwirth Hildegard 17 Jahre · Nickel Anna 11 Jahre · Niederman Mozes 17 Jahre · Nieto-Ramirez Eduard 18 Jahre · Nikolajew Alexander 17 Jahre · Nolde Hermann 17 Jahre · Noti Moric 19 Jahre · Nowacki Stefan 19 Jahre · Nowak Emil 17 Jahre · Nowicki Johann 18 Jahre · Nussbaumer Johann 5 Jahre · Nussbaumer Siegfried 5 Jahre · Oberreiter Gertraud 16 Jahre · Oberreiter Stefanus 17 Jahre · Odria-Ibarlucea Jose 19 Jahre · Ofner August 15 Jahre · Oppolzer Johann 18 Jahre · Ortner Inge 16 Jahre · Pagger Frieda 8 Jahre · Pammer Margarethe 9 Jahre · Papesch Grete Hilde 19 Jahre · Papst Erich 7 Jahre · Paszek Kasimir 18 Jahre · Paszla Istvan 16 Jahre · Patzelt Elsa 12 Jahre · Paula Margarethe 16 Jahre · Pavienko Pawel 18 Jahre · Pelger Rosa 14 Jahre · Penca Terezija 12 Jahre · Perez-Valero Jose 18 Jahre · Pernes Marie 18 Jahre · Pernold Josef 17 Jahre · Pertl Anna 8 Jahre · Peter Gerhard 15 Jahre · Peter Kurt 18 Jahre · Pfeffer Edmund 15 Jahre · Pichler Klara 13 Jahre · Pick Eva 13 Jahre · Pick Oswald 17 Jahre · Pillwein Elfriede 8 Jahre · Pingitzer Regina 12 Jahre · Pitsch Hildegard 8 Jahre · Piwujak Andrej 19 Jahre · Podboj Rosa 10 Jahre · Pöll Marie 14 Jahre · Pöllinger Franz 2 Jahre · Poraszewski Lucjan 17 Jahre · Posch Hermine 17 Jahre · Pötscher Johann 16 Jahre · Prinz Aloisia 18 Jahre · Probst Oskar 14 Jahre · Prull Heinrich 8 Jahre · Puffer Alois 16 Jahre · Pühringer Siegfried 14 Jahre · Punz Rudolf 17 Jahre · Pusta Juliana 17 Jahre · Raab Johann 15 Jahre · Raab Richard 17 Jahre · Raaber Therese 10 Jahre · Rabl Heinz 11 Jahre · Rachel Marian 19 Jahre · Radl Elfriede

15 Jahre · Rainer Hubert 8 Jahre · Rangetiner Albert 6 Jahre · Ratschejew Nikolaj 18 Jahre · Ratzinger Josef 11 Jahre · Rauch Wilhelm 18 Jahre · Rebenfeld Thomas 12 Jahre · Redzich Franz 17 Jahre · Reichart Hiltrud 12 Jahre · Reimann Gisela 15 Jahre · Reiner Abraham 17 Jahre · Reingruber Wilhelm 17 Jahre · Reinherz Samuel 19 Jahre · Reisinger Friedrich 11 Jahre · Reisser Johann 18 Jahre · Reiter Aloisia 8 Jahre · Reithmayer Emma 15 Jahre · Reithmayer Marie 14 Jahre · Reitmair Rudolf 17 Jahre · Renetzeder Katharina 12 Jahre · Rewenko Wladimir 18 Jahre · Riedl Gottfried 15 Jahre · Riefl Hermine 3 Jahre · Rieger Antonia 18 Jahre · Rieger Ferdinand 17 Jahre · Rieger Fritz 17 Jahre · Riotte Henri 19 Jahre · Rjabtzew Wladimir 18 Jahre · Roca-Berjes Antonio 19 Jahre · Rojer Johann 18 Jahre · Romanenko Abram 17 Jahre · Romanienko Alexander 18 Jahre · Rose Ursula 7 Jahre · Rosenbaum (Vorname unbekannt) 18 Jahre · Roth Margarethe 16 Jahre · Röth Adolf 18 Jahre · Rothbart Tibor 19 Jahre · Rottenberg Sandor 16 Jahre · Rottensteiner Mathias 17 Jahre · Rubinstein Samonel 18 Jahre · Ruckendorfer Roaul Peter 10 Jahre · Rulf Emanuel 14 Jahre · Rupprecht Gertrude 11 Jahre · Russ Georg 17 Jahre · Ryska Richard 18 Jahre · Salomon Heinz 16 Jahre · Salomun Franz 17 Jahre · Samiretz Iwan 18 Jahre · Sander Hans 15 Jahre · Sarasjeka Andrej 18 Jahre · Sattler Theresia 17 Jahre · Sauer Bruno 15 Jahre · Schabiner Josefa 10 Jahre · Schalger Elfriede 10 Jahre · Scharf Erich 16 Jahre · Scharf Martin 18 Jahre · Schatz Hermine 12 Jahre · Schatzl Franz 14 Jahre · Schatzl Pauline 12 Jahre · Schauer Franz 15 Jahre · Schaule Johann 18 Jahre · Scheiber Anna 12 Jahre · Schelkopf Paula 15 Jahre · Scherr Heribert 6 Jahre · Schiessl Elsa 13 Jahre · Schiffmann Marie 10 Jahre · Schimek Marie 16 Jahre · Schipfer Johann 14 Jahre · Schittenhelm Elfriede 11 Jahre · Schlager Kilian 9 Jahre · Schlager Olga 16 Jahre · Schlagowski Karl 15 Jahre · Schlaipfer

Josef 13 Jahre · Schlapp Johann 18 Jahre · Schmid Leopold 18 Jahre · Schmid Richard 14 Jahre · Schmidbauer Lambert 17 Jahre · Schmidhuber Anna 7 Jahre · Schmied Karl 13 Jahre · Schnitzler Bela 16 Jahre · Schoder Gottfried 9 Jahre · Scholz Josef 12 Jahre · Schönberger Ernö 18 Jahre · Schönherr Karl 8 Jahre · Schreiber Ernst 14 Jahre · Schrempf Franz 10 Jahre · Schrittwieser Franz 4 Jahre · Schröttner Franz 10 Jahre · Schuller Gertrud 16 Jahre · Schulz Franz 13 Jahre · Schulz Jürgen 16 Jahre · Schulze Anneliese 12 Jahre · Schuster Franz 18 Jahre · Schwaiger Josefa 9 Jahre · Schwartz Joszef 18 Jahre · Schweighofer Georg 13 Jahre · Schwimmer Schandor 18 Jahre · Sedlacek Karl 16 Monate · Seeber Johann 12 Jahre · Seemann Otto 9 Jahre · Segal Rina 7 Jahre · Segula Marta 12 Jahre · Seidl Hubert 11 Jahre · Sejtka Alfred 14 Jahre · Sekulor Zbigniew 19 Jahre · Selewitsch Fiodor 18 Jahre · Semrad Josef 19 Jahre · Semrad Stefan 14 Jahre · Serwach Johann 18 Jahre · Sichwojnen Anatolij 18 Jahre · Sickinger Theresia 19 Jahre · Sidorenko Sergeij 16 Jahre · Siedliski Boleslaw 19 Jahre · Sikora Stanislaus 18 Jahre · Silber Jenö 15 Jahre · Simkovits Istvan 16 Jahre · Simonsohn Alfred 17 Jahre · Skacha Vlasta 11 Jahre · Skoff Franz 15 Jahre · Skrobanek Franz 8 Jahre · Smejc Walter 15 Jahre · Smielyj Aleksiej 18 Jahre · Sniezynski Boris 19 Jahre · Sommer Franz 17 Jahre · Sommer Margarethe 8 Jahre · Sova Elsa 3 Jahre · Spiegel Siegfried 17 Jahre · Spiller Herbert 18 Jahre · Sporer Johann 17 Jahre · Sprenger Ingeborg 13 Jahre · Stadlbauer Franz 12 Jahre · Stadler Josef 15 Jahre · Stanij Grigorij 18 Jahre · Steinbacher Marga 18 Jahre · Steinberger Erich 9 Jahre · Steindl Alois 12 Jahre · Steiner Izidor 17 Jahre · Steiner Maria 15 Jahre · Stelzle Michael 17 Jahre · Stepanow Wladimir 17 Jahre · Stern Jakob 17 Jahre · Stevanovic Svetozar 19 Jahre · Stobl Erich 7 Jahre · Stocker Hermann 18 Jahre · Stockreiter Berta 9 Jahre · Stojanovic Velin 19 Jahre · Stollen Wilhelm 9

Jahre · Strasser Helmut 8 Jahre · Strauss Izrael 17 Jahre · Strauss Johann 10 Jahre · Strauss Josef 17 Jahre · Strohmaier Rosa 9 Jahre · Stropnik Charlotte 17 Jahre · Strozynski Ladislaus 19 Jahre · Stückler Erwin 12 Jahre · Stummvoll Ingeborg 16 Jahre · Sugar Istvan 17 Jahre · Sulinski Seweryn 18 Jahre · Sunitsch Siegfried 15 Jahre · Sustr Margarete 17 Jahre · Svara Karl 8 Jahre · Svorbauer Anna 14 Jahre · Szender Maer 17 Jahre · Szyskowski Josef 19 Jahre · Tabor Nandor 19 Jahre · Taillandier Guy 19 Jahre · Tambarin Argo 19 Jahre · Teitelbaum Leopold 16 Jahre · Terpa Johann 10 Jahre · Teuner Rudolf 18 Jahre · Teweles Hermine 12 Jahre · Teweles Johanna 12 Jahre · Tiaptin Nikolaj 19 Jahre · Titiow Ilja 19 Jahre · Titow Iwan 18 Jahre · Titow Wasiliew 17 Jahre · Tkaczenko Nikolaj 19 Jahre · Tollmar Istvan 18 Jahre · Tomann Marie 19 Jahre · Toplak Miroslava 11 Jahre · Török Sandor 19 Jahre · Trauner Franz Xaver 18 Jahre · Trinkl Therese 17 Jahre · Trögele Erwin 9 Jahre · Tröger Edith Hildegard 15 Jahre · Trosic Ljubisa 18 Jahre · Tschida Hermine 13 Jahre · Undeutsch Berta 18 Jahre · Unterkicher Hermann (k.A.) · Valentinotti Maria 11 Jahre · Vaupotic Maria 15 Jahre · Vilimovsky Josefine 18 Jahre · Volgger Anton 5 Jahre · Volgger Irene 11 Jahre · Volgger Josef 6 Jahre Vrba Ignatz 17 Jahre · Vulliermet Andre 19 Jahre · Wagner Anton 13 Jahre · Wagner Josef 3 Jahre · Wagner Karl 15 Jahre · Wagner Theresia 14 Jahre · Waibel Hildegard Elisabeth 12 Jahre · Waldes Leopoldine 18 Jahre · Waldhauser Rene 14 Jahre · Wallner Johann 18 Jahre · Waschtschenko Grigorij 18 Jahre · Weber Erna Antonia 15 Jahre · Weber Gertrud 15 Jahre · Weidinger Sidonie 17 Jahre · Weigelt Hans 18 Jahre · Weinberger Miksa 18 Jahre · Weiner Hersz Ber 17 Jahre · Weingarten Miksa 18 Jahre · Weinhappel Josef 11 Jahre · Weinlinger Gertrud 2 Jahre · Weinwurm Friedrich 13 Jahre · Weinzierl Leopoldine 9 Jahre · Weis Johann 8 Jahre · Weisnix

Johann 16 Jahre · Weiss August 15 Jahre · Weiss Ernst 13 Jahre · Weiss Ingrid 3 Jahre · Weiss Johann 17 Jahre · Weissmüller Ida 15 Jahre · Weisz Herman 17 Jahre · Weisz Tibor 19 Jahre · Wenig Ilse Ingeborg Maximiliane 17 Jahre · Wess Johann 8 Jahre · Wetzler Edith 17 Jahre · Wiederin Josef 18 Jahre · Wieser Alice 16 Jahre · Wiesinger Marie 14 Jahre · Wiesinger Mathilde 6 Jahre · Wilding Anna 14 Jahre · Willatschek Josef 16 Jahre · Wille Emma 16 Jahre · Wimmer Otto 15 Jahre · Wimmer Therese 7 Jahre · Windhagen Rupert 7 Jahre · Winkelbauer Theresia 17 Jahre · Winskij Stanislaw 18 Jahre · Wittmann Ludwig 14 Jahre · Wlasenko Peter 19 Jahre · Wohlschlager Marie 10 Jahre · Woller Gyula 18 Jahre · Wozniak Ryszard 19 Jahre · Wozniak Tadeusz 19 Jahre · Wrablicz Paula 8 Jahre · Wurm Otto 7 Jahre · Zagler Karl 9 Jahre · Zaninelli Robert 17 Jahre · Zankl Bruno 8 Jahre · Zaric Ljubisa 18 Jahre · Zechner Walter 10 Jahre · Zgig Thaddäus 19 Jahre · Ziegler Berta 18 Jahre · Zieniuk Ustyn 19 Jahre · Zivner Franz 17 Jahre · Zwirn Josef 17 Jahre · Zopf Franz 9 Jahre · Zupan Viktor 8 Jahre.

In der Heil- und Pflegeanstalt Niedernhart ermordete Kinder und Jugendliche, soweit deren Daten ausfindig gemacht werden konnten:

Achleitner Christian 17 Jahre · Aichholzer Ute 2 Jahre · Aigner Margarethe 16 Jahre · Angermaier Franz 11 Jahre · Artmann August 7 Jahre · Aschauer Emil 17 Jahre · Bachschneider Katharina 15 Jahre · Barth Josef 14 Jahre · Bayrhofer Florian 9 Jahre · Behr Johann 14 Jahre · Beng Felix 6 Jahre · Bernauer Marie 16 Jahre · Biber Emil 14 Jahre · Bier Friedrich 3 Jahre · Blaskowsky Magdalena 3 Wochen · Bödefeld Bertram 5 Jahre · Boroutschnig Johann 18 Jahre · Breit Erich 8 Jahre · Brück Günther 5

Jahre · Buchberger Johann 8 ½ Monate · Buchmann Hans 14 Jahre · Bugelnig Friedrich Josef 10 Jahre · Christelbauer Johann 17 Jahre · Citroni Franz 15 Jahre · Doczy Helene 6 Monate · Ebner Franz 5 Jahre · Eckl Aloisia 5 Jahre · Egger Johann 9 Jahre · Eigelshoven Karl Heinz 18 Jahre · Esser Leonhard 13 Jahre · Faschang Georg 7 Jahre · Fellner Marianne 10 Jahre · Ferfers Wilhelm 15 Jahre · Fischheber Franz 18 Jahre · Flatz Ferdinand 1 Monat · Flink Helmut 4 Jahre · Florian Friedrich 5 Jahre · Flügel Kurt 15 Jahre · Friedl Alois 16 Jahre · Friedrich Gislinde 2 Jahre · Fröhlich Philomena 16 Jahre · Gamauf Günther 3 Jahre · Gauchel Josef 15 Jahre · Gerling Herbert 8 Jahre · Gittel Willi 17 Jahre · Götschenberg Otto 16 Jahre · Graf Heinrich 18 Jahre · Graus (oder Grams) Erich 3 Jahre · Grimbach (oder Grümbach) Gustav 8 Jahre · Gruber Franz 8 Jahre · Gründlinger Klara 2 Jahre · Gschlodnig Josef 15 Jahre · Haberl Viktor 18 Jahre · Hagedorn Bernhard Johann 15 Jahre · Hahn Johann Peter 4 Jahre · Haider Josef 18 Jahre · Hainzl Robert 5 Jahre · Harnisch Wolfgang 7 Jahre · Hasiwa Erhard 5 Jahre · Hausmann Anna 17 Jahre · Heiligenbrunner Franz 6 Jahre · Hellmich Margarethe 2 Monate · Hepenstrick Wilhelm 14 Jahre · Herbinger Alois 13 Jahre · Herz Gewald 1 ½ Jahre · Hinterholzer Margarethe 2 Jahre · Hochmayr Johann 14 Jahre · Hofinger Josef 6 Jahre · Hohn Margarethe 16 Jahre · Höller Oskar 4 Jahre · Holz Peter 9 Jahre · Horster Hans-Dieter 5 Jahre · Hossdorf Rolf Dieter 4 Jahre · Huber Josef 3 Monate · Hübler Walter 12 Jahre · Huemer Hermine 5 Jahre · Hütter Anna 11 Jahre · Hütter Elisabeth 8 Jahre · Hütter Franz 13 Jahre · Huwald Adolf 4 Jahre · Idl Anton 17 Jahre · Jacke Hans Jürgen 6 Jahre · Jansen Helmut 10 Jahre · Jell Therese 11 Jahre · Jenetz Mathias 14 Jahre · Jongen Wilhelm 18 Jahre · Juchem Wilhelm 7 Jahre · Jusen Heinrich 10 Jahre · Kain Franz 14 Jahre · Kaiser Max 18 Jahre · Kall Willi 7 Jahre · Kamlage Wilhelm 3 Jahre ·

Karl Cäcilia (k. A.) · Karlseder Johann 18 Jahre · Karnaus Agnes 18 Jahre · Kassmannshuber Paula 18 Jahre · Kastner Theodor 16 Jahre · Katzenschläger Karl 4 Monate · Kausemann Franz 5 Jahre · Keplinger Leopold 16 Jahre · Keppels Nikolaus 9 Jahre · Keutmann Theodor 4 Jahre · Kinz Friedrich 10 Jahre · Klein Wilhelm 6 Jahre · Knafl Stefanie 16 Jahre · Kochen Albert 13 Jahre · Konopka Friedrich 6 Jahre · Kornweibel Heinz 15 Jahre · Kox Herbert 12 Jahre · Kraus Ernst 1 Monat · Kreuzmayr Zäzilia 8 Jahre · Küppenbender Hermann Josef 4 Jahre · Kurej Felix (Kurei oder Kurey) 18 Jahre · Kurenbach Heinz 10 Jahre · Laakmann Heinrich 9 Jahre · Lackner Johann 4 Jahre · Lamberty Horst 6 Jahre · Lang Josef 12 Jahre · Langeder Marianne 7 Jahre · Lassnig Aloisia 18 Jahre · Leditznig Matthias (Ledetznig oder Sedetznig) 18 Jahre · Leitner Christine 7 Jahre · Lenzeder Karl 10 Jahre · Lenzeder Rudolf 5 Jahre · Lequen Herbert 8 Jahre · Lerche Helmut 10 Jahre · Liebertz Anton 15 Jahre · Lindinger Josef 17 Jahre · Maier Engelbert 15 Jahre · Maluszek Heinrich 13 Jahre · Marik Klementine 17 Jahre · Martinz Johann 10 Jahre · Martinz Ludmilla 11 Jahre · Maurer Margarethe 18 Jahre · Mayershofer Edeltraut 13 Monate · Mayr Rosa 14 Jahre · Mollath Josef Hermann 12 Jahre · Müller Josef 12 Jahre · Müller Stefan 18 Jahre · Nesges Peter 9 Jahre · Neusser Hans Georg 1 ½ Jahre · Nussdorfer August 16 Jahre · Ortner Stefanie 12 Jahre · Paul Josef 3 Jahre · Pegrin Florian 11 Jahre · Pek Adelheid 16 Jahre · Pelutschnig Anna 10 Jahre · Perko Johann 17 Jahre · Philippi Jakob Robert 4 Jahre · Pick Heinrich 13 Jahre · Pinter Hildegard 11 Jahre · Plankenauer Josefine 18 Jahre · Plattner Martha 16 Jahre · Pöllinger Wilibald 17 Jahre · Polzinger Max 7 Jahre · Praher Heribert 16 Jahre · Prangenberg Johannes 17 Jahre · Prentner Josef 17 Jahre · Presser Edwin Matthias 11 Jahre · Pröselmayr Ernst 18 Jahre · Puchberger Barbara 16 Jahre · Punz Hildegard 16 Jahre · Punz

Rudolf 17 Jahre · Puttinger Hermine 2 Jahre · Pux Franz 15 Jahre · Rainartz Rudolf 16 Jahre · Reil Dieter 6 Jahre · Reindl Franz 17 Jahre · Reitmeier Ernst 11 Jahre · Rennleitner Josef 15 Jahre · Retterath Günther 15 Jahre · Richter Franz 16 Jahre · Riedel Helmut 10 Jahre · Riedel Karl 9 Jahre · Rögl Franz 6 Jahre · Roithinger Franz 16 Jahre · Rosenstein Rotraud 16 Jahre · Rötzer Rudolf 17 Jahre · Sainader Anna 18 Jahre · Saliter Josef 17 Jahre · Sandmeier Sebastian 15 Jahre · Santner Hans 12 Jahre · Schatz Stefanie 19 Jahre · Scheutz Josef 18 Jahre · Schmiedhuber August 16 Jahre · Schmitz Heinz 13 Jahre · Schmölzer Max 18 Jahre · Schoberwalter Johann 15 Jahre · Scholz Robert 14 Jahre · Schott Daniel 11 Jahre · Schrittesser Stefanie 18 Jahre · Schwabenberger Annemarie 4¾ Monate · Schwaiger Franz Adolf 15 Jahre · Schwarz Walter 11 Jahre · Schwenderling Wilhelm 11 Jahre · Schwendtner Elisabeth 3 Jahre · Seifer Josef 4 Jahre · Siffert Ernst 12 Jahre · Sommer Günther 13 Jahre · Sonje Wilhelm 3 Jahre · Sova Else 3 Jahre · Stadler Josef 18 Jahre · Startinig Erna 12 Jahre · Stein Franz-Erich 5 Jahre · Stückler Rosa 16 Jahre · Stummer Karoline 9 Monate · Sturm Hildegard 15 Jahre · Suppnig Alfred 16 Jahre · Tarmann (Tormau?) Rudolf 16 Jahre · Thelen Richard Rolf 5 Jahre · Töfferl Karl 16 Jahre · Tönnesen Theodor 18 Jahre · Traunwieser Mathilde 17 Jahre · Troltsch Maximilian 17 Jahre · Tschunko Rudolf 26 Tage · Türner Heinz 12 Jahre · Unterkicher Hermann 9 Jahre · Unverzagt Arnold 8 Jahre · Vallant Franz 12 Jahre · Wakolbinger Franz 10 Jahre · Walzinger Elisabeth 2 Monate · Wedam Thomas 16 Jahre · Wetschanow Walter 14 Jahre · Weyrowski Theodor 15 Jahre · Wiertz Jakob 15 Jahre · Wiesinger Marie 16 Jahre · Wiesinger Mathilde 7 Jahre · Winkelbauer Theresia 17 Jahre · Wohlgezogen Manfred 8 Jahre · Zauner Franz 12 Jahre · Zecher Helga 2 Jahre · Zimmer Albert 6 Jahre · Zotscher Hermine 5 Jahre.

Waltraud Häupl, Spuren zu den ermordeten Kindern und Jugendlichen in Hartheim und Niedernhart. Gedenkdokumentation für die Opfer der NS-Euthanasie. Wien, Köln, Weimar: Böhlau Verlag 2012.

Als Quellen zur Lokalgeschichte dienten die Katsdorfer Heimatblätter Folgen 3, 5, 7, 16, verfasst von Leo Reichl, und Folge 13, verfasst von Hubert Wöckinger.

Die Briefe von Toni und Leonhard sind inspiriert von Soldatenbriefen, zu finden unter: https://www.briefsammlung.de/feldpost-zweiter-weltkrieg/

Einige Stellen wurden wörtlich oder leicht verändert aus Briefen der angeführten Soldaten übernommen:

Kurt L. – 14 Briefe – 4. Mai 1942 bis April 1944.

Paul Wortmann – 8 Briefe – Dezember 1941 bis Dezember 1942.

Briefauswahl Hans Simon

Sepp Stapfer – 2 Briefe – August 1944 bis November 1944.